KB166230

을 유 세 계 문 학 전 집 · 17

아메리카의 나치 문학

LA LITERATURA NAZI EN AMÉRICA by ROBERTO BOLAÑO AVALOS

아메리카의 나치 문학

LA LITERATURA NAZI EN AMÉRICA

로베르토 볼라뇨 지음 · 김현균 옮김

❀ 을유문화사

옮긴이 김현균

서울대학교 서어서문학과를 졸업하고 마드리드 콤플루텐세 대학에서 호세 에밀리오 파체코에 대한 논문으로 박사 학위를 받았으며, 현재 서울대학교 서어서문학과 교수로 있다. 논문으로 「『의심스러운 해협』: 상호 텍스트 전략과 과거의 현재적 읽기」, 「니까노르 빠라의 시에 나타난 시적 자아에 관한 연구」, 「페르난도 솔라나스의 〈남쪽〉: 기억의 문화와 새로운 국가의 지도 그리기」, 「한국 속의 빠블로 네루다」, 「라틴 아메리카 비교문학의 동향과 전망」 등이 있으며, 저서로는 『차이를 넘어 공존으로』(공저), 『환멸의 세계와 매혹의 언어』(공저), 『인어와 술꾼들의 우화』, 『히스패닉 세계』(공역), 『책과 밤을 함께 주신 신의 아이러니』, 『천국과 지옥에 관한 보고서』, 『빠블로 네루다』(공역), 『눈을 뜨시오, 당신은 이미 죽었습니다』(공역), 『아디오스』 등이 있다.

을유세계문학전집 17
아메리카의 나치 문학

발행일 · 2009년 1월 20일 초판 1쇄 | 2020년 12월 25일 초판 4쇄
지은이 · 로베르토 볼라뇨 | 옮긴이 · 김현균
펴낸이 · 정무영 | 펴낸곳 · (주)을유문화사
창립일 · 1945년 12월 1일 | 주소 · 서울시 마포구 서교동 469-48
전화 · 02-733-8153 | FAX · 02-732-9154 | 홈페이지 · www.eulyoo.co.kr
ISBN 978-89-324-0347-2 04870 978-89-324-0330-4(세트)

카롤리나 로페스에게

물살이 완만하고 좋은 자전거나 말을 가지고 있다면 같은 강물에 두 번(개인의 위생적 필요에 따라 세 번까지도) 멱을 감을 수 있다.

— 아우구스토 몬테로소

멘딜루세가(家)

에델미라 톰슨 데 멘딜루세

EDELMIRA THOMPSON DE MENDILUCE

(부에노스아이레스, 1894~부에노스아이레스, 1993)

에델미라 톰슨은 15세에 첫 시집 『아빠에게』를 발간하면서 부에노스아이레스 상류 사회에서 활동하던 수많은 여성 시인들 사이에서 어느 정도 위치를 확보하는 데 성공했다. 이후 그녀는 20세기 초 라플라타 강 양안(兩岸)에서 서정시와 시민들의 취향에 절대적인 영향력을 행사하던 히메나 산디에고와 수사나 레스카노 라피누르의 살롱을 부지런히 드나들었다. 마땅히 누구나 추측할 수 있듯이, 그녀의 초기 시들은 효심과 종교적 묵상, 그리고 정원들에 대해 이야기한다. 그녀는 수녀가 되겠다는 생각을 하기도 했다. 또 말 타는 법을 배웠다.

1917년에 농장주이자 실업가인 20년 연상의 세바스티안 멘딜루세를 알게 된다. 불과 몇 달 만에 두 사람이 결혼했을 때 사람들은 놀라움을 금치 못했다. 당시 그를 알고 지냈던 사람들의 증언에 따르면, 멘딜루세는 문학 일반, 특히 시를 경시했고, 예술적 감성이 결여되어 있었으며(비록 이따금씩 오페라에 가긴 했지만), 그의 대화 수준은 인부나 직공들의 그것과 별반 다르지 않았다. 또 그는 키가 훤칠하고 정력적이었지만, 어느 모로 보나 미남과는 거리가 멀었다. 그러나 그가 무진장한 재산가라는 것만큼은 누구나 인정하는 바였다.

에델미라 톰슨의 친구들은 정략결혼이었다고 쑥덕거렸지만, 그녀는 사랑 때문에 결혼했다. 그녀도 멘딜루세도 결코 설명할 수 없었던, 죽는 날까지 변치 않은 담대한 사랑이었다.

전도유망한 여성 작가들도 결혼과 함께 글쓰기를 접는 경우가 허다하지만 에델미라 톰슨의 경우는 달랐다. 결혼은 그녀의 펜에 새로운 활기를 불어넣었다. 그녀는 부에노스아이레스에 자신의 살롱을 열어 산디에고 살롱, 레스카노 라피누르 살롱과 경쟁했다. 또 아르헨티나의 젊은 화가들을 후원했는데, 작품을 구입해 주었을 뿐만 아니라(1950년에 그녀의 회화 및 조각 컬렉션은 아르헨티나 내에서 최고라고 할 수는 없지만 매우 독특하고 소장품이 가장 많은 화랑들 중 하나였다) 번잡한 속세에서 벗어나 작업에 몰두할 수 있도록 경비 일체를 제공하면서 그들을 자신의 아술 농장으로 초대하곤 했다. 그녀는 '남쪽의 등불(Candil Sureño)'이라는 출판사를 세우고 50권 이상의 시집을 발간하는데, 이 중 상당수가 '아르헨티나 토착 문학의 요정'인 에델미라 자신에게 헌정되었다.

1921년에 그녀는 첫 산문집 『나의 모든 생애』를 펴낸다. 뒷공론 없이 풍경 묘사와 시적인 성찰로 충만한 이 목가적이고 다소 무미건조한 산문집은 작가의 기대와 달리 아무런 파장도 일으키지 못한 채 부에노스아이레스의 서점 진열창에서 조용히 사라진다. 낙담한 에델미라는 어린 두 아들과 하녀 둘과 함께 스무 개가 넘는 가방을 챙겨 유럽으로 떠난다.

그녀는 루르드와 웅장한 대성당들을 방문하고 교황을 알현한다. 또 요트를 타고 에게 해의 섬들을 돌아보며 어느 봄날 한낮에 크레타 섬에 도착한다. 1922년에는 파리에서 프랑스어 동시집과 스페인어 동시집을 발간했고, 그 뒤에 아르헨티나로 돌아온다.

그러나 그사이 세상은 바뀌었고 에델미라는 이제 자신의 조국에서 마음 편히 지내지 못한다. 한 지역 신문에서 '진부하다'는 평가와 함께 그녀의 새로운 시집(『유럽의 시간들』, 1923)의 출간 소식을 알린다. 아르헨티나에서 가장 영향력 있는 문학 평론가였던 루이스 엔리케 벨마르 박사는 그녀에 대해 "조국의 광활한 땅을 유랑하는 남루한 부랑자들의 교육과 자선 사업에 시간과 정력을 바쳤다면 더 좋았을, 유아적이고 한가로운 귀부인"이라고 평가 절하한다. 에델미라는 벨마르 박사를 비롯한 평론가들을 자신의 살롱으로 초대해 점잖게 대응한다. 그러나 거의 아사 직전인 가십난 기자 네 명만 초대에 응한다. 자존심에 큰 상처를 입은 에델미라는 소수의 절대적 추종자들만 거느리고 아술 농장에 은거한다. 그녀는 평화로운 전원에서 땀 흘려 일하는 소박한 농부들의 대화에 귀 기울이며 독설가들의 면상에 던질 새로운 시집을 준비한다. 손꼽아 기다리던 시집 『아르헨티나의 시간들』(1925)은 출간 당일부터 논쟁과 스캔들에 휩싸인다. 이 시집에서 에델미라는 관조적인 시각을 버리고 공격적으로 선회한다. 그녀는 비평가들과 여성 문필가들, 그리고 국가의 문화적 삶을 지배하는 데카당스를 공격한다. 또 근원으로의 회귀, 즉 들판의 노동과 항상 열려 있는 남부의 국경을 옹호한다. 사랑의 속삭임과 사랑의 미몽은 그녀의 관심에서 멀어진다. 에델미라는 조국을 찬양하는, 고동치는 웅장한 서사시풍의 문학을 갈망한다. 시집은 나름대로 큰 성공을 거두지만, 그녀는 겸손하게도 달콤한 승리의 기쁨을 음미할 겨를도 없이 곧장 또다시 유럽으로 떠난다. 자녀들과 하녀들, 그리고 종종 개인 비서 역할을 하는 부에노스아이레스 출신의 철학자 알도 카로소네가 그녀와 동행한다.

1926년에는 측근들을 거느리고 이탈리아를 여행하며 한 해를 보낸다. 1927년에 멘딜루세가 합류한다. 1928년에는 베를린에서 딸 루스 멘딜루세가 4.5킬로그램의 우량아로 태어난다. 독일 철학자 하우스호퍼가 아이의 대부가 된다. 세례식에는 아르헨티나와 독일의 거물급 지식인들이 초대되었으며, 밤낮없이 사흘간 계속된 파티는 라테노프 근처의 작은 숲에서 절정에 이른다. 여기에서 멘딜루세 가족은 당시에 큰 반향을 일으키던 거장 티토 바스케스가 직접 작곡하고 연주한 팀파니 독주로 하우스호퍼를 환대한다.

1929년, 세계 공황으로 세바스티안 멘딜루세는 부득이 아르헨티나로 돌아가야 했다. 한편, 에델미라는 자녀들과 함께 아돌프 히틀러를 소개받는다. 히틀러는 어린 루스를 팔에 안고 "굉장한 아이로구나"라며 경탄한다. 그들은 함께 사진을 찍는다. 미래의 총통은 아르헨티나 여성 시인에게 강렬한 인상을 주었다. 작별하기 전에 그녀는 히틀러에게 자신의 시집 몇 권과 호화 장정의 『마르틴 피에로』* 한 부를 선물한다. 히틀러는 선물에 대해 심심한 사의를 표하면서 그녀의 시 한 편을 즉석에서 독일어로 옮겨 달라고 청한다. 에델미라는 카로소네의 도움을 받아 가까스로 번역을 해낸다. 히틀러는 흐뭇해한다. 그것들은 미래를 겨냥하는 우렁찬 시구들이었다. 잔뜩 흥분한 에델미라는 자신의 두 아들이 다니기에 가장 적당한 학교가 어디인지 히틀러에게 조언을 구하기까지 한다. 최상의 학교는 바로 인생 그 자체라는 말을 덧붙이며 히틀러는 스위스의 기숙 학교를 추천한다. 접견이 끝날 무렵, 에델미라와 카로소네는 감화를 받아 자신들이 히틀러의 추종자임을 밝힌다.

1930년은 여행과 모험으로 점철된 한 해였다. 에델미라는 카로소네와 어린 딸(큰 아이들은 베른의 한 상류 학교에 기숙하고 있었다) 그리고 두 인디오 하녀들과 함께 나일 강변을 거닐고 예루살렘(이곳에서 그녀는 일종의 정신적 위기 혹은 신경 쇠약 때문에 사흘 동안 내내 호텔 방에 틀어박혀 지낸다)과 다마스쿠스, 바그다드 등지를 방문한다.

그녀의 머리는 온갖 계획들로 들끓는다. 부에노스아이레스로 돌아가 유럽의 사상가들과 소설가들을 소개할 새로운 출판사를 설립할 계획을 세우고, 또 건축을 공부해 아직 문명의 손길이 닿지 않은 아르헨티나 땅에 세울 웅대한 학교들을 설계하기를 꿈꾼다. 또 가난하지만 예술적 열정이 있는 젊은 여성들을 후원하기 위해 어머니의 이름을 딴 재단을 설립하고 싶어 한다. 그리고 그녀의 마음속에서 점차 새로운 책이 모습을 갖추어 나가기 시작한다.

1931년에 에델미라는 부에노스아이레스로 돌아가 자신의 계획을 실행에 옮긴다. 먼저 『현대 아르헨티나』를 창간한다. 카로소네가 편집 책임을 맡은 이 잡지는 정치 논평, 철학 에세이, 영화 리뷰, 시사 글 등도 배제하지 않았지만 주로 신작 시와 산문을 게재한다. 『현대 아르헨티나』의 출범에 맞춰 에델미라의 책 『새로운 샘』이 발간되는데, 잡지 창간호는 지면의 절반을 이 책에 할애한다. 여행기와 철학적 비망록의 성격을 반반씩 지닌 『새로운 샘』은 기독교 문명에 대한 공산주의의 위협을 간파하고 경고한다는 의미에서 현대 세계, 특히 유럽 대륙과 아메리카 대륙의 운명에 대한 성찰을 담고 있다.

다음 몇 해 동안은 새로운 책들, 새로운 우정, 새로운 여행(아르헨티나 북부를 돌아보고 말을 타고 볼리비아 국경을 넘는다), 새로운 출판사의 설립 등으로 이어지는 모험의 연속이다. 또 새로운 예술적 경험을 통해 오페라 대본을 쓰고(관객들의 의견이 둘로 갈려 말다툼과 물리적 충돌을 빚으며 1935년 콜론 극장에서 초연된 「아나, 명예를 되찾은 시골 아낙」) 부에노스아이레스 주의 풍경 연작을 그리는가 하면, 우루과이 극작가 웬세슬라오 하셀이 쓴

세 편의 드라마 연출 작업에 참여하기도 한다.

1940년에 세바스티안 멘딜루세가 사망하고, 그녀는 전쟁으로 인해 꿈꾸던 유럽 여행을 떠나지 못한다. 그녀는 슬픔에 몸부림치며 손수 부고를 작성하고, 이 부고는 아르헨티나 주요 일간지들에 1면 2단 광고로 게재된다. 그녀는 부고에 '에델미라, 멘딜루세 미망인'이라고 서명한다. 부고의 내용은 분명 그녀의 정신적 일탈을 반영하고 있으며, 대다수 아르헨티나 지식인들 사이에서 조롱과 비웃음과 경멸을 불러일으킨다.

다시 한 번 그녀는 딸과 충실한 카로소네 그리고 아틸리오 프랑케티라는 젊은 화가만을 데리고 아술 농장에 칩거한다. 오전에는 글을 쓰거나 그림을 그리고, 오후에는 주로 혼자서 긴 산책을 하거나 독서하며 시간을 보낸다. 이러한 독서와 인테리어 디자이너로서의 자질은 그녀의 대표작인 『포의 방』(1944)에서 결실을 맺는다. 누보로망과 그 이후의 많은 아방가르드를 예시하는 이 책으로 멘딜루세 미망인은 아르헨티나는 물론 라틴 아메리카 전체의 문학에서 두드러진 위치를 차지하게 된다. 그녀가 이 책을 쓰게 된 사연은 이렇다. 에델미라는 에드거 앨런 포의 에세이 「가구 철학」을 읽는다. 이 글은 그녀를 열광시킨다. 그녀는 포에게서 동조자를 발견한다. 장식에 대한 두 사람의 생각이 일치했던 것이다. 그녀는 카로소네, 아틸리오 프랑케티와 함께 이 주제에 대해 장황한 토론을 벌인다. 프랑케티는 포의 지침을 충실하게 따른 그림 한 점을 그린다. 길이 30피트, 폭 25피트의 장방형 방으로 문 하나와 구석에 서로 마주 보고 위치한 창문 두 개가 있다. 포의 가구들과 벽지, 커튼은 프랑케티에 의해 최대한 엄밀하게 재현된다. 하지만 그림의 정밀함도 포의 방을 있는 그대로 되살리고 싶어 하는 에델미라의 성에 차지 않는다. 그래서 그녀는 농장 정원에 포가 묘사한 것과 똑같은 크기의 방을 짓기로 하고 자신의 대리인들(골동품 수집상과 가구 제작자, 목수)에게 에세이에 묘사된 품목들을 찾아 나서게 한다. 최선을 다했지만 단지 부분적으로만 얻은 성과는 아래와 같다.

— 깊숙한 벽감에 바닥까지 내려오는 큰 창문들이 설치되어 있다.

— 창유리는 연지색이다.

— 자단목 창틀은 일반적인 것보다 더 두껍다.

— 벽감 안쪽에는 창문 모양에 맞춘 아담한 은빛 니트 커튼이 느슨하게 걸려 있다.

— 벽감 밖은 반짝이는 금색 망사로 가장자리를 두르고 바깥쪽 블라인드에 사용된 것과 똑같은 은빛 천으로 안감을 댄 화사한 연지색 비단 커튼이 보인다.

— 커튼 주름은 천장과 벽들이 맞닿는 선을 따라 방을 둘러싸는 넓은 금빛 아치의 상층부 아래에서 나타난다.

— 커튼 천은 그것을 느슨하게 지탱하는 단순한 매듭 형태의 굵은 금색 끈에 의해 열리고 닫히는데, 걸이 못이나 그 비슷한 장치는 보이지 않는다.

— 사방에 풍부하게 나타나는 커튼과 술 장식의 색깔, 즉 연지색과 금빛은 방의 '특색'을 결정한다.

— 독일 작센 지방에서 짠 카펫은 두께가 0.5인치이다. 바닥 역시 연지색이며 바닥 위로 살짝 돌출된 작은 금색 끈(커튼을 장식한 것과 흡사한)으로 단순하게 포인트를 주었다. 끈은 짧고 불규칙한 일련의 곡선을 이루도록 배치되어 있으며 곡선들은 여러 차례 서로 교차한다.

— 벽들은 희끄무레한 은빛 색조의 광택지로 도배되어 있다. 광택지는 연지색이 주조를 이루지만 좀 더 부드러운 톤의 정교한 아라베스크 문양이 그려져 있다.

— 수많은 그림들. 스탠필드의 요정의 동굴이나 채프먼의 우울한 호수처럼 상상 속의 풍경들이 두드러진다. 그렇지만 영묘한 아름다움을 뽐내는 서너 명의 여인들도 보이는데, 바로 설리 풍의 초상화들이다. 그림의 색조는 하나같이 따뜻한 느낌을 주지만 어둡다.

— 작은 크기의 그림들은 전혀 없다. 작은 그림들은 뛰어나지만 지나치게 조탁된 많은 미술품들의 오점인 '얼룩덜룩한' 방 분위기를 조성하기 때문이다.

— 액자의 폭은 넓지만 깊지 않다. 우중충하지도 섬세하지도 않으며 화려하게 세공되어 있다.

— 그림들은 끈에 매달리지 않고 벽에 기대어 있다.

— 의자가 있는 장소들에는 거의 원형에 가까운, 아담한 크기의 거울이 걸려 있는데, 의자에 앉은 사람이 결코 비치지 않도록 배치되어 있다.

— 의자라고는 연지색 실크로 된 널찍한 자단목 소파 두 개(금

색 꽃무늬 장식이 새겨진)와 역시 자단목으로 만들어진 가벼운 의자 두 개가 전부다.

— 같은 목재로 만들어진 피아노가 커버도 없이 열려 있다.

— 한 소파 가까이에는 금박의 눈부시게 아름다운 대리석으로 만든 팔각 테이블이 보인다. 테이블 역시 커버로 덮여 있지 않다.

— 반짝이는 아름다운 꽃들로 깨알같이 수놓은 네 개의 눈부신 세브르 잔이 살짝 곡선으로 처리된 거실 모서리를 차지하고 있다.

— 향유(香油)로 가득 찬 오래된 소형 램프가 들어 있는 키 큰 촛대가 팔걸이의자(이 이상적인 방의 주인인 포의 친구가 이 의자에서 잠을 잔다) 가까이에 우뚝 솟아 있다.

— 모서리가 금색인 가볍고 우아한 선반들은 금술 장식 달린 연지색 실크 끈에 매달린 채 훌륭하게 제본된 2백~3백 권의 책을 받치고 있다.

— 그 외에 투명한 연지색 유리 갓을 쓴 아르강의 램프 말고 다른 가구는 없다. 램프는 가는 금 사슬에 의해 높은 아치형 천장에 매달려 모든 사물들 위에 은은한 마법의 빛을 뿌리고 있다.

아르강의 램프는 그다지 어렵지 않게 손에 넣을 수 있었다. 커튼과 카펫, 팔걸이의자도 마찬가지였다. 벽지를 구하는 데는 문제가 생겨 멘딜루세 미망인이 프랑케티가 특별히 디자인한 견본을 들고 직접 공장에 주문해 해결했다. 스탠필드나 채프먼의 그림은

찾을 수 없었지만, 프랑케티와 전도유망한 젊은 미술가인 그의 친구 아르투로 벨라스코가 몇 점의 유화를 그려 마침내 에델미라의 욕구를 충족시켰다. 자단목 피아노 역시 몇 가지 문제를 일으켰지만 결국은 모두 해결되었다.

방이 복원되자 에델미라는 이제 글을 써야 할 순간이 왔다고 생각했다. 『포의 방』 제1부는 이 방에 대한 세밀한 묘사이다. 제2부는 인테리어 디자인에서의 취향에 관한 개요로, 포의 몇 가지 규칙들을 발전시키고 있다. 제3부는 아술 농장 정원의 풀밭에 세워진 방의 건축 과정을 다루고 있다. 제4부는 가구 물색 과정에 대한 장황한 묘사이다. 제5부는 복원된 방에 대한 또 다른 묘사인데, 방은 빛과 연지색, 일부 가구들의 원산지와 보존 상태, 그림의 품질(에델미라는 독자들에게 단 하나의 세부도 빼놓지 않고 그림을 하나하나 모두 묘사한다) 등을 특히 강조함으로써 포가 구상한 방과 흡사하면서도 '상이'하다는 것을 보여 준다. 아마도 가장 짧을 마지막 제6부는 잠자는 남자인 포의 친구에 대한 묘사이다. 지나치게 명철한 일부 평론가들은 그에게서 최근에 사망한 세바스티안 멘딜루세의 그림자를 보고 싶어 했다.

작품은 출간 당시에 거의 주목을 끌지 못한다. 그렇지만 이번에는 자신의 글에 대한 에델미라의 확신이 대단해서 세간의 몰이해는 그녀에게 거의 타격을 주지 못한다.

그녀의 적대 세력들에 따르면, 1945~1946년에 그녀는 황량한 해변과 거의 알려지지 않은 후미를 부지런히 찾아다닌다. 그곳은 되니츠 제독의 잠수함 함대의 패잔병으로, 아르헨티나에 도착하는 은밀한 여행자들을 환영하는 곳이다. 또한 사람들은 『아르헨티나 제4제국』지와 후에 세워진 같은 이름의 출판사 배후에 그녀의 돈이 있다고 수군거린다.

1947년에 『포의 방』의 개정 증보판이 나온다. 이번에는 문간에서 바라본 방의 전망을 보여 주는 프랑케티 그림의 복제품이 함께 실린다. 잠자는 사내의 옆모습만 어슴푸레 볼 수 있을 뿐이다. 그는 실제로 세바스티안 멘딜루세였을 수도 있고, 아니면 그저 덩치 큰 다른 남자였을 수도 있다.

1948년에는 『현대 아르헨티나』를 폐간하지 않은 채 새로운 잡지 『아르헨티나 토착 문학』을 창간하여 자식들인 후안과 루스에게 운영을 맡긴다. 그러고는 유럽으로 떠나 1955년까지 돌아오지 않는다. 에바 페론, 즉 에비타와의 화해할 수 없는 적대 관계가 이 긴 망명의 원인이었던 것으로 추측된다. 그러나 당시의 사진을 보면 에비타와 에델미라는 칵테일파티나 리셉션, 생일 파티, 연극 공연, 스포츠 빅 이벤트 등에서 자주 함께 등장한다. 아마도 십중팔구 에비타는 『포의 방』을 10페이지 이상 넘겨보지 않았을 테고, 에델미라는 틀림없이 영부인의 비천한 사회적 출신 배경을 인정하지 않았을 것이다. 그러나 두 사람이 대규모 아르헨티나 현대 미술관(에델미라와 젊은 건축가 우고 보시가 디자인한) 설립과 같은 공동 프로젝트에 관여했음을 입증하는 제삼자들의 문건과 편지들이 존재한다. 이 미술관은 현대 회화를 대표하는 젊은 작가들과 중견 작가들의 창작 활동 — 그리고 일상생활 — 을 돕고 그들이 임시로 파리나 뉴욕으로 이주하는 것을 막을 목적으로 완벽한 숙식 서비스를 제공하는데, 이는 세계의 어떤 미술관 시설에서도 유례를 찾아볼 수 없는 것이다. 또 두 사람이 함께 쓴, 순진한 젊은 호색한의 삶과 불행에 관한 영화 시나리오가 존재한다는 얘기도 있다. 우고 델 카릴이 주인공 역을 맡기로 되어 있었으나 다른 많은 원고들과 마찬가지로 이것 역시 소실되었다.

확실한 것은 에델미라가 1955년까지 아르헨티나로 돌아가지 않았으며, 그 무렵 부에노스아이레스 문단에서 떠오르는 별은 그녀의 딸인 루스 멘딜루세였다는 사실이다.

에델미라는 이제 책을 거의 출간하지 않는다. 그녀의 『시 전집』 1권과 2권이 각각 1962년과 1979년에 출간된다. 충실한 카로소 네와 공동으로 집필한 회고록 『내가 살았던 세기』(1968), 아주 짤막한 단편들을 모은 책으로 뛰어난 문체가 돋보이는 『유럽의 교회와 공동묘지』(1972), 그리고 미발표된 젊은 시절의 시를 엮은 『열정』(1985) 등이 말년에 출간된 작품들이다.

반면 미술에 활기를 불어넣고, 재능 있는 신인들을 후원하는 그녀의 활동은 시간이 흘러도 위축되지 않는다. 에델미라가 사재를 털어 비용을 댄 초판본들이 무수히 많은 것처럼 그녀의 서문이나 발문, 헌사가 실린 책들도 이루 헤아릴 수 없다. 두 번째 부류의 책들로는 1978년에 국내외에서 상당한 논쟁을 불러일으킨 바 있는 홀리안 리코 아나야의 소설 『한물간 가슴과 젊은 가슴』과 제2차 초현실주의 선언 이후 아르헨티나 문단 일각에서 이어져 오던 시에 관한 불모의 논쟁에 종지부를 찍겠다는 의도로 쓰인 카롤라 레이바의 시집 『보이지 않는 숭배자들』 등을 꼽을 수 있다. 첫 번째 부류의 책들 중에서는 전직 군인 호르헤 에스테반 페트로비치의 데뷔작으로 포클랜드 전쟁*에 관한 다소 과장된 회고록인 『푸에르토아르헨티노의 아이들』과, 불협화음이나 귀에 거슬리는 단어들, 일상적인 거친 표현을 사용하지 않는 것을 미학적 목표로 삼는 명문가 젊은 시인들의 앤솔러지로 후안 멘딜루세가 서문을 써서 예기치 않은 상업적 성공을 거둔 『화살과 바람』을 빼놓을 수 없다.

그녀는 아술 농장에서 말년을 보냈는데, 포의 방에 틀어박힌 채 선잠을 자며 과거를 꿈꾸기 일쑤였고, 또 본채의 널찍한 테라스에서 독서 삼매경에 빠지거나 넋을 잃은 듯 풍경을 바라보곤 했다.

그녀는 숨을 거두는 순간까지 제정신(그녀는 '격노'로 표현하곤 했다)을 잃지 않았다.

후안 멘딜루세 톰슨

JUAN MENDILUCE THOMPSON

(부에노스아이레스, 1920~부에노스아이레스, 1991)

후안은 에델미라 톰슨의 둘째 아들로, 살아가면서 자신이 원하는 것은 무엇이든 할 수 있다는 것을 아주 어린 나이에 깨달았다. 그는 온갖 스포츠를 시도해 보았고(쓸 만한 테니스 선수이자 형편없는 카 레이서였다), 문학 예술을 후원하였으며(오히려 그는 보헤미안들이나 범죄자들과 형제처럼 허물없이 어울렸고, 그의 아버지와 건강한 형은 때때로 물리적 폭력까지 동원해 가며 금지와 협박으로 그를 이 세계에서 떼어 놓아야 했다), 문학으로 돌아서기 전에는 법을 공부했다.

스무 살에 첫 소설인 『에고이스트들』을 발표하는데, 이 작품은 런던과 파리, 부에노스아이레스를 무대로 미스터리와 청춘의 열정을 다루고 있다. 이야기는 외견상 사소한 하나의 사건을 둘러싸고 전개된다. 온후한 가장인 아버지가 어느 날 갑자기 부인에게 아이들을 데리고 당장 집을 떠나든지, 아니면 문을 걸어 잠그고 아이들과 방에 처박혀 있으라고 고래고래 소리 지른다. 이윽고 그 자신도 욕실에 틀어박힌다. 부인은 남편의 지시대로 한 시간이 지난 뒤에 방에서 나와 욕실로 향한다. 그녀는 욕실에서 남편이 손에 면도칼을 들고 목이 베인 채 죽어 있는 것을 발견한다. 처음에는 쉽게 해결할 수 있는 사건으로 보였던 이 자살 사건은 심령술에 심취한 런던 경시청의 한 형사와 고인의 아들의 주도로 수사가 이루어진다. 수사는 15년 넘게 계속되는데, 이는 프랑스의 신(新)왕정주의자 청년과 독일의 나치 청년을 위시한 일련의 인물들을 작품 속에 끌어들이기 위한 방편으로 작용한다. 작품 속에서 제멋대로 마음껏 말을 늘어놓고 있는 이 인물들은 작가의 대변자 역할을 하는 것으로 보인다.

소설은 성공을 거두었지만(1943년까지 아르헨티나에서 4판까지 매진되었고, 칠레와 우루과이를 비롯한 그 밖의 라틴 아메리카 국가들뿐만 아니라 스페인에서도 불티나게 팔렸다), 후안 멘딜루세는 정치를 위해 문학을 접는다.

그는 한동안 팔랑헤* 당원이자 호세 안토니오 프리모 데 리베라의 추종자임을 자처했다. 그는 반미주의자이자 반자본주의자였다. 또 나중에는 페론주의자가 되었고 코르도바 주와 연방 정부의 수도에서 정부 고위직을 차지하기에 이르렀다. 그의 경력은 흠잡을 데가 없었다. 페론주의의 몰락과 함께 그의 정치 성향은 새로운 변화를 겪었다. 그는 친미주의자로 탈바꿈했고(실제로 아르헨티나 좌파는 25명의 미국 중앙 정보국 요원들을 자기 소유의 잡지에 공개했다는 이유로 그를 비난했는데, 아무리 봐도 과장된 수치이다), 부에노스아이레스에서 가장 영향력 있는 법률 사무소에 스카우트되었으며, 마지막으로 스페인 주재 대사에 임명되었다. 마드리드에서 귀국해 소설 『아르헨티나인 기수(騎手)』를 발표하는데, 여기에서 그는 현대 세계의 영적 결핍, 신앙심과 동정심의 점진적 상실, 고통을 이해하고 인물을 창조하는 데 있어 현대 소설, 특히 방향성을 잃은 조악한 프랑스 소설이 드러내는 무능력을 통탄한다.

그는 아르헨티나의 '카토'로 불린다. 가족 소유 잡지의 경영권을 놓고 누이동생 루스 멘딜루세와 다투기도 하는데, 분쟁에서 승리하며 당대 소설에 나타나는 감정의 결핍에 맞서 십자군 전쟁을 벌이려고 시도한다. 세 번째 소설 『마드리드의 봄』의 출간에 때맞춰, 친프랑스파와 폭력, 무신론 그리고 외국 사상의 숭배자들에 대한 공세를 시작한다. 『아르헨티나 토착 문학』과 『현대 아르헨티나』가 발판 역할을 한다. 여기에 코르타사르와 보르헤스에 대한 그의 비방 글을 실으려고 온통 혈안이 되었던 부에노스아이레스의 여러 일간지들도 합세한다. 그는 코르타사르를 비현실적이고 잔혹하다며 비난하고, 보르헤스에 대해서는 "캐리커처의 캐리커처"인 이야기들을 쓰며 이미 쇠퇴 일로에 있고 "수없이 이야기돼서 구역질이 날 만큼 닳아빠진" 영문학과 프랑스 문학의 고갈된 인물들을 창조한다고 헐뜯는다. 그의 공격은 비오이 카사레스, 무히카 라이네스, 에르네스토 사바토(그의 눈에는 폭력 숭배와 이유 없는 공격성의 화신으로 보였다), 레오폴도 마레찰 등의 작가들에게까지 확대된다.

그는 이후에 세 권의 소설을 더 펴낸다. 『젊음의 열정』은 1940년 아르헨티나에 대한 회상이며, 『파타고니아의 페드리토 살다냐』는 스티븐슨과 콘래드가 교차하는 남부의 모험담이고, 『빛나는 어둠』은 질서와 무질서, 정의와 불의, 신과 공허에 관한 소설이다.

1975년에 그는 다시 한 번 정치를 위해 문학을 떠난다. 그는 페론 정부와 군사 정부에 똑같이 충심으로 복무했다. 1985년에 형이 사망하자 가족 사업의 운영을 맡았다. 1989년에는 소설을 쓰기 위해 두 조카와 아들에게 사업을 위임하지만 작품을 끝마치지는 못했다. 마지막 작품인 『가라앉는 섬들』은 그의 어머니의 비서 아들인 에델미로 카로소네에 의해 비평판으로 출간되었다. 50페이지 분량의 책으로, 불분명한 인물들 간의 대화와 무수한 강과 바다에 대한 무질서한 묘사로 가득하다.

루스 멘딜루세 톰슨

LUZ MENDILUCE THOMPSON

(베를린, 1928~부에노스아이레스, 1976)

루스 멘딜루세는 명랑하고 예쁜 아이였고, 우수에 젖은 뚱뚱한 소녀였으며, 알코올 중독에 빠진 불행한 여자였다. 이 점을 제외하면, 그녀 집안 출신 작가들 중에서 문학적 재능이 가장 뛰어났다.

그녀는 히틀러가 생후 몇 개월밖에 안 된 여자아이를 안고 있는 유명한 사진을 평생 소중하게 간직했다. 이 사진은 호화로운 은세공 액자에 담겨 집 안 응접실에 자랑스럽게 놓였다. 그 옆에는 아르헨티나 화가들이 그린 여러 초상화가 나란히 놓였는데, 대체로 유아 시절이나 10대 소녀 시절의 그녀가 어머니와 함께 등장했다. 이 초상화들 중 일부는 뛰어난 예술 작품이었지만 화재가 발생했다면 그녀는 자신의 미발표 시가 적힌 그림들은 제쳐두고 무엇보다 먼저 그 사진을 화마로부터 구해 냈을지도 모를 일이다.

그녀는 손님들이 그 진기한 스냅 사진에 대해 궁금해하면 그때마다 다른 설명을 해 주곤 했다. 때때로 그녀는 사진 속의 아이가 고아일 뿐이며, 유권자의 환심을 사고 홍보 효과를 거둘 목적으로 정치인들이 고아원을 방문했을 때 찍은 사진이라고 말했다. 또 어떤 때는 히틀러의 조카로 17세의 나이에 공산주의자들에게 포위된 베를린에서 전투 중에 사망한 영웅적이고 불행한 소녀였다고 설명했다. 또 때로는 사진 속의 아이는 바로 그녀 자신이며 히틀러가 그녀를 안고 얼러 주었는데, 아직도 꿈결에서는 히틀러의 강한 팔과 머리 위로 쏟아지던 그의 뜨거운 호흡을 느낄 수 있다고, 그리고 아마도 그때가 그녀의 생애에서 최고의 순간이었을 것이라고 솔직하게 털어놓곤 했다. 아마도 그녀의 말에 일리가 없지 않았을 것이다.

조숙한 시인이었던 그녀는 16세에 첫 시집을 발간한다. 18세에는 그녀의 이름으로 출간된 책이 세 권에 달하고, 실제로 거의 독립해 살면서 젊은 아르헨티나 시인 홀리오 세사르 라쿠투레와 결혼하기로 마음먹는다. 약혼자는 그녀 가족에게 달갑잖은 첫인상을 주지만 가족들의 축복 속에 결혼식을 치른다. 라쿠투레는 독특한 남성미를 풍기는 세련되고 교양 있는 젊은이지만, 빈털터리에다 평범한 시인에 지나지 않았다. 부부는 미국과 멕시코로 신혼여행을 떠나고, 루스 멘딜루세는 멕시코시티에서 시 낭송회를 연다. 그런데 바로 그곳에서 문제가 시작된다. 라쿠투레는 부인에게 질투심을 느끼고 바람을 피움으로써 복수한다. 어느 날 밤 루스는 아카풀코에서 그를 찾아 나선다. 라쿠투레는 소설가 페드로 데 메디나의 집에 있었다. 낮 동안 아르헨티나 여성 시인을 환영하는 바비큐 파티가 열렸던 집은 밤이 되자 그녀의 남편을 위한 사창굴로 둔갑한다. 루스는 라쿠투레가 두 명의 창녀와 함께 있는 것을 발견한다. 처음에는 침착함을 유지한다. 그녀는 서재에서 페드로 데 메디나와 사회주의 리얼리즘 시인인 아우구스토 사모라와 함께 테킬라 두 병을 비운다. 두 사람은 그녀를 진정시키려고 애쓴다. 그들 셋은 보들레르, 말라르메, 클로델, 소련 시, 폴 발레리 그리고 소르 후아나 이네스 델라 크루스에 대해 담소를 나눈다. 소르 후아나를 얘기하는 순간에 루스의 인내심은 한계에 다다랐고 마침내 폭발한다. 그녀는 손에 집히는 대로 아무거나 집어 들고 남편을 찾아 침실로 향한다. 엉망으로 취한 라쿠투레는 옷을 챙겨 입으려고 허둥댔고, 몸뚱이만 겨우 가린 창녀들은 방구석에서 그를 지켜보고 있었다. 루스는 더 이상 참지 못하고 팔라스 상(像)으로 남편의 머리통을 내리친다. 머리에 강한 충격을 받은 라쿠투레는 보름 동안 병원 신세를 져야 했다. 그들은 함께 아르헨티나로 돌아갔지만 결국 4개월 후에 결별한다.

결혼 실패로 절망에 빠진 그녀는 술에 절어 살았고, 뒷골목의 싸구려 술집을 뻔질나게 드나들며 부에노스아이레스에서 가장 험악한 부랑자들과 놀아난다. 바로 이 시기에 잘 알려진 「히틀러와 함께 나는 행복했네」를 쓰는데, 이 시는 우파와 좌파 모두에게 이해받지 못한다. 루스의 어머니는 그녀를 유럽으로 보내려 하지만 그녀는 거부한다. 그 무렵에 그녀는 158센티미터의 키에 몸무게는 90킬로그램이 넘었다. 또 습관처럼 하루에 위스키를 한 병씩 마셨다.

스탈린과 딜런 토머스가 죽은 해인 1953년에 그녀는 시집 『부에노스아이레스의 탱고』를 펴낸다. 이 시집은 「히틀러와 함께 나는 행복했네」의 개정 증보판인 동시에 그녀의 최고의 시 몇 편이 함께 실려 있다. 가령, 보드카 병과 이해할 수 없는 날카로운 비명들 사이에서 전개되는 혼란스러운 우화인 「스탈린」, 아마도 이런 유형의 시가 성행했던 1950년대에 아르헨티나에서 쓰인 가장 잔혹한 시 가운데 하나로 기록될 「자화상」, 앞의 시와 동일한 성격의 작품이지만 아이러니와 블랙 유머가 한결 숨통을 틔워 주는 「루스 멘딜루세와 사랑」, 그리고 50세에 자살하겠다는 소망을 담은 「50세의 묵시록」 등이 있다. 그녀의 지인들은 마지막 작품에 대해 지나치게 낙관적인 전망이라고 트집을 잡았다. 살아가는 방식으로 봐서는 30세까지만 살아도 행운이라는 것이다.

점차 그녀의 주변에는 그녀 어머니의 취향에 비해서는 지나치게 이단적이고, 그녀 오빠의 취향에 비해서는 지나치게 급진적인 작가들의 패거리가 꾀어든다. 나치주의자들과 불만분자들, 그리고 알코올 중독자들과 성적, 경제적으로 소외된 자들에게 『아르헨티나 토착 문학』은 반드시 거쳐야 할 통로가 된다. 루스 멘딜루세는 이들 모두의 대모이자 새로운 아르헨티나 시의 여걸로 부상하고, 경악한 문학계는 이 새로운 시를 진압하려고 시도한다.

1958년에 루스는 다시 한 번 사랑에 빠진다. 이번 상대는 스물다섯 살의 화가로 금발에 파란 눈을 가진, 애교 있는 멍청이다. 오빠인 후안의 알선으로 그녀가 구해 준 장학금을 받고 그가 파리로 떠나는 1960년까지 관계가 지속된다. 새로운 좌절은 또 하나의 위대한 시 「아르헨티나 회화」를 탄생시키는 자극제가 된다. 이 시에서 그녀는 미술품 수집가, 아내, 아동 모델 그리고 성인 모델의 관점에서 늘 원만하지 않았던 아르헨티나 화가들과의 관계를 얘기하고 있다.

1961년, 첫 혼인 무효 선언이 이뤄진 후에 그녀는 『아르헨티나 토착 문학』의 기고가이자 스스로 '네오가우초'* 스타일로 명명한 시의 개척자인 마우리시오 카세레스 시인과 결혼한다. 이번에 루스는 자숙하여 모범적인 주부가 되기로 마음먹는다. 그는 『아르헨티나 토착 문학』의 운영을 남편에게 일임하는 한편(이는 후안 멘딜루세와 적지 않은 문제를 일으키는데, 후안은 카세레스를 도둑놈이라고 비난한다), 글쓰기를 접고 좋은 아내가 되기 위해 몸과 마음을 바친다. 나치주의자들, 불만분자들, 문제적 인물들은 카세레스를 잡지의 전면에 내세우고 집단적으로 '네오가우초주의자들'이 되기에 이른다. 이러한 성공은 카세레스를 정상의 위치에 올려놓는다. 그는 어느 순간 이제 더 이상 루스도 멘딜루세 가문도 필요 없다고 생각하기에 이른다. 그러고는 적당한 시점에 후안과 에델미라를 공격한다. 심지어 아내를 헐뜯는 비방도 불사한다. 곧 '네오가우초' 문학의 남성적 제안에 무릎 꿇은 새로운 뮤즈들, 젊은 여성 시인들이 등장해 카세레스의 관심을 끈다. 그러나 겉으로는 남편의 일을 까맣게 모르는 것으로 보이던 루스가 어느 날 갑자기 다시 폭발한다. 이 사건은 부에노스아이레스 지역 신문들의 사건 사고 면과 가십난에 대서특필되었다. 카세레스와 『아르헨티나 토착 문학』의 한 편집자는 결국 총상을 입고 입원하게 된다. 편집자는 부상이 경미했지만 카세레스는 한 달 보름 동안 병원 신세를 져야 했다. 루스의 처지도 크게 나을 게 없었다. 남편과 남편 친구에게 총을 쏜 후에 그녀는 욕실 문을 걸어 잠그고 약상자에 있던 알약을 모두 집어삼켰다. 이번에는 유럽으로 떠나는 것이 불가피해진다.

1964년, 요양소 여러 곳을 전전한 끝에 루스는 소수이지만 충실한 그녀의 독자들에게 다시 한 번 놀라움을 선사한다. 시집『허리케인처럼』이 세상에 나온 것이다. 열 편의 시로 이루어진 120페이지의 이 시집은 수지 다마토(루스의 시는 거의 한 줄도 이해하지 못하지만, 그녀에게 남은 얼마 안 되는 친구들 중 하나다)가 서문을 쓰고 멕시코의 한 페미니스트 출판사에서 펴낸다. 이 출판사는 곧 '악명 높은 극우파 활동가'의 책을 발간한 것을 뼈저리게 후회하게 된다. 루스의 시에는 언제나 내밀한 성격을 띠는 부적절한 메타포("마음으로 나는 마지막 나치이다" 같은)를 제외하고는 정치적 언급이 거의 나타나 있지 않아서 당시에 출판사는 그녀의 정체를 전혀 눈치 채지 못했다. 이 책은 1년 뒤에 아르헨티나에서 다시 출간되어 얼마간 우호적인 평가를 얻는다.

1967년에 루스는 다시 부에노스아이레스로 돌아가, 그곳에 정착해 마지막 생을 보내게 된다. 신비로운 분위기가 그녀를 감싼다. 파리에서 쥘 알베르 라미스가 그녀의 시 거의 전편을 번역·출간한다. 페드로 바르베로라는 젊은 스페인 시인이 그녀를 수행하는데, 그녀는 비서 역할을 하는 그를 페드리토라는 애칭으로 불렀다. 페드리토는 그녀의 아르헨티나인 남편들이나 애인들과 달리 그녀를 잘 돌봐 주고 세심한 데다(다소 투박하긴 했겠지만) 무엇보다 그녀에게 충실했다. 루스는『아르헨티나 토착 문학』의 경영권을 되찾고 '상처 입은 독수리(El Águila Herida)'라는 새로운 출판사를 세운다. 그녀는 곧 추종자 무리들에 둘러싸이고 그들은 그녀의 일거수일투족에 찬사를 보냈다. 그녀는 몸무게가 무려 백 킬로그램이나 나간다. 또 허리까지 늘어뜨린 머리는 거의 감지 않왔고 누더기에 가까운 낡아 빠진 옷을 입는다.

그녀의 정서적인 삶은 조금씩 안정을 찾아간다. 다시 말해, 루스 멘딜루세는 더 이상 괴로워하지 않는다. 그녀는 애인들을 거느렸고 과음하였으며 때로는 코카인을 남용하기도 했지만 정신적 평정을 잃지 않는다. 그녀는 매몰찼다. 그녀의 문학 비평은 두려움의 대상이었고, 그녀의 위트와 가시 돋친 독설의 표적이 되지 않은 사람들은 그녀의 글을 손꼽아 기다렸다. 그녀는 몇몇 아르헨티나 시인들(예외 없이 모두 이름 있는 남성 시인들이었다)과 날카롭고 격렬한 논쟁을 벌였는데, 그들을 동성애자(루스는 개인적으로 게이 친구들이 많았지만 공개적으로는 동성애에 반대했다)나 풋내기 혹은 빨갱이로 신랄하게 풍자했다. 많은 아르헨티나 여성 작가들이 공개적으로든 아니든 그녀를 존경하고 그녀의 작품을 탐독했다.

『아르헨티나 토착 문학』(그녀는 이 잡지에 혼신의 힘을 쏟지만 숱한 절망만 안겨 준다)의 경영권을 둘러싼 오빠 후안과의 분쟁이 극에 달한다. 비록 그녀는 싸움에서 졌지만 젊은이들은 그녀를 따른다. 그녀는 부에노스아이레스의 대형 아파트와 파라나의 농장을 오가며 지낸다. 이 농장은 예술가들의 생활 공동체로 탈바꿈하며 그곳에서 그녀는 반대 세력 없이 여왕처럼 군림한다. 그곳 강가에서 예술가들은 바깥세상에서 현기증 나게 전개되기 시작한 피비린내 나는 정치적 사건들은 아랑곳하지 않은 채 담소를 나누고 낮잠을 자고 술을 마시고 그림을 그렸다.

그러나 천하의 루스도 위험을 비껴 갈 수는 없었다. 어느 날 오후 클라우디아 살다냐가 농장에 나타난다. 젊고 아름다운 시인인 그녀는 여자 친구와 함께 도착한다. 루스는 그녀를 보고 한눈에 반한 나머지 서둘러 그녀를 소개받고 그녀에 대한 관심을 아끼지 않는다. 클라우디아 살다냐는 농장에서 저녁과 밤을 보내고 이튿날 아침, 그녀가 살고 있던 로사리오로 돌아간다. 루스는 그녀에게 자신의 시를 읽어 주고 프랑스어로 번역된 책을 자랑하였으며 히틀러와 함께 찍은 유아 시절의 사진을 보여 주었다. 또 그녀에게 글을 써 보라고 격려하기도 하고 그녀의 시를 읽을 수 있게 해 달라고 간청하였으며(클라우디아 살다냐는 이제 막 글을 쓰기 시작한 터라 자신의 시가 너무 형편없다고 말한다), 그녀가 마음에 들어 하는 작은 목각상을 선물하기도 했다. 그리고 마지막으로 떠나지 못하게 할 속셈으로 그녀를 술에 곯아떨어지게 하려 했지만 클라우디아 살다냐는 끝내 떠나고 말았다.

몽유병자처럼 멍하게 이틀을 보내고 나서 루스는 자신이 사랑에 빠졌음을 알게 된다. 그녀는 마치 소녀가 된 기분으로 로사리오에 있는 클라우디아의 전화번호를 알아내 전화를 건다. 루스는 거의 술을 입에 대지 않았고 좀처럼 감정을 억제할 수 없었다. 그녀에게 만나 달라고 청한다. 클라우디아는 청을 받아들인다. 두 사람은 사흘 뒤 로사리오에서 만나기로 한다. 루스는 감정을 억누르지 못하고 그날 밤 당장, 늦어도 다음 날 보고 싶어 한다. 클라우디아는 불가피한 선약이 있다고 둘러댄다. 안 되는 것은 안 되는 것이고, 더욱이 그건 불가능한 일이었다. 루스는 체념하고 기꺼운 마음으로 조건을 받아들인다. 그날 밤 그녀는 울고 춤추며

기절해 쓰러질 때까지 술을 들이켠다. 의심의 여지 없이 그녀가 어느 한 사람에게 그런 감정을 느낀 것은 처음이었다. 루스는 페드리토에게 자신의 진정한 사랑을 털어놓았고, 그는 그녀의 말에 전적으로 동감을 표한다.

로사리오에서의 만남은 루스가 상상했던 것만큼 환상적이지 않았다. 클라우디아는 그녀에게 앞으로 둘이 더 밀접한 관계를 맺는 것이 불가능한 이유를 분명하고 솔직하게 밝힌다. 그녀는 레즈비언이 아니었고 나이 차도 상당했으며(루스가 25년 연상이었다), 마지막으로 두 사람의 정치적 이념은 거의 상반될 정도로 대립적이었다. 클라우디아는 그녀에게 "우리는 철천지원수예요"라고 쓸쓸히 말했다. 루스에게 이 마지막 말은 흥미롭게 들렸다. (그녀는 진정한 사랑이라면 레즈비언이건 아니건 성적 취향은 무의미하다고 느꼈다. 또 나이는 환영이었다.) 그러나 철천지원수라는 말이 그녀의 흥미를 자극했다. "왜지요?" "나는 트로츠키주의자이고 당신은 빌어먹을 파시스트잖아요"라고 클라우디아가 말했다. 루스는 클라우디아의 모욕적인 언사를 못 들은 척하며 웃었다. 그녀는 절망적으로 사랑에 애태우며 "도저히 극복할 수 없는 문제가요?"라고 묻는다. "극복 못해요." 클라우디아가 답한다. "그럼 시는 어떻게 되는 거죠?" 루스가 묻는다. "오늘날 아르헨티나에서 시가 할 수 있는 일은 거의 없어요"라고 클라우디아가 말한다. "아마도 당신 말이 맞겠지요." 눈물이 그렁그렁한 눈으로 루스가 수긍한다. "하지만 당신이 착각하는 것일 수도 있어요." 작별은 쓸쓸했다. 루스는 하늘색 알파로메오 스포츠카를 타고 왔었다. 뚱뚱한 몸뚱이를 운전석에 들여놓기가 녹록지 않았지만 그녀는 만면에 미소를 띤 채 활기차게 움직였다. 클라우디아는 그들이 머물렀던 카페의 문간에서 미동도 없이 그녀를 지켜보았다. 루스는 가속 페달을 밟았다. 클라우디아의 모습이 백미러에 고정되어 있었다.

그녀의 입장에 처했다면 누구라도 절망해서 포기했을 것이다. 하지만 루스는 그렇고 그런 보통 여자가 아니었다. 거침없는 왕성한 창작 활동이 그녀를 삼켜 버렸다. 과거에는 사랑에 빠지거나 실연당했을 때 오랫동안 글쓰기를 접었었다. 불행한 운명을 예감하기라도 한 듯 이제 그녀는 미친 듯이 글을 쓴다. 그녀는 밤마다 클라우디아에게 전화를 걸었고, 두 사람은 이야기를 나누고 논쟁을 벌이고 서로에게 시를 읽어 주었다(솔직히 클라우디아의 시는 형편없었지만 루스는 대놓고 그렇게 말하지 않으려고 무척 조심했다). 밤마다 그녀는 다시 만나자고 조르고 간청한다. 심지어는 둘이 함께 아르헨티나를 떠나 브라질로, 파리로 도망치자는 엉뚱한 제안을 하기도 한다. 루스의 제안에 클라우디아는 폭소를 터뜨린다. 그러나 그녀의 폭소에는 잔혹함이 없었다. 오히려 슬픔이 묻어났다.

돌연 시골 생활과 파라나의 예술가 생활 공동체가 숨 막히게 답답해진 루스는 부에노스아이레스로 돌아가기로 결정한다. 그곳에서 친구들과 자주 어울려 영화관이나 극장에 드나들며 사교 생활을 다시 시작하려고 시도한다. 그러나 그럴 수 없었다. 또 그렇다고 허락도 없이 무턱대고 로사리오로 클라우디아를 찾아갈 용기도 없었다. 그녀가 아르헨티나 문학사상 가장 특이한 시의 하나인 「마이 걸」을 쓴 것은 바로 그때였다. 사랑과 후회와 빈정거림으로 가득 찬 750행의 시였다. 그녀는 매일 밤 클라우디아에게 전화를 건다.

어쩌면 숱한 대화 끝에 두 사람 사이에 진실한 우정이 싹텄을지도 모를 일이다.

1976년 9월, 루스는 벅찬 사랑을 품에 안은 채 알파로메오를 몰고 말 그대로 로사리오를 향해 날아간다. 그녀는 클라우디아에게 자신은 달라질 용의가 있으며 실제로 이미 변하고 있다고 말할 참이었다. 그녀의 집에 도착했을 때 루스는 절망에 잠긴 그녀의 부모를 발견한다. 한 무리의 낯선 사람들이 그녀를 납치했던 것이다. 루스는 백방으로 뛰어다니며 친구들과 어머니의 친구들, 큰오빠 그리고 후안의 친구들에게 도움을 청해 보지만 소용이 없었다. 클라우디아의 친구들은 그녀가 군인들에게 잡혀 있다고 말한다. 루스는 어떤 말도 믿기를 거부하고 기다렸다. 두 달 후에 로사리오 북쪽 지역의 한 쓰레기장에서 클라우디아의 시신이 발견된다. 다음 날 루스는 알파로메오를 몰고 부에노스아이레스로 돌아간다. 가는 도중에 차가 주유소를 들이받아 산산조각 난다. 엄청난 폭발이었다.

편력하는 영웅들 혹은 깨지기 쉬운 거울들

이그나시오 수비에타

IGNACIO ZUBIETA

(보고타, 1911~베를린, 1945)

보고타 최고 명문가의 외아들로 태어난 이그나시오 수비에타의 인생은 처음부터 탄탄대로처럼 보였다. 그는 훌륭한 학생이었고 뛰어난 운동선수였으며, 열세 살의 나이에 영어와 프랑스어를 정확히 말하고 쓸 줄 알았다. 어디서든 그를 돋보이게 하는 풍채와 남성미의 소유자로서 쾌활한 성격에 스페인 고전 문학에 대한 해박한 지식을 지니고 있었다(17세에 남의 도움 없이 혼자 힘으로 가르실라소 델라 베가에 관한 연구서를 펴내 콜롬비아 문학계에서 한목소리로 칭송을 받았다). 또 일급 기수에다 자기 세대의 폴로 챔피언이었으며 뛰어난 댄서였다. 게다가 다소 캐주얼하긴 했지만 옷차림도 나무랄 데 없었고 집요한 서적 애호가였으며, 활기에 넘쳤지만 타락하지 않았다. 그의 모든 것이 탁월한 성취 혹은 적어도 그의 가문과 조국에 유익한 삶의 전조였다. 그러나 우연 혹은 그가 살았던(그리고 그가 선택했던) 끔찍한 시대가 그의 운명을 돌이킬 수 없게 뒤틀어 버렸다.

18세에 그는 공고라 풍의 시집을 발표한다. 비평계는 가치 있고 흥미롭긴 하지만 당대의 콜롬비아 시에 아무런 보탬도 되지 못하는 작품이라고 혹평한다. 수비에타는 이러한 사실을 깨닫고 6개월 뒤에 친구인 페르난데스 고메스와 함께 유럽으로 떠난다.

스페인에서 그는 상류 사회의 살롱에 자주 드나들고, 스페인 상류 사회는 그의 젊음과 친절, 그의 지성 그리고 이미 그때부터 그의 훤칠한 풍채를 휘감기 시작했던 비극적 후광에 매료된다. 그가 20년 연상의 부유한 미망인 바아몬테스 공작 부인과 긴밀한 관계를 유지하고 있다는 소문이 파다했지만(당시 보고타 신문들의 가십난에 그렇게 실려 있다), 이와 관련된 어떤 증거도 존재하지 않는다. 카스테야나 거리에 있던 그의 집은 시인들과 극작가들, 화가들의 회합 장소가 된다. 그는 16세기의 모험가 에밀리오 엔리케스의 삶과 작품에 관한 연구에 착수하지만 끝마치지 못하며, 출판도 되지 않고 읽는 사람도 거의 없는 시들을 쓴다. 그는 또 유럽과 북아프리카를 여행하고 이따금씩 콜롬비아 신문들에 여행기와 세심한 여행자의 스케치를 보낸다.

혹자들에 따르면, 그는 1933년 스캔들이 터지려는 상황에서 스페인을 떠나 파리에 잠시 체류한 뒤 러시아와 스칸디나비아 국가들을 방문한다. 그러나 결국 스캔들은 일어나지 않았다. 소비에트 국가가 그에게 안겨 준 인상은 모순적이고 불가사의하다. 그는 콜롬비아 신문에 비정기적으로 기고한 글에서 모스크바의 건축과 눈으로 뒤덮인 광활한 대지, 그리고 레닌그라드 발레단에 대한 감탄을 드러낸다. 정치적 견해는 보류되거나 아예 빠져 있었다. 그는 또 핀란드를 장난감 나라로 묘사한다. 스웨덴 여자들은 그의 눈에 터무니없는 시골 아낙들로 비친다. 또 그는 아직까지 노르웨이의 피오르를 제대로 노래한 시인이 없었다고 평가한다(입센은 그에게 구역질 나는 작가로 느껴진다). 6개월 후에 그는 파리로 돌아가 데조 거리의 안락한 아파트에 정착하는데, 폐렴에 걸려 코펜하겐에 머물러야 했던 단짝 친구 페르난데스 고메스가 곧 그와 합류한다.

파리에서의 생활은 폴로 클럽과 예술가 모임 사이에서 흘러간다. 수비에타는 곤충학에 흥미를 느껴 소르본 대학에서 앙드레 티보 교수의 강의를 듣는다. 1934년에는 페르난데스 고메스, 새 친구 필리프 르메르시에와 함께 베를린을 여행한다. 르메르시에는 현기증 나는 풍경과 '세상의 종말 장면들'을 그린 젊은 화가로 수비에타는 그를 후원하고 있었다.

스페인 내전이 발발한 지 얼마 안 되어 수비에타와 페르난데스 고메스는 바르셀로나를 방문하고 이어 마드리드를 찾는다. 두 사람은 그곳에서 피신하지 않은 몇 안 되는 친구들을 방문하며 3개월 동안 머문다. 그 뒤에 그들은 국민파 지역으로 넘어가 프랑코군에 의용병으로 입대한다. 이는 그들을 아는 사람들에게 적지 않은 놀라움을 안겨 준다. 수비에타의 군 경력은 눈부시다. 공백이 없진 않았지만 용맹한 행동으로 잇달아 훈장을 받았다. 육군 소위에서 중위로 진급하고, 나중에는 거의 과도기도 거치지 않고 곧바로 대위로 진급한다. 그는 테루엘 전투와 북부 전투, 그리고 엑스트레마두라 포위전에 참전했던 것으로 보인다. 그러나 전쟁이 끝날 무렵에는 세비아에서 성격이 모호한 행정 업무를 담당한다. 콜롬비아 정부가 그에게 비공식적으로 로마 주재 문정관 직을 제안하지만 그는 고사한다. 1938년과 1939년, 그는 다소 명성이 퇴색하긴 했지만 여전히 매혹적인 로시오 축제에 경중대는 흰 망아지를 탄 기수로 참가한다. 그가 페르난데스 고메스와 함께 모리타니땅을 여행하고 있을 때 제2차 세계 대전이 발발한다. 이 시기를 통틀어 보고타 신문들은 그에게서 단 두 편의 글만 받았을 뿐인데, 그나마 둘 다 수비에타가 생생하게 체험했던 특정한 정치 사회적 사건들과는 거리가 멀었다. 첫 번째 글에서는 사하라에 서식하는 몇몇 곤충들의 삶을 기술한다. 두 번째 글에서는 아랍의 말〔馬〕들에 대해 이야기하며 그것들을 콜롬비아에서 이루어지는 순종 사육과 비교한다. 스페인 내전이나 당시 유럽에 불어닥친 대격변에 대해서는 일언반구도 없다. 콜롬비아 친구들은 수비에타에게 예정되어 있는 것처럼 보였던 위대한 문학 작품을 손꼽아 기다렸지만 정작 그는 문학이나 자신의 신상에 대해 일체 언급하지 않는다.

1941년 수비에타는 절친한 친구 디오니시오 리드루에호의 부름을 받고 흔히 푸른 사단으로 알려진 스페인 의용군에 가장 먼저 가담한다. 그에게는 따분하기 짝이 없던 독일에서의 훈련 기간 동안 그는 단짝 친구 페르난데스 고메스와 함께 실러의 시를 번역하는 일에 몰두한다. 번역된 시들은 후에 카르타헤나의 『살아 있는 시(*Poesía Viva*)』와 세비야의 『시와 문학의 등대(*El Faro Poético Literario*)』에 나란히 발표된다.

이제 그는 러시아에서 볼초프 강을 따라 전개된 수차례의 교전과 포사드 전투에 참전한다. 또 크라스니보르 전투에서는 영웅적인 행동으로 철십자 훈장을 받는다. 1943년 여름, 그는 혼자서 파리로 돌아간다. 페르난데스 고메스는 부상 치료를 위해 리가*의 군 병원에 입원한다.

파리에서 수비에타는 작가·예술가들과 자주 어울리며 사교 생활을 재개한다. 그리고 르메르시에와 함께 스페인을 여행한다. 사람들은 그가 바아몬테스 공작 부인을 다시 만났다고 수군거린다. 마드리드의 한 출판사가 그가 번역한 실러의 시를 묶어 책을 발간한다. 모두들 그를 치켜세운다. 그는 각종 파티에 초대받았고 사교계에서 높은 인기를 누렸다. 그러나 수비에타는 예전 같지 않았다. 임박한 죽음을 예감한 듯 그의 얼굴에는 항상 짙은 그늘이 드리워져 있었다.

10월에는 푸른 사단의 귀환과 함께 페르난데스 고메스가 돌아오고, 두 친구는 카디스에서 재회한다. 그들은 르메르시에와 함께 세비야를 여행하고 이어 마드리드를 여행한다. 마드리드의 대학 강당에서 열광하는 수많은 청중들 앞에서 실러의 시를 낭송한다. 그 뒤에 그들은 파리로 돌아가 마침내 정착한다.

프랑스 SS 의용 여단의 파일에는 그의 이름이 올라 있지 않지만 노르망디 상륙을 한두 달 앞두고 수비에타는 샤를마뉴 여단 장교들과 접촉한다. 그는 대위 계급장을 달고 단짝 친구 페르난데스 고메스와 함께 러시아 전선으로 복귀한다. 르메르시에는 1944년 10월, 바르샤바 소인이 찍힌 원고를 받는다. 결과적으로 이 원고는 이그나시오 수비에타가 남긴 문학 유산의 일부를 이루게 된다.

불패 신화의 프랑스 SS 의용 여단 보병 대대에 들어간 수비에타는 제3제국 말기에 베를린에서 포위당한다. 페르난데스 고메스의 일기에 따르면, 그는 1945년 4월 20일 시가전에서 사망한다. 같은 달 25일 페르난데스 고메스는 스웨덴 공사관에 자신의 원고가 든 상자 하나와 친구의 나머지 원고 유품을 기탁한다. 스웨덴 공사관은 1948년 독일 주재 콜롬비아 대사에게 이 원고들을 보낸다. 마침내 수비에타의 원고는 가족의 손에 전해지고, 그의 가족은 1950년 보고타에서 열다섯 편의 시가 수록된 예쁜 소책자를 출간한다. 남미의 아름다운 나라에 정착하기로 결정한 르메르시에가 삽화를 그렸다. 시집 제목은 '꽃의 십자가'였다. 시들은 어느 것도 30행을 넘지 않는다. 첫 번째 시의 제목은 '베일의 십자가', 두 번째 시의 제목은 '꽃의 십자가'이고 이런 식으로 계속 이어진다(끝에서 두 번째 시는 「철의 십자가」, 마지막 시는 「고철 십자가」이다). 이 시들은 수비에타의 삶의 여정 — 즉 망명과 선택, 그리고 명백히 헛된 죽음 — 을 둘러싼 미스터리를 캐고 싶어 하는 사람들에게 이 시들을 어둡고 모호하게 만드는 난해한 표현 방법으로 특징지어진다. 그렇지만 굳이 덧붙일 필요도 없이 이 시들은 결정적으로 자서전적 성격을 지닌다.

수비에타의 나머지 작품들에 대해서는 거의 알려지지 않았다.

혹자들은 더 이상의 작품이 없다거나, 남아 있는 소수의 작품들은 실망스럽다고 말한다. 한동안 수비에타의 어머니가 불길 속에 던져 버린 5백 페이지가 넘는 내밀한 일기가 존재한다는 추측이 나돌기도 했다.

1959년 보고타의 한 극우 단체가 르메르시에의 허락을 받고 '볼세비즘에 맞서 투쟁한 콜롬비아인'이라는 부제가 붙은 『철의 십자가』라는 책을 출간한다(책 제목과 부제는 명백히 수비에타가 붙인 것이 아니다). 그러나 이 책의 출간을 허락한 적이 없는 수비에타의 가족은 프랑스인과 발행자를 상대로 소송을 제기한다. 소설 또는 긴 단편으로 분류되는 이 작품(80페이지짜리 책으로, 여기에는 수비에타가 제복 차림으로 찍은 다섯 장의 사진이 실려 있는데 이 중 한 사진에서 그는 파리의 한 레스토랑에서 차가운 미소를 띤 채 제2차 세계 대전 중에 콜롬비아인으로는 유일하게 받은 철십자 훈장을 자랑스럽게 보여 주고 있다)은 병사들 간의 우정에 대한 예찬인데, 이런 유형의 방대한 문학에서 다뤄지는 주제들을 두루 아우르고 있다. 당대의 한 비평가는 이 작품에 대해 마치 스벤 하셀과 호세 마리아 페만을 뒤섞어 놓은 것 같다고 정의한 바 있다.

헤수스 페르난데스 고메스

JESÚS FERNÁNDEZ-GÓMEZ

(카르타헤나, 1910~베를린, 1945)

　그가 죽고 30년이 지난 후에 아르헨티나 제4제국 출판사가 그의 글 일부를 세상에 알릴 때까지 헤수스 페르난데스 고메스의 삶과 작품은 오랫동안 망각 속에 묻혀 있었다. 출간된 책들 중에는 『어느 아메리카인 팔랑헤 당원이 유럽에서 보낸 투쟁의 세월』이 있는데, 작가가 전쟁에서 부상을 입고 리가의 군 병원에 입원해 있던 30일 동안 쓴 180페이지 분량의 책으로, 일종의 자전 소설이었다. 이 책에서 페르난데스 고메스는 내전 중인 스페인과 이름 높은 스페인 푸른 사단인 250사단의 의용병으로 활동한 러시아에서의 모험을 이야기하고 있다. 또 다른 책은 '신질서의 우주 기원론'이라는 제목의 장편 시였다.

　뒤의 책부터 살펴보자. 시를 구성하는 3천 행은 1933~1938년에 코펜하겐과 사라고사에서 쓴 것으로 적혀 있다. 서사시적 구도의 이 시는 끊임없이 삽입되고 병치되는 두 개의 이야기를 서술한다. 하나는 용을 죽여야 하는 한 독일 전사의 이야기이고, 다른 하나는 적대적 환경에서 자신의 가치를 보여 줘야 하는 한 남미 학생의 이야기이다. 독일 전사는 어느 날 밤 자신이 용을 죽여 용이 지배하던 왕국에 새로운 질서가 밀어닥치는 꿈을 꾼다. 남미 학생은 누군가를 죽여야 하며 그를 죽이라는 지시에 따라 무기를 지니고 희생자의 침실에 침입하지만 단지 방에서 "그를 영원히 눈멀게 하는 거울들의 폭포"만 발견하는 꿈을 꾼다. 독일 전사는 꿈을 꾼 후에 안심하고 싸움터로 향했다가 그곳에서 최후를 맞는다. 눈이 먼 남미 학생은 역설적으로 자신을 눈멀게 한 빛에 이끌려 죽을 때까지 차가운 도시의 거리를 헤맨다.

『어느 아메리카인 팔랑헤 당원이 유럽에서 보낸 투쟁의 세월』의 서두는 고향 도시 카르타헤나의 "가난하지만 정직하고 행복했던" 가족의 품에서 보낸 작가의 유년기와 사춘기, 그리고 그가 처음으로 읽은 책들과 처음으로 쓴 시들에 대해 서술한다. 그는 보고타의 사창가에서 이그나시오 수비에타와 만나면서 젊은이들의 우정과 공통의 야망, 그리고 가족의 울타리를 벗어나 넓은 세상을 보겠다는 욕망을 키워 간다. 제2부는 유럽에서의 초창기 시절, 즉 마드리드 아파트에서의 생활과 새로운 우정들, 때때로 주먹다짐까지 갔던 수비에타와의 첫 다툼들, 추잡한 노인들과 노파들, 집에서 작업하는 것이 불가능해 오랫동안 국립 도서관에 처박혀 지냈던 일, 그리고 늘 행복했지만 이따금씩 불행하기도 했던 여행들을 다룬다.

페르난데스 고메스는 자신의 젊음에 경탄한다. 그는 자신의 몸과 정력, 성기의 길이, 대단한 주량(그는 술을 싫어하지만, 단지 수비에타와의 관계를 유지하기 위해 마실 뿐이다), 그리고 잠들지 않고 여러 날을 버틸 수 있는 능력에 대해 말한다. 또 위기의 순간에 쉽게 고립될 수 있는 능력과 문학 창작이 그에게 주는 위안, 그리고 "그를 위엄 있게 만들고, 그의 모든 죄를 씻어 주며, 그의 삶과 그의 희생에 의미를 부여해 줄"(비록 그는 이 '희생'의 성격을 밝히기를 거부하였지만) 위대한 작품을 쓸 수 있는 가능성에 대해 감사의 마음으로 경탄한다. 스스로 인정했듯이, 수비에타의 그림자가 "꼭 둘러야 하는 넥타이처럼 혹은 치명적인 신의의 굴레처럼 그의 목에 들러붙어" 있음에도 불구하고 그는 수비에타가 아닌 자기 자신에 대해 말하려고 애쓴다.

이 책은 정치적 고찰로까지 확장되지는 않는다. 그는 히틀러를 유럽의 신적인 인간으로 간주하지만, 그에 대해서는 거의 얘기하지 않는다. 그러나 물리적으로 권력 가까이 있다는 것은 눈물이 날 정도로 그를 감동시킨다. 책에는 수비에타와 함께 이브닝 파티나 의전 행사, 훈장 수여식, 군대 사열식, 미사 또는 무도회에 참석하는 장면들이 많이 등장한다. 권력자들인 장군들이나 교회 당국자들은 어머니가 자식을 묘사할 때처럼 다정하고 여유로운 시선으로 상세히 묘사되고 있다.

내전은 결정적인 시기였다. 페르난데스 고메스는 열정과 용기로 내전에 투신한다. 그러나 그는 곧 수비에타가 곁에 있다는 것이 무거운 짐이라는 것을 깨닫고 미래의 독자들에게도 그 사실을 알린다. 수비에타와 함께 적색 테러를 피해 몸을 숨긴 친구들을 찾아 유령들 사이를 유령처럼 떠돌거나, 정보를 거의 혹은 전혀 제공할 수 없는 타락한 관리들로 자신들을 취급하는 라틴 아메리카 대사관들을 찾아다녔던 1936년 마드리드의 재현은 생생하고 강렬하다. 오래지 않아 페르난데스 고메스는 놀랄 만한 환경에 적응한다. 군인 생활, 전선의 혹독함, 전진과 후퇴는 그의 마음가짐과 사기에 타격을 주지 않는다. 그는 읽고, 쓰고, 그에게 크게 의

지하는 수비에타를 돕고, 미래를 생각하고, 또 결코 실행에 옮겨지지 않았지만 콜롬비아로 돌아갈 계획을 세울 시간을 갖는다.

내전이 끝나자 그 어느 때보다 수비에타와 하나로 뭉친 그는 지체 없이 푸른 사단의 러시아 모험에 나선다. 포사드 전투는 서정성이나 어떤 사족도 없는 섬뜩한 사실주의로 서술되어 있다. 대포에 갈가리 찢긴 시신의 묘사는 때때로 베이컨의 그림을 떠올리게 한다. 마지막 페이지들은 리가 병원의 비애와 친구도 없이 발틱해의 우수 어린 해 질 녘에 몸을 맡긴 패잔병의 고독에 대해 이야기한다. 그는 이곳의 해 질 녘을 멀리 떨어진 조국의 카르타헤나의 해 질 녘과 비우호적으로 비교한다.

수정과 교열을 거치지 않았지만, 『어느 아메리카인 팔랑헤 당원이 유럽에서 보낸 투쟁의 세월』은 알려지지 않은 이그나시오 수비에타의 삶의 모습들(여기서는 조심스럽게 생략하겠다)에 관한 몇몇 흥미진진한 설명 외에도 경험의 극한에서 쓰인 작품다운 힘을 지니고 있다. 페르난데스 고메스가 리가의 병상에서 수비에타에게 쏟아 놓은 수많은 불평 중에서 단지 실러 시 번역의 저작권과 관련된 순전히 문학적인 성격의 불평만을 언급하겠다. 어찌 됐건 분명한 사실은, 제삼자인 화가 르메르시에의 존재를 통해서이긴 했지만 두 친구가 다시 만났으며 논란 많은 샤를마뉴 여단과 함께 같은 길을 떠났다는 것이다. 이 마지막 모험에 누가 누구를 끌어들였는지 가려내기는 어렵다.

마지막으로 출간된 페르난데스 고메스의 작품은(물론 이것이 정말 '마지막' 작품일까 의아해할 이유는 전혀 없지만) 1986년 콜롬비아의 도시 칼리에 소재한 오딘 출판사에서 나온 짤막한 에로틱 소설『브라카몬테 백작 부인』이다. 눈썰미 있는 독자라면 이 이야기의 여주인공에게서 바아몬테스 공작 부인을, 그리고 두 명의 젊은 반동 인물들에게서 단짝 친구인 수비에타와 페르난데스 고메스를 쉽게 연상할 수 있을 것이다. 소설에는 유머도 없지 않은데, 이 작품이 쓰인 1944년의 파리를 생각하면 놀랄 만한 것이다. 아마도 페르난데스 고메스는 사실을 다소 과장했을 것이다. 브라카몬테 백작 부인의 나이는 바아몬테스 공작 부인의 실제 나이로 추정되는 40대 초반이 아닌 35세이다. 페르난데스 고메스의 소설에서 두 명의 콜롬비아 청년들(아기레와 가르멘디아)은 백작 부인의 밤을 공유하며 낮에는 잠을 자거나 글을 쓴다. 안달루시아 정원들의 묘사는 세밀하고 나름대로 흥미롭다.

선각자들과 반계몽주의자들

마테오 아기레 벤고에체아

MATEO AGUIRRE BENGOECHEA

(부에노스아이레스, 1880~코모도로 리바다비아, 1940)

추부트*에 있는 대농장의 주인으로, 그가 손수 관리하던 이 농장에는 친구들조차 거의 발걸음을 하지 않았다. 그의 삶은 목가적 관조와 왕성한 활동의 양극단을 오르내리는 수수께끼이다. 권총과 단검 수집가였으며, 피렌체 그림은 좋아하지만 베네치아 미술은 혐오했다. 영어권 문학에 조예가 깊었던 그의 장서는, 그가 부에노스아이레스와 유럽의 여러 서적상들에게 정기적으로 책을 주문했음에도 불구하고, 결코 천 권을 넘지 않았다. 평생 독신으로 살았던 그는 바그너와 몇몇 프랑스 시인들(코르비에르, 카튈 망데스, 라포르그, 방빌)과 독일 철학자들(피히테, 아우구스트 빌헬름 슐레겔, 프리드리히 슐레겔, 셸링, 슐라이어마허)에 대한 열정을 키웠다. 그가 글을 쓰고 농장 일도 처리하던 방에는 지도와 농기구가 넘쳐 났다. 또 그 방의 벽과 선반에는 사전과 실용적인 교본들이 아기레 집안 선조들의 빛바랜 사진과 입상 경력이 있는 가축들의 빛나는 사진들과 조화롭게 공존했다.

그는 시차를 두고 나온 네 권의 정제된 소설 ─『폭풍과 젊은이들』(1911), 『악마의 강』(1918), 『아나와 전사들』(1928), 그리고 『폭포의 영혼』(1936) ─ 과 역사가 일천한 신생국에서 너무 이른 시기에 태어난 것을 한탄하는 내용의 얄팍한 시집을 썼다.

그의 서신들은 정확하고 다양하다. 서신을 주고받은 사람들은 매우 다채로운 성향을 지닌 아메리카와 유럽의 문인들이었는데, 그는 그들의 작품을 탐독하였지만 결코 허물없이 말을 놓지 않고 언제나 격식을 차렸다.

그는 고귀한 소망에나 어울릴 법한 집요함으로 알폰소 레예스를 증오하였다.

그는 죽기 직전에 부에노스아이레스의 한 친구에게 보낸 편지에서, 인류가 당당하게 찬란한 시대, 새로운 황금기로 입성할 것임을 예언하고 아르헨티나인들이 과연 새로운 환경에 제대로 대처할 수 있을지를 자문한다.

실비오 살바티코

SILVIO SALVÁTICO

(부에노스아이레스, 1901~부에노스아이레스, 1994)

그가 10대에 내놓은 제안 중에는 종교 재판소의 부활, 공개 체벌, 국민 체조의 일환으로 칠레인들이나 파라과이인들 혹은 볼리비아인들과의 영구적인 전쟁, 일부다처제, 아르헨티나 인종이 더 이상 오염되는 것을 차단하기 위한 인디오의 근절, 유대 혈통 시민들의 권리 박탈, 수년에 걸친 스페인계와 인디오들의 무차별적인 혼혈 뒤에 어두워진 국민들의 피부색을 점진적으로 밝게 하기 위한 스칸디나비아 국가들로부터의 대규모 이민, 작가에 대한 평생 보조금 지급, 예술가들에 대한 과세 면제, 남미에서 가장 규모가 큰 공군 창설, 남극의 식민화, 파타고니아에 새로운 도시들의 건설 등이 있다.

그는 축구 선수이자 미래학자였다.

1920년부터 1929년까지 글을 썼고 총 12권이 넘는 시집을 발간하였는데, 그중 일부는 시와 주 정부에서 주는 문학상을 수상하기도 했다. 이 기간에 그는 또 당시에 유행하던 카페와 문학 살롱에 자주 드나들었다. 1930년 이후로는 불운한 결혼과 줄줄이 달린 자식들에 코가 꿰여 수도의 여러 신문에서 가십난 칼럼니스트와 교열 편집자로 일하며 싸구려 술집을 전전했다. 소설 예술은 언제나 그를 비껴 갔다. 그는 세 권의 소설을 발표했는데, 괴기스러운 부에노스아이레스에서 거의 비밀리에 벌어지는 결투와 도전을 다룬 『명예의 전장』(1936), 마음씨 고운 창녀들과 탱고 가수들, 탐정들의 이야기인 『프랑스 여자』(1949), 70~80년대 사이코 킬러 영화의 흥미로운 선구자인 『암살자의 눈』(1962)이 그것들이다.

그는 비야 루로의 양로원에서 숨을 거두었다. 오래된 책들과 미발표 원고들이 가득 들어 있는 가방 하나가 그의 전 재산이었다.

그의 책들은 단 한 번도 다시 편집되지 않았다. 미발표 원고들은 아마도 양로원 관리인들에 의해 쓰레기통이나 불길에 던져졌을 것이다.

루이스 퐁텐 다 소우자

LUIZ FONTAINE DA SOUZA

(리우데자네이루, 1900~리우데자네이루, 1977)

이른 나이에 『볼테르에 대한 반론』(1921)을 펴낸 그는 이 책으로 브라질의 가톨릭 문학계에서 찬사를 받았다. 640페이지에 달하는 방대한 분량, 폭넓은 연구 자료와 서지 그리고 약관의 젊은 나이로 인해 대학 사회에서 경탄의 대상이 된다. 첫 번째 책이 불러일으킨 기대에 부응이라도 하듯 1925년에는 『디드로에 대한 반론』(530페이지)이, 그리고 2년 뒤에는 『달랑베르에 대한 반론』(590페이지)이 나오는데, 이 책들로 그는 브라질 가톨릭 철학계에서 정상의 위치에 오른다.

1930년에는 『몽테스키외에 대한 반론』(620페이지)이, 그리고 1932년에는 『루소에 대한 반론』(605페이지)이 출간된다.

1935년에는 4개월 간 페트로폴리스의 한 정신 병원에 입원한다.

1937년에 『브라질 문제에 대한 비망록에 이은 유럽에서의 유대인 문제』가 출간되는데, 552페이지로 그의 다른 저작들처럼 두툼한 이 책에서 그는 혼혈이 보편화되었을 때 브라질이 직면하게 될 위험들(무질서, 잡탕, 범죄)을 밝히고 있다.

1938년에는 『마르크스와 포이어바흐에 대한 짧은 반론에 이은 헤겔에 대한 반론』(635페이지)이 출간되는데, 대다수의 철학자들은 물론 일부 독자들까지 이 책을 정신병자의 작품으로 간주한다. 퐁텐은 반론의 여지 없이 프랑스 철학에 정통했던 반면(프랑스어를 완벽하게 구사했다), 독일 철학에 대해서는 그렇지 못했다. 비평가들에 따르면, 헤겔에 대한 그의 '반론'은 형편없으며, 그는 빈번하게 헤겔을 칸트와 혼동하고, 또 더 심각한 경우에는 장 폴 사르트르나 프리드리히 횔덜린, 루트비히 티크와 혼동하기도 했다.

1939년에는 감상적인 소설을 발표해 세상을 놀라게 한다. 얄팍한 108페이지 분량(이 또한 놀라운 것이었다)에서 그는 노부암부르구에 사는 거의 문맹에 가까운 한 부유한 처녀를 향한 포르투갈 문학 교수의 사랑의 속삭임을 이야기한다. 소설 『대립물의 투쟁』은 거의 팔리지 않았지만 섬세한 문체와 예리함, 그리고 완벽한 언어적 경제성에 따른 구성은 드러내 놓고 이 책을 격찬했던 몇몇 비평가들의 주목을 받는다.

1940년에는 또다시 페트로폴리스의 정신병자 요양소에 들어가 3년이 지나도록 나오지 못한다. 비록 가족과의 성탄절 파티나 휴가 때문에 작업이 중단되기도 하고 언제나 간호사의 엄격한 보살핌 속에 이뤄지기는 했지만, 오랜 요양소 체류 기간 동안 그는 『대립물의 투쟁』의 속편에 해당하는 『포르투알레그리의 황혼』을 쓴다. 부제인 '노부암부르구의 묵시록'은 결과적으로 작품 전체의 내용을 명백하게 드러낸다. 이야기는 『대립물의 투쟁』이 끝나는 바로 그 지점에서 시작된다. 『포르투알레그리의 황혼』은 전작(前作)이 보여 준 섬세한 문체, 예리함, 언어적 경제성과는 동떨어진 엉성한 형식을 통해, 포르투갈 문학 교수라는 동일 인물의 다양한 시점에서 브라질 남쪽 도시의 끝없는, 그러나 더없이 빠른 황혼을 묘사한다. 한편, 노부암부르구(여기서 부제인 '노부암부르구의 묵시록'이 나왔다)에서 하인과 가족들, 그리고 나중에 경찰은 비단 휘장을 두른 그녀 방의 커다란 침대 '밑'에서 문맹인 부유한 상속녀의 난도질당한 시체를 발견한다. 이 소설은 가족들의 요구로 60년대가 한참 지나도록 출간되지 못했다.

그다음에 오랜 침묵이 이어진다. 1943년에 리우데자네이루의 한 신문에 브라질의 제2차 세계 대전 참전에 반대하는 글을 발표한다. 1948년에는 잡지 『브라질 여성』에 파라 주, 특히 타파조스 강과 싱구 강 사이 지역의 꽃과 전설에 관한 글을 발표한다.

『사르트르의 '존재와 무' 비판』 제1권(350페이지)이 나오는 1955년까지는 그게 전부였다. 이 책은 서론인 「존재의 탐구」의 제2절과 제3절만을 다루고 있다. 이 절들은 각각 「전 반성적 코기토와 지각함의 존재」와 「지각됨의 존재」이며, 이 모욕적인 글에서 퐁텐은 소크라테스 이전의 철학자들부터 채플린과 버스터 키턴의 영화까지 거론한다. 1957년에 사르트르 저작의 「서론」의 제5절인 「존재론적 증명」과 제6절인 「즉자 존재」를 다룬 제2권(320페이지)이 나온다. 두 권 모두 브라질 철학계와 대학 사회에 거의 반향을 불러일으키지 못했다.

1960년에 제3권이 출간된다. 분량이 정확히 6백 페이지에 이르는 이 책은 제1부(「무의 문제」) 제1장(「부정의 기원」)의 제3절(「무에 관한 변증법적 사고」), 제4절(「무에 관한 현상학적 사고」), 제5절(「무의 기원」)과 제1부 제2장(「불성실」)의 제1절(「불성실과 허위」), 제2절(「불성실의 행위들」), 제3절(「불성실의 ‘신실’」)을 다루고 있다.

1961년, 그의 출판사조차 깨뜨리지 못한 음침한 침묵의 한가운데서 제2부(「대자 존재」) 제1장(「대자의 직접적 구조」)의 다섯 개 절(「자기의 현전」, 「대자의 사실성」, 「대자와 가치의 존재」, 「대자와 가능들의 존재」, 「자아와 자기성의 회로」)과 제2부 제2장(「시간성」)의 제2절(「시간성의 존재론, a) ‘정태적 시간성’, b) ‘역동적 시간성’」)과 제3절(「근원적 시간성과 심적 시간성: 반성」)을 다룬 제4권(555페이지)이 나온다.

1962년에 제5권(720페이지)이 발간되는데, 여기서는 제2부 제3장(「초월」)과 제3부(「대타 존재」) 제1장(「타자의 존재」)의 거의 모든 절들, 그리고 예외 없이 제2장(「신체」)의 모든 절들을 건너뛰고 제3부 제1장 제3절(「후설, 헤겔, 하이데거」)과 제3장(「타자와의 구체적인 관계들」)의 세 개 절(「타자에 대한 제1의 태도: 사랑, 언어, 마조히즘」, 「타자에 대한 제2의 태도: 무관심, 욕망, 증오, 사디즘」, 「'함께-있는-존재'[공존재]와 '우리들', a) '우리들-객체', b) '우리들-주체'」)을 대담하고 거칠게 다루고 있다.

1963년에 제6권을 집필하던 중에 그의 형제들과 조카들은 다시 그를 강제로 정신병자 요양소에 집어넣었고, 그는 1970년까지 그곳에 머무는데 다시 펜을 들지 않았다. 7년 후 리우데자네이루의 레블롱에 있는 쾌적한 아파트에서 아르헨티나 작곡가 티토 바스케스의 음반을 들으며 커다란 창문으로 리우데자네이루의 황혼과 자동차들, 인도에서 다투는 사람들, 명멸하는 불빛들, 닫히는 창들을 지켜보는 사이에 갑자기 죽음이 그를 찾아왔다.

에르네스토 페레스 마손

ERNESTO PÉREZ MASÓN

(마탄사스, 1908~뉴욕, 1980)

사실주의 소설가, 자연주의자, 표현주의자, 데카당스와 사회주의 리얼리즘의 숭배자. 카프카의 작품이 카리브 지역에 거의 알려지지 않았던 시기에 낯선 카프카적 반향의 악몽을 다룬 눈부신 이야기 『무정』(아바나, 1930)에서 시작해 『아바나의 돈 후안』(마이애미, 1979)에서의 날카롭고 신랄하고 성난 산문으로 끝나는 그의 문학 경력을 뒷받침하는 약 20편의 작품을 남겼다.

『기원(*Orígenes*)』지의 다소 별난 구성원으로 레사마 리마와의 앙숙 관계는 전설적이다. 그는 세 차례에 걸쳐 『낙원』의 작가에게 결투를 신청한다. 1945년의 첫 번째 도전에서 그는 피나르델리오 교외에 소유하고 있던 작은 농장을 결투 장소로 지정했다. 그는 여러 지면에서 이 농장의 주인으로서 느끼는 깊은 행복감에 대해 썼으며, 그에게 주인이라는 말은 존재론적으로 운명이라는 말과 견줄 정도가 되기에 이른다. 물론, 레사마는 그의 도전을 무시했다.

1954년의 두 번째 기회에서 결투를 위해 택한 장소는 아바나의 어느 사창굴 마당이었고 무기는 사브르였다. 이번에도 역시 레사마는 모습을 나타내지 않는다.

세 번째이자 마지막 도전은 1963년에 있었다. 선택된 장소는 시인과 화가들이 참석한 가운데 파티가 열리고 있던 안토니오 누알라르트 박사 집의 뒤뜰이었다. 무기는 쿠바의 전통적인 결투에서처럼 맨주먹이었다. 순전히 우연하게 파티 석상에 있던 레사마는 엘리세오 디에고와 신티오 비티에르의 도움을 받아 다시 한 번 슬그머니 자리를 빠져나가는 데 성공했다. 이번에는 페레스 마손의 허세가 안 좋게 끝났다. 30분 뒤 경찰이 나타났고 잠시 옥신각신한 끝에 그는 체포되었다. 경찰서에서의 상황은 더 심각했다. 경찰에 따르면 페레스 마손은 한 경찰관의 눈을 때렸다. 그러나 페레스 마손에 의하면, 그것은 자신을 파멸시킬 목적으로 부자연스럽게 결탁한 레사마와 카스트로주의가 교묘하게 판 함정이었다. 이날의 사고는 보름간의 투옥으로 해결되었다.

이것이 페레스 마손이 체제의 감옥을 찾은 마지막 기회는 아니었다. 1965년에 소설 『가난한 사람들의 수프』가 출간되는데, 여기에서 그는 숄로호프도 인정할 만한 흠잡을 데 없는 문체로 1950년 아바나의 한 대가족이 겪는 고통을 서술한다. 소설은 총 15장으로 이루어져 있다. 제1장은 "*Volvía la negra Petra* (흑인 페트라가 돌아왔다)……", 제2장은 "*Independiente, pero tímida y remisa* (독립적이지만 소심하고 우유부단하며)……", 제3장은 "*Valiente era Juan* (후안은 용감했다)……", 그리고 제4장은 "*Amorosa, le echó los brazos al cuello* (그녀는 사랑스럽게 그의 목에 매달렸다)……"로 시작한다. 곧 치밀한 검열관이 뛰어든다. 각 장의 첫 글자들은 'VIVA ADOLFO HITTLER (아돌프 히틀러 만세)'라는 아크로스틱을 구성한다. 스캔들은 대단했다. 페레스 마손은 우연의 일치라며 오만하게 자신을 변호한다. 검열관들은 더욱 분발해서 각 두 번째 단락의 첫 글자들이 'MIERDA DE PAISITO (빌어먹을 소국)'라는 또 다른 아크로스틱을 구성한다는 사실을 새롭게 발견한다. 또 각 세 번째 단락과 네 번째 단락의 첫 글자들은 각각 'QUÉ ESPERAN LOS US (미국, 너는 무얼 기다리나)'와 'CACA PARA USTEDES (당신들, 똥이나 처먹어)'라는 아크로스틱을 구성한다. 각 장이 예외 없이 25개 단락으로 이루어져 있어 오래지 않아 검열관들과 일반 독자들은 25개의 아크로스틱을 찾아내게 된다. 훗날 그는 "실수였어. 너무나 풀기 쉬웠어. 하지만 어렵게 만들었으면 아무도 눈치 채지 못했을걸"이라고 말한다.

결과적으로 남은 것은 후에 2년으로 감형된 3년간의 수감 생활과 초기 소설들의 영어 및 프랑스어 판이었다. 그중에서 『마녀들』은 여러 스토리가 꼬리에 꼬리를 물고 이어지는 여성 혐오 이야기로 그 구조 혹은 구조의 결여는 레이몽 루셀의 작품과 흡사하다. 『마손가(家)의 재능/프리메이슨 단원들의 제당 공장』은 페레스 마손이 선조들의 예리한 지적 능력에 대해 말하고 있는지, 아니면 쿠바 혁명을 계획하고 나중에는 세계 혁명을 도모하는 프리메이슨 단원들의 밀회 장소인 19세기 말의 제당 공장에 대해 말하고 있는지 결코 분명하게 드러나지 않는* 전형적이고 역설적인 작품이다. 1940년 당시에 이 작품에서 쿠바 판 『가르강튀아와 팡타그뤼엘』을 보았던 비르힐리오 피녜라의 찬사를 받을 만했다. 또 1946년 당시까지 미발표되었던 카리브 해의 고딕풍 흑색 소설인 『교수대』에는 공산주의자들(놀랍게도 제3장은 모스크바와 스탈린그라드, 베를린의 영웅인 주코프 참모 총장의 파란만장한 삶을 이야기하는 데 바쳐져 있으며, 그 자체만으로도 — 소설의 나머지 부분과 거의 관계가 없다 — 20세기 전반기 라틴 아메리카 문학에서 가장 빛나고 가장 독특한 단편[斷片]의 하나를 이룬다)과 동성애자들, 유대인들 그리고 흑인들에 대한 혐오가 공공연히 드러나 있다. 이 책은 비르힐리오 피녜라의 적개심을 불러일으켰지만 피녜라는 잠든 악어처럼 위협적인 이 소설의 가치를 결코 인정하지 않은 적이 없다. 아마도 페레스 마손이 남긴 최고의 소설일 것이다.

혁명이 성공할 때까지 그는 거의 평생을 아바나의 한 대학에서 프랑스 문학 교수로 재직했다. 50년대에는 공들여 일군 피나르델리오의 소농장에서 땅콩과 참마 재배를 시도했으나 실패하고 결국에는 새 정부 당국에 농장을 몰수당했다. 출옥 후 아바나에서의 삶에 대해서는 무수한 이야기들이 난무하는데 대부분은 지어낸 것들이다. 사람들은 그가 경찰의 끄나풀이었으며 정부의 유명 정치인을 위해 훈시나 연설문 따위를 작성했다고 말한다. 또 파시스트 시인들과 암살자들의 비밀 분파를 창설하고 산테리아* 의식을 행하였으며 작가들과 화가들, 음악가들의 집을 일일이 찾아다니며 자신을 위해 당국에 잘 말해 달라고 부탁했다는 소문도 있다. 그는 "나는 단지 일하고 싶었을 뿐이네. 그저 일하고 싶을 뿐이라고. 내가 유일하게 할 줄 아는 것을 하며 살고 싶네"라고 말하곤 했다. 다시 말해, 글을 쓰면서.

출옥 당시 그는 2백 페이지 분량의 소설을 탈고한 상태였지만 쿠바의 어느 출판사도 감히 출간할 엄두를 내지 못한다. 그 줄거리는 60년대의 문맹 교육 초창기를 다루고 있다. 작성된 원고는 흠잡을 데가 없어 검열관들이 눈에 불을 켜고 행간에서 암호를 사용한 메시지를 찾으려 했지만 허사였다. 그럼에도 불구하고 출간하지 못하게 되자 페레스 마손은 유일하게 존재하는 필사본 세 부를 불태워 버린다. 세월이 흐른 뒤에 그는 회고록에서 첫 페이지부터 마지막 페이지까지 소설 전체가 암호 작성법 매뉴얼, 즉 '슈퍼 수수께끼'라고 적고 있다. 물론 이제는 그것을 입증할 원고도 남아 있지 않고 마이애미 망명자 집단들의 무관심(불신은 아니더라도) 앞에서 그의 말은 간과된다. 망명자 집단들이 피델 카스트로, 라울 카스트로, 카밀로 시엔푸에고스 그리고 체 게바라에 대한 초기의 다소 성급한 신격화를 비난하고 나서자 페레스 마손은 이에 대한 응답으로 아이젠하워 장군과 패튼 장군이 주인공으로 등장하는, 지독한 반미 성향의 흥미로운 짤막한 포르노 소설을 써서 아벨라르도 데 로테르담이라는 가명으로 출간한다.

역시 그의 일기에 따르면, 1970년에 그는 반혁명 작가·예술가 단체를 창설한다. 화가 알시데스 우루티아와 시인 후안 호세 라사마르도네스가 이 단체에 가담했다. 후자는 전혀 신원이 밝혀지지 않은 베일에 싸인 인물이었다. 아마도 페레스 마손 자신이 창조한 인물이거나 아니면 어느 순간에 실성했거나 이중 게임을 하기로 한, 친카스트로 작가들의 완벽한 가명일 것이다. 몇몇 비평가들에 따르면, 약어인 G.E.A.C.는 쿠바(혹은 카리브?) 아리안* 작가 단체(Grupo de Escritores Arios de Cuba)를 은폐한다. 반혁명 작가·예술가 단체에 대해서든 쿠바 아리안 작가 단체에 대해서든 어떤 경우에도 페레스 마손이 편안히 뉴욕에 정착해서 회고록을 펴낼 때까지는 아무것도 알려지지 않았다.

그의 망명 시절은 전설에 속한다. 어쩌면 다시 감옥에 들어갔을 수도 있고 아닐 수도 있다.

1975년에 그는 수차례의 시도가 수포로 돌아간 뒤에 마침내 쿠바에서 탈출하는 데 성공하며, 뉴욕에 정착해 — 매일 열 시간 이상 일하며 — 글쓰기와 논쟁에 몰두한다. 5년 후에 그는 죽음을 맞는다. 카브레라 인판테의 존재를 무시하는 『쿠바 작가 사전』(아바나, 1978)에 놀랍게도 그의 이름이 올라 있다.

저주받은 시인들

페드로 곤살레스 카레라

PEDRO GONZÁLEZ CARRERA

(콘셉시온, 1920~발디비아, 1961)

곤살레스 카레라를 주인공으로 이상화한 얼마 안 되는 전기들은 한결같이 그의 삶이 회색빛이었던 것만큼이나 그의 작품이 눈부시다고 말한다. 이러한 평가를 받는 데는 아마도 그만한 이유가 있을 것이다. 미천한 집안 출신으로 초등학교 교사를 지냈고 스무 살에 결혼해 슬하에 일곱 자녀를 두었던 곤살레스 카레라의 삶은 항상 작은 마을들이나 산간벽지로 잇달아 임지를 옮겨 다녀야 하는 생활이었고, 가족의 불행이나 개인적인 불명예가 가미된 경제적 궁핍의 연속이었다.

그의 초기 시들은 캄포아모르, 에스프론세다 같은 스페인 낭만주의 시인들을 모방하는 청년 시인의 면모를 보여 준다. 스물한

살에 『남부의 꽃들』에 첫 시를 발표하였는데, 이 잡지는 '농업, 목축업, 교육 및 어업' 전문지로 당시에는 콘셉시온과 탈카우아노 지역의 초등학교 교사들이 이끌어 가고 있었으며 그들 중에서 곤살레스의 죽마고우인 플로렌시오 카포의 활동이 두드러졌다. 전기 작가들에 따르면, 곤살레스는 스물네 살 때 산티아고의 『교육학 연구소』지에 두 번째 시를 발표한다. 그 당시 수도로 옮겨 가 이 잡지에 관여하고 있던 카포 자신의 말에 따르면, 그는 이 시를 읽지도 않은 채 추천했고 이 작품은 산티아고와 주로 지방에서 교편을 잡고 있으면서 이 잡지의 주된 독자층을 이루고 있던 스무 명의 시인들이 쓴 스무 편의 다른 시들과 함께 출판되어 나온다. 곤살레스의 시는 즉각 구설수에 올랐고 아르헨티나 교육계로 그 범위가 한정되긴 했지만 파장은 엄청났다.

그의 시는 캄포아모르의 사랑의 속삭임과는 아주 동떨어진 것이었다. 정확하고 매우 투명한 30개의 시행으로 이루어진 시는 모욕당한 무솔리니 군대와 조롱거리가 된 이탈리아의 용기에 대한 복권이었고(당시에 연합국 측과 친독일 측을 불문하고 이탈리아인들은 비겁한 종족이라고 여기고 있었으며, 이탈리아화된 아르헨티나인들과의 국경 분쟁 가능성을 언급하면서 다분히 칠레적인 경찰 1개 중대로 정부는 능히 나폴리인들 1개 사단을 저지하고 궤멸시킬 수 있다고 한 어느 산티아고 정치인의 말이 널리 알려져 있었다), 또 동시에 명백한 패배에 대한 부정이자 "세상에 알려지지 않은, 역사상 유례없는 경이로운 경로를 통해" 당도할 최종적인 승리에 대한 약속이었다. 이 점은 이 시를 독창적으로 만들었다.

당시에 산타바르바라 근교의 벽촌에서 교사로 있던 곤살레스는 맹렬한 소동에 대한 소식을 단지 세 통의 편지를 통해 접한다. 그 중 한 통은 카포가 보낸 것이었는데, 그는 편지에서 곤살레스의 태도를 힐책한 뒤에 그의 우정을 재확인하고 그 문제에서 손을 뗀다. 이 소동은 『강철 심장』지가 곤살레스와 접촉을 시도하고 교육부 장관이 파쇼 제오열 혐의자들의 쓸모없는 긴 리스트에 그의 이름을 올리는 계기가 된다.

그의 작품이 인쇄 매체에 다시 등장한 것은 1947년이다. 서정성과 서사성, 모데르니스모*적 메타포와 초현실주의적 메타포가 뒤섞인 세 편의 시로서 때때로 그 이미지들은 뜻밖의 엉뚱한 것이었다. 곤살레스는 갑옷 입은 사람들, "다른 행성에서 온 메로빙의 후예들"이 끝없이 펼쳐진 나무 복도를 걸어 내려오는 것을 본다. 그는 금발의 여자들이 썩은 개울 옆 노천에서 잠자는 것을 본다. 또 캄캄한 밤에 전조등 불빛을 마치 "송곳니 왕관처럼" 비추며 움직이는, 그 기능을 거의 가늠하기 힘든 기계들을 본다. 그는 또 공포를 불러일으키지만 동시에 저항할 수 없는 이끌림을 느끼는 의식(儀式)들을 보지만 이를 묘사하지 않는다. 시들은 이 세상이 아니라 "의지와 두려움이 동일체를 이루는" 평행 우주에서 흘러간다.

이듬해에 그는 그 당시에 푼타아레나스로 옮겨 간 『강철 심장』지에 또다시 세 편의 시를 발표한다. 시들은 경미한 변화가 있을 뿐, 이전 세 편의 시와 동일한 무대와 동일한 분위기를 고수한다. 친구 카포에게 보낸 1947년 3월 8일자 편지에서, 곤살레스는 자신의 열악한 일자리에 대한 하소연과 가족의 불행에 대한 한탄을 늘어놓는 가운데 1943년 여름의 시적 계시를 밝힌다. 메로빙 외계인들이 그를 처음 방문한 것은 바로 그 시기였다. 하지만 꿈속에서 그를 방문했을까, 아니면 실제의 방문일까? 곤살레스는 이 점을 분명히 밝히지 않고 있다. 카포에게 보낸 편지에서는 방언 현상, 신의 출현, 터널 끝에서 나타나는 기적적인 환영들에 대해 자세히 고찰한다. 그는 자신이 작은 시골 학교에서 해 질 녘까지 일을 했는데 잠이 쏟아지고 배가 너무 고파 일어나서 집으로 돌아가려고 애썼다고 말한다. 그가 목적을 달성했는지, 아니면 부분적으로만 달성했는지는 불분명하다. 그는 한 시간 뒤에 얼굴을 하늘로 향하고 쓰러진 채 인근 들판에서 깨어났다. 흔히 볼 수 없는 별이 총총한 밤이었고 처음부터 끝까지 모든 시들이 그의 머릿속에 들어 있었다. 편지와 함께 곤살레스가 보내온 『강철 심장』지를 읽은 카포는 그런 황량한 곳에서는 외로움 때문에 결국 실성하고 말 테니 급히 이사하라고 권고하는 내용의 답장을 보낸다.

곤살레스는 이사하라는 그의 권고를 받아들이지만 독특한 자신만의 시적 광맥을 계속해서 고집스럽게 파헤친다. 그가 뒤이어 발표한(『강철 심장』지는 그 당시 이미 사라지고 없었기 때문에 산티아고의 한 일간지의 문화 부록 지면에 발표하였다) 세 편의 시들은 초현실주의적 이미지와 상징주의적 무게, 모데르니스모적 즉흥성을 벗어 버린다(곤살레스는 실제로 이 유파들에 대해 거의 알지 못했다는 점을 지적해야만 한다). 이제 그의 시행들은 간결하고 이미지들은 꾸밈이 없다. 또한 이전 여섯 편의 시들에서 주기적으로 나타나던 말의 수사는 일정한 변화를 겪는다. 메로빙 전사들은 로봇으로 바뀌고, 썩은 실개천 옆에서 죽어 가던 여자들은 의식의 흐름으로, 그리고 밭을 갈던 불가사의한 트랙터는 남극 대륙에서 온 비밀스러운 배나 절대적 기적들로 바뀌었다. 그리고 이번에는 대위법적으로 하나의 모습, 즉 광대한 조국에서 길을 잃은 작가 자신의 모습이 스케치된다. 천재적인 공증인처럼 경이로움을 관찰하지만 그 대의와 현상학, 그리고 궁극적인 목적을 알지 못하는 인물이다.

혼신의 노력과 끝없는 희생의 대가로 곤살레스는 1955년 자신이 옮겨 갔던 마울레 주의 주도인 카우케네스의 한 인쇄소에서 열두 편의 시가 담긴 소책자를 자비로 출간한다. 이 책자의 제목은 '12(Doce)'로, 작가 자신이 디자인한 표지는 자신의 시에 곁들였고 단지 그의 사후에야 알려진 수많은 그림들 중 첫 번째 것인 만큼 별도의 묘사를 할 만한 가치가 있다. 아래쪽에 독수리 발톱이 달린 'Doce'라는 단어의 4개 활자는 불타는 십자가에 묶여 있다. 하켄크로이츠 문양 아래서는 어린애가 그린 것 같은 파도치는 바다를 짐작할 수 있다. 바다 밑 물결 사이로는 실제로 "엄마, 무서워"라고 소리치는 '소년'의 모습이 보인다. 소년의 말을 담고 있는 말풍선은 윤곽이 흐려져 있다. 소년과 바다 아래로는 화산 또는 인쇄 결함으로 보이는 선들과 얼룩이 보인다.

열두 편의 시들은 이전 아홉 편의 시들에 새로운 형상들과 새로운 풍경들을 덧붙이고 있다. 로봇과 의식의 흐름, 배들에 이제 선창에 숨어 있는 두 명의 밀항자가 형상화하는 '운명'과 '의지', 질

병 기계, 언어 기계, 기억 기계(태초부터 고장 난), 능력 기계 그리고 정확성의 기계가 추가되어야 한다. 이전 시에 등장하는 유일한 인간 형상(곤살레스 자신의 형상)에 때로는 칠레 하층민처럼(아니, 초등학교 교사들이 가지고 있는 칠레 하층민들에 대한 개념처럼), 또 때로는 여자 마법사나 그리스의 점쟁이처럼 말하는 기이한 인물인 잔혹한 변호사가 덧붙여진다. 이 열두 편 시의 무대는 이전 시들과 마찬가지로 한밤중의 탁 트인 들판이나 칠레 중심부에 위치한 커다란 극장이다.

산티아고와 지방의 여러 신문사에 보내려고 노심초사하는 곤살레스의 노력도 아랑곳없이 이 소책자는 철저히 무시당한다. 발파라이소의 한 가십난 기자는 '이제 우리도 촌스러운 쥘 베른을 갖게 되었다'라는 제목하에 익살맞은 리뷰를 쓴다. 한 좌파 신문에서는 다른 많은 예들과 함께 칠레의 문화적 삶의 점진적인 파쇼화를 보여 주는 사례로 인용된다. 그러나 실은 좌파와 우파를 불문하고 아무도 곤살레스의 책을 읽지 않았고, 비록 몸은 멀리 떨어져 있지만 『12』의 표지 그림에서 그 우정이 느껴지는 플로렌시오 카포를 제외하고는 그를 두둔하는 사람도 없었다. 카우케네스의 문구점 두 곳에서 이 책을 한 달간 진열하였다가 나중에 작가에게 되돌려 준다.

곤살레스는 고집스럽게 계속 글을 쓰고 그림을 그린다. 1959년에 산티아고의 출판사 두 곳에 소설 원고를 보내지만 거절당한다. 카포에게 보낸 편지에서 그는 이 소설에 대해 후세에 남길 자신의 과학 지식이 총망라된 사이언스 픽션이라고 말한다. 그러나 그가 물리학과 천체 물리학, 화학, 생물학 그리고 천문학에 전혀 지식이 없다는 것은 공공연히 알려진 사실이다. 발디비아 인근의 마을로 다시 이사하지만 천성적으로 허약한 건강은 결국 악화되고 만다. 1961년 6월, 그는 발디비아 주립 병원에서 40세를 일기로 숨을 거두며 공동묘지에 묻힌다.

여러 해가 지난 뒤에, 『강철 심장』에 실린 그의 시들을 기억하고 있던 에세키엘 아란시비아와 후안 헤링 라소의 노력으로 곤살레스의 작품에 대한 조사와 진지한 학술적 연구가 시작된다. 다행히 먼저 미망인이, 그리고 후에 한 딸이 그의 원고 대부분을 보관하고 있었다. 플로렌시오 카포는 더 나중인 1976년에 자신이 옛친구에게 받았던 편지들을 건네준다.

그렇게 해서 1975년, 아란시비아가 편집하고 주석을 단 『시 전집』(350페이지) 제1권이 나온다.

1977년에는 제2권이자 마지막 권(480페이지)이 나오는데, 여기에는 곤살레스가 1945년에 이미 메모 형태로 스케치해 놓은 작품의 개괄적인 구도와 작가가 적고 있는 대로 "나의 영혼을 어지럽히는 아주 새로운 계시"의 쇄도를 스스로 이해하도록 도움을 준, 여러 의미에서 독창적인 수많은 그림들이 첨부되어 있다.

1980년에는 '나의 이탈리아인 친구, 무명의 병사, 너털웃음을 짓는 희생자에게'라는 기이한 헌사가 달린 『잔혹한 변호사』가 나온다. 150페이지 분량의 이 소설은 어느 정도 독자들의 관심을 이끌어 낸다. 이 작품은 유행을 따르지 않았으며(곤살레스는 당시 마울레 주로 옮겨 가 살고 있었으므로 문학적 유행을 잘 알기는 어려웠겠지만), 그렇다고 독자나 작가인 그 자신에게 권리를 넘겨주지도 않는다. 아란시비아가 서문에서 쓰고 있듯이, 이 소설은 냉정하지만 격정적이고 흡인력이 있다.

마지막으로, 1982년에 그의 편지글 전체를 모은 90페이지 분량의 얇은 책자가 빛을 본다. 연애 시절의 편지, 친구 카포 앞으로 보낸 편지(책에서 이 부분의 분량이 가장 많다), 그리고 잡지 편집자들과 직장 동료들, 교육부 관료들에게 보낸 편지들로 이루어져 있다. 그의 작품에 대한 이야기는 거의 없지만 그가 겪어야 했던 고통에 관한 이야기는 수두룩하다.

오늘날, 『남반구 문학』지의 창립자들과 편집자들이 주도한 덕분에 카우케네스의 한 외떨어진 교외 지역과 발디비아 북쪽 지역의 황량한 광장 근처 등 두 곳에 페드로 곤살레스 카레라의 이름을 뽐내는 작은 거리들이 존재한다. 거리 이름이 누구를 기리는 것인지 아는 사람은 거의 없다.

안드레스 세페다 세페다, 일명 '엘 돈셀(소년)'

ANDRÉS CEPEDA CEPEDA, LLAMADO 'EL DONCEL'

(아레키파, 1940~아레키파, 1986)

그의 초기 행보는 아레키파 출신의 시인이자 음악가인 마르코스 리카르도 알라르콘 차미소에게 받은 선의의 영향으로 특징지을 수 있다. 그는 마르코스와 함께 늘 레스토랑 '안데스의 곤돌라'에서 의욕적으로 시를 쓰며 오후를 보내곤 했다. 1960년에 소책자 『피사로 거리의 운명』을 출간했는데, 부제인 '끝없는 문들'은 전 대륙에 퍼져 있는 일련의 "피사로 거리들"을 예시한다. 이 거리들의 장점은 일단 찾아내기만 하면("피사로 거리들"은 대체로 계속 감춰져 있으므로) '의지'와 '꿈'이 현실에 대한 새로운 시각으로, '아메리카적 각성'으로 융합되는 곳인 '아메리카적 지각'의 새로운 틀을 제공한다는 데 있을 것이다. 『피사로 거리의 운명』에 실린, 다소 혼란스러운 11음절로 쓰인 열세 편의 시는 비평계의 주목을 받지 못했다. 다만 알라르콘 차미소가 『아레키파의 전령』에 무엇보다 그 음악성, 즉 작가의 "불같은 동사 뒤에 웅크리고 있는 음절의 신비"에 찬사를 보내는 리뷰를 실었을 뿐이다.

1962년에 그는 저명한 변호사이자 논객인 안토니오 산체스 루한이 리마에서 발간하던 격월간지 『파노라마』에 기고하기 시작한다. 그는 아레키파 로터리 클럽이 주최한 기념 만찬에서 안토니오를 처음 만났다. 정치적 찬양부터 영화 및 문학 리뷰에 걸친 기사에 서명한 필명 '엘 돈셀'이 태어난 것은 바로 그때다. 1965년에는 『파노라마』에서의 작업과 함께 생선 가루 사업가이자 안토니오 산체스 루한의 대부인 페드로 아르고테 소유의 일간지 『페루 최신 뉴스(*Última Hora Peruana*)』의 정기 칼럼 연재를 병행한다. 그곳에서 안드레스 세페다는 자신의 생애에서 드문 영광의 순간들을 보낸다. 존슨 박사의 글처럼 각양각색인 그의 글은 끝없는 적의와 증오를 불러일으킨다. 그는 어떤 주제에 대해서든 견해를 피력했고 자신이 모든 것에 대한 해결책을 가지고 있다고 믿지만,

오류를 범하고 신문과 함께 소송당하며 매번 재판에서 패한다. 1968년, 그는 리마에서의 삶의 소용돌이 한가운데서 처음 열세 편의 시에 새로운 유형의 시 다섯 편을 추가하여 『피사로 거리의 운명』 개정판을 낸다. 그가 자신의 칼럼(「한 시인의 노역」)에서 밝힌 대로 8년에 걸쳐 고된 노력을 바친 작업이었다. '엘 돈셀'의 명성 덕분에 이번에는 그의 시집 역시 신랄한 공격에서 자유롭지 못했다. 혹평가들이 동원한 형용사들 가운데 눈에 띄는 것들을 들어 보자면, 구(舊) 나치, 모자란 사람, 부르주아의 기수, 자본주의의 꼭두각시, CIA 스파이, 멍청한 속셈의 엉터리 시인, 에구렌의 표절자, 살라사르 본디의 표절자, 생존 페르스의 표절자(그 나름대로 대학가에서 생존 페르스의 추종자들과 비난자들 사이에 또 다른 논쟁을 불러일으켰던 장본인인, 산마르코스 출신의 새파랗게 젊은 시인이 내세웠던 비난), 하수구의 자객, 노점 예언자, 스페인어 모독자, 심보가 뒤틀린 시인, 지방 교육의 산물, 무지렁이 벼락부자, 괴벽스러운 튀기 등등이 있다.

그럼에도 불구하고 『피사로 거리의 운명』 초판과 재판 사이의 차이는 두드러지지 않는다. 몇 가지 차이를 살펴보자. 아주 명백한 차이는 이렇다. 아레키파 판은 열세 편으로 이루어져 있고 스승인 알라르콘 차미소에게 헌정되었다. 반면 리마 판은 열여덟 편이며 어떤 헌사도 없다. 최초의 열세 편 중에서 단지 여덟 번째, 열두 번째 그리고 열세 번째 시만이 부분 손질이나 가벼운 수정, 그리고 본래의 의미를 거의 바꾸지 않은 몇몇 동의어들로의 교체('수령'을 '난관'으로, '판단력'을 '재능'으로, 그리고 '잡다한'을

'다양한'으로)를 보여 준다. 다섯 편의 새로운 시 역시 나름대로 동일한 본보기에 따라 재단된 것처럼 보인다. 11음절 시행들, 터무니없이 활기찬 어조, 다소 막연한 의도, 때때로 답답하고 전혀 독창적이지 않은 규칙적인 시 형식. 그렇지만 이전 열세 편의 시가 지닌 의미를 변화시키거나 그 독서를 심화시키고 조명하는 것은 추가된 이 다섯 편 시들의 존재이다. 이 시들에 비추어 전에 미스터리, 안개, 그리고 신화적 인물들에 대한 진부한 호소가 명료함과 질서, 뚜렷한 입장과 제안으로 바뀐다. 그렇다면 '엘 돈셀'이 제안하는 것은 무엇이고, 그가 밝힌 입장은 무엇인가? 그가 대략 피사로 시대로 잡는 철의 시대로의 복귀. 페루에서의 인종 갈등(페루라고 말할 때, 그 역시 칠레와 볼리비아, 에콰도르를 포함하고 있으며 아마도 이것이 그가 단지 두 개의 시행만을 할애하고 있는 그의 인종 투쟁 이론보다 더 중요함에도 불구하고). 그가 '카스토르와 폴룩스*의 싸움'으로 부르는 페루와 아르헨티나(아르헨티나는 우루과이와 파라과이를 포함하고 있었다) 간의 뒤이은 충돌. 불확실한 승리. 그가 2033년으로 예언하는 양측 모두의 패배 가능성. 마지막 세 행에서 그는 무덤 같은 리마의 폐허에서 이루어지는 한 금발 소년의 탄생을 힘겹게 암시한다.

시인 세페다의 명성은 한 달 이상 지속되지 못했다. 전성기는 이미 지났지만 '엘 돈셀'의 이력은 더 길었다. 그는 중상모략 소송들에 휘말려 재판에서 패한 끝에 『페루 최신 뉴스』에서 해직된다. 이 신문은 세페다를 한 인디오 출신의 맥주 양조자와, 세상 사람들이 다 인정하고 받아들이는 무능함을 그가 대놓고 비난했던 한 장관 비서관의 노여움을 달래기에 적당한 희생양으로 삼았다.

그는 더 이상 책을 출간하지 않았다.

그는 『파노라마』에 투고하고 비정기적으로 라디오 일을 하며 여생을 보냈다. 또한 이따금 신문 교정원으로 일하기도 했다. 처음에는 그의 주변에 '로스 돈셀레스'라 불리는 작은 팬클럽이 있었지만 시간의 흐름 속에 해체되었다. 1982년에 그는 아레키파로 돌아가 작은 과일 가게를 차렸으며, 1986년 봄에 뇌출혈로 사망했다.

여성 지식인들과 여행자들

이르마 카라스코

IRMA CARRASCO

(멕시코 푸에블라, 1910~멕시코시티, 1966)

신랄한 표현과 신비주의 성향이 두드러지는 멕시코 여성 시인으로, 스무 살에 첫 시집 『당신 때문에 여윈 목소리』를 발표한다. 이 시집에서는 소르 후아나 이네스 델라 크루스에 대한 의욕적이고 때때로 광적인 독서를 엿볼 수 있다.

그녀의 부모와 조부모는 포르피리오 디아스주의자*이고 사제인 오빠는 크리스테로*의 이상을 신봉해 1928년 총살당한다. 1933년에는 『여자들의 운명』이 나오는데, 여기에서 그녀는 하느님과 생명, 그리고 그녀가 불분명하게 '부활', '각성', '꿈', '사랑', '용서' 또는 '결혼'으로 부르는 멕시코의 새로운 여명과 사랑에 빠졌음을 고백하고 있다.

개방적인 성격의 그녀는 멕시코 상류 사회의 살롱과 신예술 모임에 자주 드나들며 친절함과 솔직함으로 금세 혁명적인 화가들과 작가들을 사로잡았다. 그들은 그녀의 보수적인 이념을 뻔히 알면서도 기꺼이 그녀를 받아들인다.

1934년에 그녀는 열다섯 편의 공고라 풍의 소네트를 엮은 『구름의 패러독스』와, 내밀한 시들로 다소 시대를 앞선 가톨릭적 페미니즘의 선구자 격인 『화산 제단화』를 펴낸다. 그녀는 창작 능력이 넘쳤고, 그녀의 낙관주의는 전염성이 강했다. 또 더없이 훌륭한 성격의 소유자였으며, 그녀의 육체적 용모는 아름다움과 평온함을 발산했다.

1935년에 그녀는 당시로선 너무 짧은 다섯 달의 연애 끝에 소노라 주 에르모시요 출신의 건축가이며 다소 은밀한 스탈린주의자이자 소문난 엽색가인 가비노 바레다와 결혼한다. 소노라 사막에서 신혼여행을 보내는데, 이곳의 황무지는 이르마 카라스코와 바레다에게 똑같이 영감을 준다.

여행에서 돌아와 코요아칸에 거처를 정하는데, 바레다는 이 집을 강철과 유리로 된 벽을 가진 최초의 식민지풍 집으로 개조한다. 외면적으로는 남들이 부러워할 만한 신랑 신부의 면모를 갖추었으며, 두 사람 다 젊은 데다 경제적으로도 풍족했다. 바레다는 대륙에 새로운 도시들을 건설하려는 원대한 프로젝트를 가진, 이상주의적이고 뛰어난 건축가의 전형이었다. 또 이르마는 도도하지만 지적이고 차분하며 자신의 혈통을 확신하는 아름다운 여인의 전형으로 예술가 부부를 멋진 항구로 안내하는 방향키 같은 존재였다.

그러나 실제 생활은 달랐고 이르마에게는 환멸도 없지 않았다. 바레다는 값싼 쇼걸들과 놀아나며 그녀를 기만한다. 또한 예의를 갖추지 않았으며, 하루가 멀다 하고 그녀를 구타한다. 그는 친구들과 낯선 사람들 앞에서 그녀와 그녀의 가족을 "개 같은 크리스테로 자식들"이나 "썩어 문드러진 총살대의 살덩이"로 지칭하며 대놓고 깎아내리기 일쑤였다. 실제의 삶은 때때로 끔찍한 악몽과 같았다.

1937년에 그들은 스페인을 여행한다. 바레다는 공화국을 구하러 갔고, 이르마는 결혼 생활을 수렁에서 건져 내기 위해 갔다. 프랑코의 군용기가 마드리드를 폭격할 때, 이르마는 스플렌더 호텔 304호실에서 그녀의 생애에서 가장 난폭한 구타를 당한다.

이튿날, 남편에게 아무 말도 하지 않고 그녀는 스페인의 수도를 떠나 파리로 향한다. 일주일 뒤에 바레다는 이르마를 찾아 나서지만 그녀는 이미 파리에 없었다. 그녀는 국민파 쪽으로 넘어가 부르고스에서 지내고 있었다. 그곳에서 그녀의 가족과 먼 친척뻘인 맨발의 카르멜회 수도원 원장 수녀의 도움을 받는다.

남은 전쟁 기간 중에 그녀의 삶은 전설이 되었다. 사람들은 그녀가 일선 구급 부대에서 간호사로 활동하였으며, 병사들의 사기를 북돋우기 위해 작가와 배우로서 활인화(活人畫)*를 무대에 올렸다고 말한다. 또 콜롬비아의 가톨릭 시인들인 이그나시오 수비에타와 헤수스 페르난데스 고메스를 알게 되어 우정을 나누었다는 얘기도 있고, 무뇨스 그란데 장군은 그녀를 처음 보았을 때 절대 자기 여자가 될 수 없다는 것을 알고 절망해 눈물을 흘렸다거나 또는 젊은 팔랑헤주의자 시인들 사이에서 그녀는 '과달루페'* 혹은 '참호의 천사'라는 애칭으로 알려졌다는 이야기도 있다.

1939년에 그녀는 살라망카에서 다섯 편의 시가 담긴 소책자 『덕행의 승리 혹은 하느님의 승리』를 출간하는데, 여기에서 그녀는 섬세한 반행(半行) 시구를 사용해 프랑코파의 승리를 찬양한다. 마드리드에 거주하던 1940년에 또 다른 시집 『스페인의 선물』과, 얼마 지나지 않아 성공리에 무대에 오르고 나중에는 영화로도 제작된 극작품 「부르고스의 고요한 밤」이 나온다. 이 극작품은 수녀가 되려는 찰나에 있는 수련 수녀의 행복했던 시간을 다루고 있다. 1941년에 그녀는 독일 문화성과 계약한 스페인 예술가들의 의기양양한 프로모션 투어를 위해 유럽을 순회한다. 그녀는 로마와 그리스, 루마니아(루마니아에서는 엔트레스쿠 장군의 집을 자주 드나들면서 그의 애인인 아르헨티나 시인 다니엘라 데 몬테크리스토를 알게 되는데, 그녀에게 즉시 반감을 느낀다. 그녀는 일기에서 "모든 정황으로 미루어 보건대, 이 여자는 창×라는 결론을 내릴 수밖에 없다"라고 적고 있다), 그리고 헝가리를 방문한다. 또 배를 타고 라인 강과 다뉴브 강을 유람한다. 편안한 삶과 사랑의 결핍 혹은 과다로 인해 흐려졌던 재능이 부활해 다시 화려하게 빛을 발한다. 이러한 부활은 저널리즘이라는 격정적인 새로운 일의 싹을 틔운다. 그녀는 신문 글과 정치인들이나 군인들의 일대기를 쓰고, 눈앞에 보이는 듯 생생하고 상세한 설명을 곁들여 자신이 방문하는 도시들을 묘사하였으며, 또 파리의 유행과 바티

칸 교황청의 문제점 및 관심사에 대해 이야기한다. 그녀의 글은 멕시코, 아르헨티나 그리고 볼리비아의 잡지와 신문들에 실린다.

1942년, 멕시코는 추축국(樞軸國)에 전쟁을 선포한다. 이 조치는 이르마 카라스코에게 말 그대로 터무니없는 짓거리 또는 기껏해야 우스꽝스러운 농담쯤으로 여겨졌지만, 무엇보다 그녀는 멕시코인이어서 스페인으로 돌아가 사건의 추이를 지켜보기로 결정한다.

1946년 4월, 평론가들과 관객들의 열광 속에 마드리드의 프린시팔 극장에서 그녀의 극작품 「그녀 눈 속의 달」이 초연되었으며, 하루 뒤에 누군가가 라바피에스에 있는 소박하지만 안락한 그녀 아파트의 문을 두드리고 다시 한 번 바레다가 무대에 등장한다.

당시 뉴욕에 살고 있던 바레다가 부부 관계를 회복하기 위해 찾아온 것이다. 그는 무릎을 꿇고 용서를 빌며 이르마 카라스코가 바라는 모든 것들을 약속하고 맹세한다. 첫사랑의 불씨가 다시 불붙는다. 이르마의 예민한 가슴은 안정을 찾는다.

그들은 미국으로 돌아간다. 실제로 바레다는 달라졌다. 미국까지 여행하는 동안 그는 지성으로 그녀를 보살피고 적극적인 애정 표현을 한다. 유럽에서 그들을 싣고 떠난 배가 뉴욕에 도착한다. 바레다가 3번가에 소유하고 있던 아파트는 확연하게 이르마를 맞을 준비가 되어 있었다. 3개월 동안 그들은 다시 한 번 달콤한 신혼 시절을 보낸다. 뉴욕에서 이르마는 깊은 행복의 순간들을 경험한다. 그들은 하루빨리 아이를 갖기로 하지만 이르마는 임신이 되지 않는다.

1947년에 부부는 멕시코로 돌아간다. 바레다는 다시 하루가 멀다 하고 옛 친구들과 어울리기 시작한다. 옛 친구들 또는 멕시코의 분위기가 그를 화해하기 이전의 끔찍한 바레다로 되돌려 놓는다. 그의 행동은 엉뚱해졌고, 다시 술과 쇼걸에게 돌아간다. 이제는 부인의 말을 귀담아듣지 않고 그녀에게 말을 걸지도 않는다. 곧이어 폭언이 시작되었고, 어느 날 밤 이르마가 친구들 앞에서 프랑코 체제의 정직함과 치적을 옹호했을 때 바레다는 다시 그녀를 구타한다.

일단 부부 폭력이 시작되자 회오리바람이 몰아치듯 하루가 멀다 하고 새로운 학대가 되풀이된다. 그러나 이르마는 글을 썼고, 글쓰기가 그녀를 구원한다. 바레다가 술독에 빠져 멕시코 공산당 본부에서 끝없는 논쟁에 매달리는 동안 그녀는 코요아칸에 있는 집의 방에 틀어박혀 펜을 꺾지 않은 채 구타와 욕설, 그리고 온갖 학대를 참아 낸다. 1948년 그녀는 극작품「후안 디에고」*를 탈고한다. 색다르고 기묘한 이 작품에서 두 명의 배우는 연옥을 지나는 과달루페 인디오와 그의 수호천사를 연기한다. 연옥은 끝이 없으므로(작가는 우리에게 이렇게 말하고 싶어 하는 듯하다) 이 도정은 일견 영원해 보인다. 공연이 끝난 뒤에 살바도르 노보는 분장실에서 이르마에게 축하의 말을 건네고 그녀의 손에 입을 맞춘다. 두 사람은 서로 상대방을 치켜세운다. 몇몇 친구들과 대화하거나 혹은 대화를 나누는 시늉을 하면서 바레다는 한시도 그녀에게서 눈을 떼지 않는다. 그는 점점 더 안절부절못한다. 이르마의 모습이 그의 눈에 클로즈업되면서 그는 비 오듯 땀을 흘리고 말을 더듬는다. 이윽고 그는 결정적으로 상황에 대한 통제력을 잃는다. 그는 사람들을 거칠게 밀어젖히며 다가가 노보에게 욕설을 퍼붓고 제때에 두 사람을 떼어 놓지 못한 참석자들이 경악하는 가운데 그들의 면전에서 이르마의 뺨을 연거푸 후려친다.

사흘 뒤에 바레다는 당 중앙 위원회 위원 절반과 함께 체포된다. 이르마는 다시 한 번 자유의 몸이 된다.

하지만 그녀는 바레다를 단념하지 못한다. 그에게 면회를 가고, 건축 서적과 추리 소설을 가져다준다. 또 그에게 먹을 것을 챙겨 주었고, 그의 변호사와 끊임없이 얘기를 나누었으며, 그가 미처 마무리 짓지 못한 사업을 떠맡아 진행한다. 6개월간 레쿰베리에 수감되어 있는 동안 바레다는 비좁은 공간에서 동료들과 다툰다. 동료들은 그런 성격의 소유자와 감방을 같이 쓴다는 게 얼마나 참을 수 없는 일인지를 몸소 겪을 기회를 갖는다. 하마터면 그는 동료들 손에 죽임을 당할 수도 있었으나 가까스로 목숨을 건진다. 출옥한 그는 당을 떠나 공개적으로 투쟁을 포기하고 이르마와 함께 뉴욕으로 떠난다. 모든 상황이 다시 한 번 그들이 새로운 인생을 시작할 것임을 예감케 했다. 멕시코에서 멀리 떠나온 이르마는 그들 부부가 행복과 조화를 되찾을 것이라고 믿는다. 그러나 현실은 그렇지 않았다. 바레다는 분개했고 대가를 치른 것은 이르마였다. 전에는 그토록 행복했던 뉴욕에서의 삶이 지옥으로 전락한다. 그녀는 마침내 어느 날 아침 모든 것을 버리기로 결심하고 첫차에 올라타 사흘 뒤에 멕시코에 도착한다.

두 사람은 1952년까지 다시 만나지 못한다. 그즈음 이르마는 「카를로타, 멕시코의 황후」*와 「페랄비요의 기적」이라는 두 편의 연극을 무대에 올리는데, 둘 다 종교적인 색채가 강한 작품이었다. 또 그녀의 첫 소설 『콘도르들의 언덕』이 발간되었는데, 그녀의 유일한 남자 형제가 보낸 삶의 마지막 나날들을 재현한 이 작품은 멕시코 비평계에서 상반되는 해석을 불러일으킨다. 혹자들에 따르면, 이르마는 백척간두의 조국을 구하기 위한 유일한 방법으로 1899년 당시의 멕시코로 돌아갈 것을 제안하고 있다. 또 혹자들은 아무도 저지하거나 피할 수 없는 미래의 국가적 재앙이 엿보이는 묵시록적 소설이라고 본다. 소설 제목이자 그녀의 형제인 호아킨 마리아 신부(그에 대한 생각과 추억이 작품의 대부분을 차지한다)가 총살당한 장소인 콘도르들의 언덕은 새로운 범죄들을 위한 완벽한 무대인 황폐하고 황량한 멕시코의 미래 지형을 대변한다. 총살대(銃殺隊) 대장인 알바레스 대위는 집권 여당으로 재앙의 조타수인 '제도혁명당(PRI)'을 상징한다. 총살대의 병사들은 겁 없이 자신들의 장례식에 참석하는 비기독교화된 기만당한 멕시코 민중들이다. 멕시코시티 소재 한 신문사 기자는 오직 돈에만 혈안이 된, 속 빈 무신론자들인 멕시코 지식인들을 대변한다. 농부로 변장하고 멀찍이서 총살 장면을 지켜보는 늙은 사제는 인간의 폭력 앞에서 겁에 질린 기진맥진한 교회의 태도를 예시한다. 마을에서 총살 소식을 듣고 단지 시간을 죽이기 위해 호기심에 언덕으로 올라가는 그리스인 외판원 요르고스 카란토니스는 희망을 상징한다. 카란토니스는 호아킨 마리아 신부가 총을 맞아

벌집이 되는 순간 눈물을 흘리며 무릎을 꿇는다. 그리고 마지막으로, 총살 장면을 등진 채 언덕 맞은편에서 서로 돌을 던지며 노는 아이들은 멕시코의 미래와 내전, 그리고 무지를 상징한다.

그녀는 『가사(家事, *Labores de Casa*)』라는 여성지와의 인터뷰에서 "물론 위대한 프랑코 장군도 크게 훼손하고 있는 건 아니지만, 내가 맹목적으로 신봉하는 유일한 정치 체제는 신정(神政)"이라고 밝힌다.

멕시코 문학계는 거의 예외 없이 그녀에게 등을 돌린다.

1953년, 명망 있는 건축가로 변신한 바레다와 화해하고 나서 두 사람은 동양을 여행한다. 하와이와 일본, 필리핀, 인도는 현대 세계의 상처를 파헤친 신랄한 소네트인 그녀의 새로운 시집 『아시아의 동정녀』에 영감을 주었다. 이번에 이르마의 제안은 16세기 스페인*으로 돌아가자는 것이었다.

1955년에 그녀는 온몸에 골절과 타박상을 입고 입원한다.

이제 무정부주의자를 자처하는 바레다의 명성은 절정에 이른다. 그는 국제적으로 인정받는 건축가였으며, 그의 작업실에는 세계 도처에서 쇄도하는 프로젝트들이 쌓여 간다. 반면 이르마는 극작품 창작을 접고 남편과 함께하는 사교 생활과 가정, 그리고 사후에야 비로소 알려지게 될 시 작품의 고된 창작에 전념한다. 1960년에 바레다는 처음으로 이혼을 시도한다. 이르마는 가능한 모든 수단을 동원해 거부한다. 1년 뒤 바레다는 변호사들에게 일의 뒤처리를 맡기고 결정적으로 그녀를 떠난다. 그의 변호사들은 이르마에게 압력을 가하며 돈을 빼앗겠다거나 스캔들을 폭로하겠다고 협박하기도 하고, 또 그녀의 상식과 착한 심성에 호소하기도 했지만(바레다가 로스앤젤레스에서 동거하던 여자는 막 출산을 앞두고 있었다) 아무것도 이루지 못한다.

1963년에 바레다는 마지막으로 그녀를 방문한다. 이르마는 몸이 아팠고, 건축가가 동정심이나 호기심 따위의 감정을 느꼈을 것이라고 가정하는 것도 무리는 아니다.

이르마는 가장 예쁜 옷을 차려입고 거실에서 그를 맞는다. 바레다는 두 살배기 아들과 함께 도착한다. 집 밖의 차 안에는 이르마보다 스무 살 연하의 미국 여자로 임신한 지 6개월 된 그의 부인이 남아 있었다. 그들의 마지막 만남은 서먹서먹하고 때로는 극적이었다. 바레다는 그녀의 건강은 물론 심지어 그녀의 시에도 관심을 보인다. "아직도 써?"라고 그녀에게 묻는다. 이르마는 엄숙한 표정으로 고개를 끄덕인다. 처음에 그녀는 남편 자식의 존재 때문에 신경이 거슬리고 마음이 흔들린다. 이윽고 마음을 다잡고 냉담한 어조를 취한 그녀는 점차 더 빈정대며 서서히 공격적으로 변해간다. 바레다가 이혼의 필요성과 변호사들을 언급했을 때, 이르마는 그의 눈을(그와 그의 아들의 눈을) 쳐다보고 다시 단호하게 고개를 젓는다. 바레다는 집요하게 매달리지 않는다. "친구처럼 지낼게"라고 그가 말한다. "친구라고? 당신이?" 이르마는 도도하다. 그녀는 "당신은 친구가 아니라 남편이야"라고 선언하듯 말한다. 바레다는 미소 짓는다. 세월이 그의 까칠한 성격을 무디게 했거나 아니면 그런 척하는 제스처였을 것이다. 어쩌면 이젠 화를 낼 필요조차 없을 만큼 이르마가 그에게 보잘것없는 존재가 되었는지도 모른다. 아이는 미동도 하지 않는다. 이르마는 측은한 생각이 들어 아이에게 마당에 가서 놀라고 조심스럽게 말한다. 둘만 남았을 때 바레다는 아이들이 화목한 부부의 품에서 성장할 필요성에 대해 언급한다. "당신이 뭘 알아"라고 이르마가 쏘아붙인다. "맞아, 내가 뭘 알겠어." 바레다가 수긍한다. 그들은 술을 마신다. 바레다는 사우사 테킬라*를, 이르마는 롬포페*를 마신다. 아이는 마당에서 놀고 있고, 역시 거의 아이나 다름없는 이르마의 하녀가 함께 어울린다. 거실의 어스름 속에서 바레다는 테킬라를 마시며 건성으로 집의 보존 상태를 살핀다. 이윽고 그는 그만 가 봐야겠다고 말한다. 이르마는 그보다 먼저 자리를 박차고 일어나 성마르게 그의 잔을 다시 채운다. "건배해요." 그녀가 말한다. "우리를 위해, 행운을 위해." 바레다가 말한다. 그들은 서로의 눈을 쳐다본다. 바레다는 어색함을 느끼기 시작한다. 이르마는 경멸이나 노여움의 표시로 얼굴을 찡그리며 입술을 비튼다. 그러고는 롬포페 잔을 바닥에 내던진다. 잔은 산산조각 나고 흰 타일 위로 노란 액체가 흐른다. 한순간 술잔을 자기 얼굴에 던질 것이라 생각했던 바레다는 놀라서 불안한 눈빛으로 그녀를 쳐다본다. "날 쳐." 이르마가 그에게 말한다. "어서, 날 쳐, 치라고." 그녀가 전남편 쪽으로 얼굴을 들이댄다. 악쓰는 소리는 점점 더 높아 간다. 이런 와중에도 아이와 하녀는 아랑곳하지 않고 마당에서 계속 놀고 있다. 바레다는 곁눈으로 그들을 살핀다. 그의 눈에 그들은 다른 시간, 아니 다른 차원 속에 있는 것처럼 보인다. 이윽고 그는 이르마를 쳐다보고 잠시 막연한 공포를 느낀다(곧 잊을 것이다). 떠나기 위해 두 팔에 아이를 안고 현관문을 나설 때, 그의 귓전에는 아직도 숨 막히는 이르마의 절규가 울리는 듯하다. 거실에 홀로 남은 이르마는 그들의 마지막 부부 행위를 제외한 모든 것에 무관심한 채, 또 초대의 말이나 주문(呪文) 또는 한 편의 시, 어떤 의미에서는 그녀의 유일한 실험 시라 할 수 있는 것으로 타블라다의 어떤 하이쿠보다 더 짧은 시의 속살을 부드럽게 되뇌는 자신의 목소리를 제외한 모든 것에 귀를 닫은 채 서 있다.

그리고 이제 더 이상 시도, 롬포페 잔도 없이 죽는 날까지 엄숙하고 음산한 침묵만 흐른다.

다니엘라 데 몬테크리스토

DANIELA DE MONTECRISTO

(부에노스아이레스, 1918~스페인 코르도바, 1970)

영원히 미스터리에 싸인 전설적인 미모의 여인으로, 그녀의 유럽 체류 초기(1938~1947)에 대해선 종종 거의 상반되는 모순적인 이야기들이 회자된다. 사람들은 그녀가 이탈리아와 독일 장성들의 정부였다고 말한다(독일 장성들 중에서는 이탈리아에 체류했던, 악명 높은 SS부대 대장 볼프가 언급된다). 또 1944년에 자신의 수하 병사들에 의해 십자가에 못 박힌 루마니아군 장성인 에우제니오 엔트레스쿠와 사랑에 빠졌다는 얘기도 있다. 또 스페인 수녀로 변장하고 부다페스트의 포위망을 벗어났으며, 세 명의 전범들과 함께 몰래 오스트리아-스위스 국경을 넘다가 시 원고가 가득 든 가방을 잃어버렸고, 1940년과 1941년에는 교황을 알현하였다고도 한다. 또 한 우루과이 시인과 또 다른 콜롬비아 시인이 그녀를 짝사랑하다 자살했으며, 그녀의 왼쪽 엉덩이에는 검은 하켄크로이츠 문신이 새겨져 있었다는 얘기도 있다.

스위스의 얼어붙은 산정에서 분실했다는 것 외에는 행방이 묘연한 젊은 시절의 시들을 제외하면, 그녀의 문학 작품이라고는 '아마조네스'라는 다소 서사적인 제목을 가진 한 권의 책이 전부다. 플루마 아르헨티나에서 출간된 이 책은 멘딜루세 미망인이 서문을 썼는데, 그녀는 찬사를 아끼지 않고 있다(어떤 단락에서는 오로지 여성적인 직관에 의지해, 알프스 산맥에서 소실된 전설적인 시들을 후아나 데 이바르부루와 알폰시나 스토르니의 작품과 비교하고 있다).

책은 연애 소설, 스파이 소설, 회고록, 드라마(아방가르드 극을 포함한), 시, 이야기, 정치 팸플릿 등 모든 문학 장르의 거칠고 무질서한 혼합이다. 줄거리는 작가 자신의 삶과 그녀의 할머니들과 증조할머니들을 둘러싸고 전개되는데, 때로는 아순시온과 부에노스아이레스가 창건된 직후의 시기*까지 거슬러 올라가기도 한다.

몇몇 부분은 독창적인데, 부에노스아이레스와 파타고니아에 각각 본부와 훈련 캠프를 둔 '여성 제4제국'을 묘사할 때나, 향수에 젖어 의사(擬似) 과학 지식을 동원해 사랑의 감정을 일으키는 분비선에 대한 여담을 늘어놓을 때가 특히 그렇다.

세상 끝의 두 독일인

프란츠 츠비카우

FRANZ ZWICKAU

(카라카스, 1946~카라카스, 1971)

프란츠 츠비카우는 삶과 문학을 회오리바람처럼 쏜살같이 통과했다. 독일 이민자들의 아들로, 부모의 언어는 물론 자신이 태어난 땅의 언어도 완벽하게 구사했다. 당시의 신문 기사는 성장을 거부하는 재능 있는 인습 타파적 소년으로 묘사한다(한번은 호세 세군도 에레디아가 그를 "베네수엘라 최고의 학생 시인"으로 평하기도 했다). 사진들은 운동선수의 근육질 몸과 살인자나 몽상가, 혹은 둘의 눈빛을 동시에 지닌 훤칠한 금발의 젊은이를 보여준다.

그는 두 권의 시집을 출간했다. 첫 시집 『모터사이클리스트』(1965)는 다소 규범을 벗어난 변칙적인 리듬과 형식으로 쓴 25편의 소네트 연작으로 모터사이클, 절망적인 사랑, 성적 각성 그리고 순수에의 의지 같은 청소년 문제를 다루고 있다. 두 번째 시집 『전범의 자식』(1967)은 츠비카우의 시학에서, 그리고 어느 정도는 당대 베네수엘라 시에서 근본적인 변화를 대변한다. 엉망으로 쓴 데다(츠비카우는 시의 교정에 대해 독특한 지론을 가지고 있었는데, 소네트를 쓰면서 글쓰기에 입문한 시인치고는 다분히 유별난 점이다), 독설과 저주와 악담, 새빨간 거짓말인 자전적 내용, 중상모략, 그리고 악몽이 난무하는 음산하고 소름 끼치는 책이다.

몇몇 시들은 기억할 만하다.

―「지옥에서 헤르만 괴링과 나눈 대화」에서 시인은 자신의 초기 소네트들에 등장하는 검은색 모터사이클을 타고 마라카이보* 근처 베네수엘라 해안의 일명 '지옥'으로 알려진 곳에 있는 황량한 비행장에 도착해, 제국 원수의 망령을 만나 비행, 현기증, 운명, 사람이 살지 않는 집들, 용기, 정의 그리고 죽음 따위의 다양한 주제에 대해 대화를 나눈다.

―「포로수용소」는 이와 대조적으로 다섯 살부터 열 살까지 카라카스의 중산층 거주 지역에서 보낸 유년기를 일말의 애정을 담아 유머러스하게 이야기한다.

―「고향」(350행)은 스페인어와 독일어를 기묘하게 뒤섞어 ― 이따금 러시아어, 영어, 프랑스어 그리고 이디시어 표현들도 등장한다 ― 대량 살인을 저지른 뒤 밤에 시체실에서 일하는 검시관의 냉정함으로 자기 몸의 내밀한 부분들을 묘사한다.

— 표제작인 「전범의 자식」은 방대한 시로, 츠비카우가 25년 전에 태어나지 못한 것을 한탄하며 자신의 언어 능력, 증오, 유머, 그리고 헛된 삶의 희망을 자유롭게 쏟아 놓은 지나치게 격정적인 작품이다. 작가는 베네수엘라에서는 거의 유례를 찾아보기 힘든 자유시로 형언할 수 없이 가혹했던 유년기를 그리고 있다. 그는 자신을 1858년 앨라배마의 한 흑인 소년과 비교하며, 춤추고, 노래하고, 자위하고, 웨이트 트레이닝을 한다. 또한 멋진 베를린을 꿈꾸고, 괴테와 윙거를 암송하며, 그가 잘 아는 몽테뉴와 파스칼을 공격하고, 또 한 산악 등반가와 시골 아낙, 1944년 12월 아르덴*에서 사망한 파이퍼 여단의 독일 탱크병, 그리고 뉘른베르크의 미국인 신문 기자 등의 목소리를 취한다.

아마도 악의적으로 묵살한 것은 아니겠지만, 말할 것도 없이, 이 시집은 당대의 유력한 비평가들로부터 무시당한다.

짧은 기간 동안 츠비카우는 세군도 호세 에레디아의 문학회에 자주 드나들었다. 아리안 자연주의자 코뮌(La Comuna Aria Naturalista)에서 벌인 활발한 활동의 결과로 그의 유일한 산문 작품인 중편 소설 「포로수용소 생활」이 나온다. 이 작품에서 그는 코뮌 창설자(그는 명백하게 '평원의 로젠베르크'라는 별명을 가진 카마초를 모델로 삼고 있다)와 그의 제자들인 순수 메스티소들(Mestizos Puros)을 가차 없이 풍자한다.

그와 문학계의 관계는 결코 원만하지 않았다. 단 두 권의 베네수엘라 시 선집에 그의 이름이 올라 있을 뿐이다. 하나는 1966년

알프레도 쿠에르보가 펴낸 『새로운 시의 목소리들』이며, 다른 하나는 논란의 여지가 많은 파니 아레스파코체아의 『베네수엘라의 젊은 시(1960~1970)』이다.

그는 채 25세가 되기도 전에 모터사이클을 타고 카라카스로 가던 도중 로스테케스 도로에서 추락 사고를 당한다. 사후에야 비로소 독일어로 쓴 시들이 알려졌는데, '나의 작은 시'라는 제목의 시집에는 다소 목가적인 분위기를 풍기는 150편의 짤막한 시들이 실려 있다.

빌리 쉬어홀츠

WILLY SCHÜRHOLZ

(칠레, 콜로니아 레나세르 1956~우간다, 캄팔라 2029)

테무코에서 40킬로미터 떨어진 곳에 콜로니아 레나세르가 있다. 언뜻 보기에는 그 지역에서 흔히 볼 수 있는 대농장 가운데 하나일 뿐이다. 그러나 주의 깊게 들여다보면 몇 가지 본질적인 차이를 감지할 수 있다. 우선 콜로니아 레나세르에는 학교와 병원, 그리고 자동차 정비소가 각각 하나씩 있으며, 칠레인들이 아마도 과도한 낙관주의로 '칠레 현실' 혹은 단순히 '현실'이라 부르는 것을 등진 채 살 수 있게 해 주는 자급자족의 경제 체계가 작동하고 있다. 콜로니아 레나세르는 수지맞는 사업이다. 그러나 그 존재는 우려스럽다. 그들은 부유하건 가난하건 이웃 사람들을 초대하지 않고 자기들끼리 비밀리에 파티를 연다. 또 시신을 그들만의 묘지에 매장한다. 마지막으로 또 다른 차별적 요소가 존재하는데, 아주 사소하면서도 동시에 그 지역에 발을 들여놓는 사람들이나 드문 방문자들의 관심을 맨 먼저 끄는 것은 거주자들의 혈통이었을 것이다. 그들은 예외 없이 모두 독일인이었다.

그들은 아침부터 해 질 녘까지 공동으로 일했다. 농부들을 고용하지도 않았고 땅의 일부를 임대하지도 않았다. 표면적으로는 이교(異教)에 대한 차별과 군 복무를 피해 아메리카로 이주해 온 수많은 독일 프로테스탄트 종파들 중 하나로 보일 수 있었을 것이다. 하지만 그들은 종교적 종파가 아니었고, 그들이 칠레에 도착한 것은 시기적으로 제2차 세계 대전의 종전과 일치했다.

이따금 그들의 활동이나 그들의 활동을 둘러싼 미스터리는 칠레 신문들의 단골 메뉴였다. 이교적 주신제(酒神祭)와 성 노예들, 그리고 비밀 처형에 대한 소문이 돌았다. 다소 미심쩍은 목격자들은 중앙 마당에 칠레 국기 대신 흰 원과 하켄크로이츠가 그려진 붉은 깃발이 걸려 있다고 증언했다. 또한 그곳에 아이히만, 보어만, 멩겔레가 숨어 지낸다는 얘기도 있다. 실제로 콜로니아 레나세르에서 수년을 보낸 유일한 전범은 발터 라우스였으며(그는 혼신을 다해 원예에 매달렸다), 훗날 사람들은 그를 피노체트 정권 초기에 자행된 몇몇 고문 사례들과 결부시키고자 했다. 실제로 라우스는 서독에서 개최된 1974년 월드컵 때 동독과 서독이 맞붙은 축구 경기를* 텔레비전으로 관전하던 중에 심장 마비로 사망했다.

또한 콜로니아 레나세르 내에서 이루어지는 동족 결혼으로 인해 기형아와 저능아들이 태어난다는 소문도 나돌았다. 이웃들은 밤중에 트랙터를 모는 알비노 병*에 걸린 가족들에 대해 수군거렸고, 당시의 잡지에 실린, 아마도 수정을 가한 몇몇 사진들은 칠레 독자들에게 쉬지 않고 농사일에 매달리는 심각하고 창백한 얼굴의 사람들을 보여 준다.

1973년 쿠데타 후에 콜로니아 레나세르는 신문 지면에서 사라졌다.

다섯 형제 중 막내였던 빌리 쉬어홀츠는 열 살이 되도록 스페인어를 정확히 말하지 못했다. 그 나이에 이르도록 그의 세계는 콜로니아 레나세르의 가시철망 울타리에 둘러싸인 광활한 세계였다. 엄격한 가정 교육을 받으며 자란 유년 시절, 농사일, 그리고 국가 사회주의 천년 왕국설과 과학에 대한 믿음에 고무된 몇몇 특이한 교사들이 이상하리만치 자신감 넘치는, 내성적이고 고집 센 그의 성격을 만들어 냈다.

어느 날 그의 형들은 농학을 공부하도록 그를 산티아고에 유학 보내기로 결정했고, 그곳에서 그는 오래지 않아 시인으로서의 진정한 소질을 발견한다. 그는 극적으로 실패할 조건을 두루 갖추고 있었다. 이미 초기 작들부터 거의 변화 없이 죽는 날까지 지속될 하나의 미학적 경향, 하나의 스타일을 엿볼 수 있다. 쉬어홀츠는 실험 시인이었다.

그의 초기 시들은 앞뒤가 맞지 않는 문장들과 콜로니아 레나세르의 지형도들을 뒤섞은 것이다. 제목은 달려 있지 않다. 이해할 수도 없다. 이해를 구하지도 않으며 독자와의 공모는 더더욱 구하지 않는다. 한 비평가는 이 시들 속에서 잃어버린 유년기의 보물 지도와의 유사성을 찾고자 했다. 또 다른 비평가는 비밀 묘지의 위치를 나타낸다고 악의적으로 해석했다. 전위주의 시인들로 대부분 군사 정부에 반대하던 그의 친구들은 쉬어홀츠가 자신들과 정반대되는 이념을 신봉한다는 것을 알 때까지 그를 '해양 지도'라는 애칭으로 부른다. 그들이 실상을 알아차리는 데는 많은 시간이 걸렸다. 쉬어홀츠는 결코 말수 많은 사람이 아니었기 때문이다.

산티아고에서의 그의 삶은 찢어지게 가난하고 고독했다. 친구도 없었고 우리가 아는 한 애인도 없었으며, 사람들과의 교제도 피했다. 독일어 번역으로 얻는 알량한 수입은 하숙비를 치르고 달마다 약간의 음식을 구입하는 데 다 써 버렸다. 그는 통밀 빵을 먹었다.

가톨릭 대학교 문학 대학의 한 강의실에 전시된 그의 두 번째 시 연작은 판독하는 데 많은 시간이 걸리는 일련의 거대한 지도로, 젊은 시인의 공들인 필치로 쓴 시행들이 곁들여져 있다. 이 시행들에는 지도의 배치와 사용에 대한 부가 설명이 주어져 있다. 작품은 온통 헛소리다. 이 주제에 관심을 보이는 한 이탈리아 문학 교수에 따르면, 이 작품은 테레진, 마우트하우젠, 아우슈비츠, 베르겐벨젠, 부헨발트 그리고 다카우에 소재한 포로수용소의 지도이다. 시 이벤트는 나흘 동안 계속되었으며(원래는 일주일로 예정되어 있었다), 관객들의 폭넓은 흥미를 끌지 못한 채 막을 내린다. 전시회를 보고 내용을 이해한 사람들 사이에 의견이 둘로 갈린다. 혹자들은 군사 정권에 대한 비판으로 받아들였고, 또 혹자들은 쉬어홀츠의 옛 전위주의자 친구들의 영향을 받아, 사라진 포로수용소들을 칠레에 다시 건설하려는 진지하고도 범죄적인 제안이라고 믿는다. 거의 비밀스럽고 매우 한정되긴 했지만 이 스캔들은 쉬어홀츠에게 남은 생 동안 그를 따라다닐 저주받은 시인의 검은 그림자를 드리우기에 충분했다.

『사상과 역사』지에 비교적 덜 노골적인 텍스트와 지도 중에서 두 편이 발표된다. 몇몇 문학 서클에서는 그를 실종된 수수께끼 같은 작가 라미레스 호프만의 유일한 제자로 간주한다. 물론 콜로니아 레나세르의 이 젊은 시인에게는 라미레스 호프만의 과잉과 무절제가 결여되어 있다. 오히려 그의 예술은 체계적이고, 단일 주제적이고, 구체적이다.

1980년에 그는 『사상과 역사』의 지원을 받아 첫 시집을 출간한다. 이 잡지의 편집장인 퓌힐러가 서문을 쓰려 하지만 쉬어홀츠는 거부한다. 책의 제목은 '기하학'이었고, 시행들이 분명한 연관 없이 듬성듬성 흩어져 있는 텅 빈 공간 위에 무수한 갖가지 가시철망 울타리들을 나타내고 있다. 공중에서 내려다본 울타리들은 정밀하고 섬세하다. 텍스트들은 추상적인 고통과 태양, 그리고 두통에 대해 말하고 있다. 아니, 속삭이고 있다.

이어지는 책들은 제목이 '기하학 2', '기하학 3' 등등이었다. 이 책들에서도 같은 주제를 천착한다. 콜로니아 레나세르의 지도나 어느 특정 도시(슈투트호프 또는 발파라이소, 마이다네크 또는 콘셉시온)의 지도 위에 겹쳐 놓거나 목가적인 텅 빈 공간에 설치된 포로수용소들의 지도. 순수하게 텍스트만으로 구성된 부분은 세월이 흐르면서 일관성과 투명성을 획득해 간다. 앞뒤가 맞지 않는 구절들은 시간과 풍경에 대한 대화의 편린들이 되거나 느린 시간의 흐름 말고는 외견상 아무 일도 일어나지 않는 극작품들의 토막으로 변한다.

1985년에 그때까지 칠레의 폭넓은 회화 및 문학 서클들로 한정되었던 그의 명성은 칠레·미국 기업가 단체의 후원 덕분에 절정으로 도약한다. 그는 한 발굴 팀의 도움을 받아 아타카마 사막에 이상적인 포로수용소의 지도를 새긴다. 사막에 닿을락 말락 한 지면에서는 직선의 불길한 연속처럼 보이지만 헬리콥터나 항공기를 타고 내려다보면 곡선들의 섬세한 무늬로 변하는 비늘 모양의 망상(網狀) 조직이었다. 문학적인 구성 요소에 해당하는 것은 시인이 손수 괭이와 곡괭이로 새긴 다섯 개의 모음들로 거친 지면 위에 아무렇게나 흩뿌려져 있었다. 이 퍼포먼스는 곧 칠레에서 가장 감동적인 여름 문화 행사로 각광을 받기에 이른다.

몇몇 의미 있는 변주와 함께 이 실험은 애리조나 사막과 콜로라도의 밀밭에서 되풀이된다. 흥분한 프로모터들이 하늘에 포로수용소를 그리도록 경비행기를 제공하지만 쉬어홀츠는 거절한다. 그의 이상적인 포로수용소들은 하늘에서 바라봐야 하지만, 오직 땅 위에만 그릴 수 있다. 그래서 그는 라미레스 호프만과 경쟁하고 그를 넘어설 수 있는 또 한 번의 기회를 놓쳤다.

곧 쉬어홀츠가 경쟁적이지도 않고 자신의 경력을 쌓는 데도 관심이 없다는 게 분명해졌다. 뉴욕의 한 TV 채널과의 인터뷰에서 그는 바보처럼 굴었다. 그는 말을 더듬거리며 조형 예술에 대해서는 쥐뿔도 아는 게 없고, 또 언젠가 글 쓰는 법을 배웠으면 좋겠다고 진술한다. 처음에는 그의 겸손함이 매력적으로 비쳤으나 이내 반감을 불러일으킨다.

추종자들의 입장에서 볼 때 놀랍게도, 그는 1990년에 가스파르 하우저라는 가명으로 동화책을 출간한다. 며칠 지나지 않아 비평가들 누구나 가스파르 하우저가 빌리 쉬어홀츠라는 사실을 알게 된다. 동화들은 냉담하게 분석되거나 가차 없이 난도질당했다. 동화에서 하우저-쉬어홀츠는 미심쩍게도 실어증을 앓았고 건망증이 있었으며, 게다가 순종적이고 얌전했던 유년 시절을 이상화한다. 투명 인간이 그의 목표인 것 같았다. 비판에도 불구하고 책은 많이 팔렸다. 쉬어홀츠의 주동 인물인 '이름 없는 소년'은 파펠루초*를 대체하며 칠레 아동·청소년 문학의 새로운 상징적 주인공으로 떠오른다.

후에 좌파의 몇몇 분파의 항의 속에서 쉬어홀츠는 앙골라 주재 칠레 대사관의 문정관 자리를 제의받고 수락한다. 아프리카에서 그는 그동안 자신이 찾아 헤맸던 완벽한 영혼의 안식처를 발견한다. 그는 결코 칠레로 돌아가지 않았고, 사진사와 독일 여행자들의 가이드로 일하며 아프리카에서 여생을 보낸다.

환영(幻影), 사이언스 픽션

J. M. S. 힐

J. M. S. HILL

(토피카, 1905~뉴욕, 1936)

5백 명의 기수들 선두에 서서 캔자스 주를 가로지르는 퀀트릴 특공대* 대원, 소박하고 예스러운 일종의 하이켄크로이츠가 새겨진 깃발들, 결코 항복하는 법이 없는 반란군 병사들,* 캔자스, 네브래스카, 사우스다코타, 노스다코타, 서스캐처원, 앨버타 그리고 북서부의 땅*을 경유하여 그레이트베어 호에 도달하기 위한 작전 계획, 북극권 근처에 이상적인 공화국을 세우겠다는 공상적인 꿈을 가진 남부 동맹의 철학자, 인간 장벽과 자연 장벽에 포위되어 도중에 해체되는 원정대, 그리고 녹초가 된 몸으로 마침내 그레이트베어 호에 도착해 말에서 내리는 열두 명의 기수들······. 1924년 '환상 소설 시리즈'로 출간된 J. M. S. 힐의 첫 소설 줄거리를 요약하면 이렇다.

그 후 12년 뒤에 요절하기까지 힐은 30권이 넘는 소설과 50편이 넘는 단편을 발표한다.

그의 소설에 나오는 등장인물들은 흔히 내전의 충실한 재현인 경우가 많으며, 때로는 어웰 장군,『얼리 사가』의 실종된 탐험가 얼리,『뱀들의 세계』의 젊은이 젭 스튜어트, 저널리스트 리처럼 실명이 그대로 나오기도 한다. 이야기는 모든 것이 겉으로 보이는 것과 다른 뒤틀린 현재나, 혹은 폐허가 되어 버려진 도시들과 많은 점에서 미국 중서부와 흡사한, 위협적이고 적막한 풍경으로 가득 찬 먼 미래에서 전개된다. 그 소설들의 줄거리는 타고난 영웅들, 실성한 과학자들, 정해진 때가 되면 나타나 은폐된 다른 부족들과 투쟁해야 하는 숨은 족벌이나 부족들, 초원의 황량한 농장에서 회합을 갖는 검은 옷을 입은 사람들의 비밀 결사, 다른 행성들에서 행방불명된 사람들을 찾아야 하는 사설탐정들, 성년이 되었을 때 부족을 지배하고 부족을 희생으로 이끌도록 더 열등한 인종에 의해 납치되어 길러지는 아이들, 지칠 줄 모르는 식욕을 가진 보이지 않는 동물들, 돌연변이 식물들, 갑자기 눈에 보이는 투명한 행성들, 희생물로 바치는 10대 소녀들, 단 한 사람만 사는 얼음 도시들, 천사의 방문을 받는 카우보이들, 지나가면서 모든 것을 파괴하는 대규모 이주, 수도사-전사들로 우글거리는 지하 미로들, 미국 대통령을 암살하려는 계략, 불타는 지구를 떠나 목성을 식민화하는 우주선들, 텔레파시로 움직이는 암살자들의 결사, 어둡고 추운 마당에서 혼자 자라는 아이들로 가득하다.

힐의 문학은 허세적이지 않다. 그의 등장인물들은 분명 1918년 당시 토피카에서 사람들이 말했던 그대로 말한다. 이따금 보이는 언어적 엄밀성의 결여는 그의 무한한 열정에 의해 벌충된다.

J. M. S. 힐은 감리 교회 목사인 아버지와 어머니 사이에서 네 자녀 중 막내아들로 태어났다. 어머니는 자애롭고 몽상적이었으며, 결혼 전에는 그녀의 고향 도시에 있는 한 영화관 매표소에서 일했다. 집을 떠난 뒤로 힐은 거의 평생을 혼자 살았다. 그는 단 한 번 불행한 연애를 했던 것으로 알려져 있다. 그가 자신의 사생활을 털어놓는 경우는 드물었지만, 무엇보다 자신이 직업 작가라고 말하곤 했다. 또 비록 이것들이 멀리 바다 건너 독일까지 알려지지 않은 것이 분명하지만 개인적으로 나치의 군복과 장구(裝具) 일부를 디자인했다는 것을 자랑스럽게 여겼다.

그의 소설들에는 영웅들과 거물들이 즐비하다. 그리고 배경은 황량하고 광활하고 춥다. 그는 서부 소설과 탐정 소설도 썼지만, 그의 최고작들은 사이언스 픽션 장르에 속한다. 그러나 그의 소설들에서 세 장르가 뒤섞이는 것을 드물지 않게 볼 수 있다. 스물다섯 살 때부터 뉴욕의 한 작은 아파트에 살았으며, 6년 후에 그곳에서 숨을 거둔다. 유품 중에는 유사 역사 주제를 다룬 미완성 소설 『트로이의 함락』이 있다. 이 소설은 1954년이 되어서야 출간된다.

잭 소든스턴

ZACH SODENSTERN

(로스앤젤레스, 1962~로스앤젤레스, 2021)

엄청난 성공을 거둔 사이언스 픽션 작가 잭 소든스턴은 '건서 오코넬 사가'와 '제4제국 사가', 그리고 양 사가가 하나로 합칠 때, 즉 서부 해안의 갱이자 훗날 정치 지도자가 되는 건서 오코넬이 미국 중서부에 있는 제4제국의 지하 세계에 잠입하는 데 성공하는 시기를 다룬 '건서 오코넬과 제4제국 사가'의 창조자이다.

첫 두 사가는 열 편 이상의 소설로 이루어져 있다. 세 번째이자 마지막 사가는 세 편의 소설을 포함하며 그중 한 편은 미완성 작품이다. 이 이야기들 중 몇몇은 특히 주목할 만한 가치가 있다. 『내퍼의 작은 집』(건서 오코넬 사가의 첫 작품)은 도덕적인 교훈을 주거나 문제에 대한 해결책을 제시하는 대신 아이들과 10대들의 극단적인 폭력 세계를 건조하게 묘사하고 있다. 외견상 소설은 단지 '끝'이라는 단어에 의해서만 중단되는 불쾌하고 공격적인 상황들의 연속처럼 보인다. 첫눈에는 사이언스 픽션처럼 보이지 않는다. 단지 사춘기 소년 건서 오코넬의 꿈 혹은 환상만이 소설에 일말의 예언적이고 환상적인 색채를 부여한다. 소설 속에는 우주여행이 등장하지 않고, 로봇도 과학적인 진보의 모습도 나오지 않는다. 오히려 소설이 묘사하는 사회는 열등한 문명 수준으로 후퇴한 것처럼 보인다.

『캔더스』(1990)는 건서 오코넬 사가의 두 번째 작품이다. 사춘기의 주인공은 어느덧 자신의 삶과 타인들의 삶을 바꾸기로 결심한 스물다섯 살의 청년이 되어 있다. 소설은 건서 오코넬이 건설 노동자로서 겪는 우여곡절과, 그보다 약간 연상으로 부패한 경찰과 결혼한 캔더스라는 여자에 대한 그의 사랑을 이야기한다. 소설 도입부에는 길 잃은 변종 셰퍼드로 텔레파시 능력과 나치 기질을 지닌 오코넬의 개가 등장하며, 마지막 50페이지에서 독자는 캘리포니아에서 대규모 지진이 발생하고 미국에서 쿠데타가 발발했다는 것을 알게 된다.

『혁명』과 『크리스털 대성당』은 사가의 세 번째와 네 번째 작품에 해당한다. 『혁명』은 기본적으로 오코넬이 자신의 개 플립과 나눈 대화와, 파괴된 로스앤젤레스에서 벌어지는 극단적인 폭력의 여러 부차적인 에피소드들로 이루어져 있다. 『크리스털 대성당』은 신과 근본주의자 전도자들, 그리고 삶의 궁극적 의미에 관한 이야기이다. 소든스턴은 오코넬을 자나 깨나 그의 허리춤에 매달려 있는 작은 자루에 잃어버린 위대한 사랑(사가의 두 번째 소설에서 남편에게 살해당한 캔더스)의 유골을 갖고 다니고, 오래된 TV 시리즈들(그가 의심스러울 만큼 정확하게 기억하는)을 그리워하며, 오직 그의 개에게만 친근함을 드러내는, 차분하지만 자폐적인 인물로 묘사한다. 한편, 그의 개는 점점 더 중요한 역할을 맡게 된다. 플립의 모험과 생각은 소설 속의 작은 소설을 구성한다.

『두족류 동물들』과 『남부의 전사들』이 오코넬 사가를 마무리 짓는다. 앞의 작품은 오코넬과 플립의 샌프란시스코(게이들과 레즈비언들이 득실거리는) 여행과 그 후의 모험들을 기록하고 있다.

『남부의 전사들』에서는 캘리포니아의 지진에서 살아남은 생존자들과 지나는 길에 있는 모든 것을 초토화시키며 남부에서 북진하는 수백만의 굶주린 멕시코인 집단 사이의 충돌을 이야기한다. 소설 장면들은 때때로 제국의 경계에서 벌어졌던 로마인들과 야만족들* 간의 전투를 연상시킨다.

『지도 확인』과 함께 제4제국 사가가 시작된다. 부록과 지도, 이해할 수 없는 고유 명사 색인들로 가득한 이 소설은 쌍방향 텍스트를 제안하는데, 지각 있는 독자라면 이러한 변형된 독서 방식을 고집하지 않을 것이다. 사건은 주로 덴버와 중서부의 다른 도시들에서 전개된다. 주동 인물은 없다. 거의 엉망진창으로 아무렇게나 이어 붙인 이야기 모음처럼 보인다.『우리들의 친구 B』와『푸에블로의 폐허』도 같은 경향의 작품들이다. 인물들은 하나의 문자나 숫자로 지칭되고 텍스트들은 뒤섞인 퍼즐이 아니라 그 조각처럼 보인다.『덴버의 제4제국』은 비록 하나의 소설로 소개되고 판매되었음에도 불구하고 실제로는 앞선 세 소설을 읽기 위한 가이드북이다. 제4제국 사가가 건서 오코넬 사가와 합치기 전의 마지막 작품인『사자들』은 흑인들, 유대인들 그리고 히스패닉들에 반대하는 비밀스러운 선언서인데 서로 모순적인 다양한 해석을 불러일으켰다.

숭배받는 작가로 여러 편의 소설이 영화화된 소든스턴은 마지막 세 소설에서 건서 오코넬이 아메리카 대륙의 중부 지역으로 한 첫 여행과 그 후에 있었던 제4제국 지도자들과의 미스터리한 만남을 이야기한다.『박쥐-갱스터들』에서 오코넬과 플립은 로키 산맥을 넘는다. 『아니타』에서는 노인이 된 오코넬과 그의 옛 애인 캔더스의 10대 복제품 간의 사랑의 재회를 서술하고 있는데, 사실 이 플롯은 마치 10대처럼 UCLA의 한 젊은 여학생과 사랑에 빠진 소든스턴의 당시 감정 상태에 대한 패러프레이즈이다. 『A』는 오코넬이 마침내 제4제국 내부에 잠입하여 이들의 지도자로 선출되는 과정을 다룬다.

소든스턴의 계획에 따르면, 오코넬과 제4제국 사가는 원래 다섯 편의 소설로 구성할 생각이었다. 마지막 두 권에 대해서는 단지 대강의 윤곽과 해독할 수 없는 리스트들이 적힌 메모만 남아 있다. '강림'이라는 제목을 붙이기로 했던 네 번째 소설은 새로운 메시아의 탄생을 기다리는 오코넬과 아니타, 플립 그리고 제4제국 회원들의 기나긴 철야에 대해 이야기할 예정이었다. 제목이 없는 마지막 소설은 아마도 메시아의 출현이 세상에 가져올 결과를 다룰 예정이었을 것이다. 그의 컴퓨터에서 발견된 파일에서 소든스턴은 플립의 자식이 새로운 메시아일 수 있음을 암시한다. 그러나 모든 정황으로 미루어 보건대, 그저 대수롭지 않은 메모에 불과한 것으로 보인다.

구스타보 보르다

GUSTAVO BORDA

(과테말라, 1954~로스앤젤레스, 2016)

과테말라 사이언스 픽션 작가들 중에서 가장 위대하고 가장 불행했던 그는 시골에서 유년기와 청소년기를 보냈다. 그는 로스 라우렐레스 농장 십장의 아들이었다. 그는 농장주의 서재에서 처음으로 책을 읽었고 처음으로 모욕을 맛보았다. 독서와 굴욕감 둘 다 그의 인생에서 드물지 않은 경험이었다.

그는 금발의 여자를 좋아했다. 그의 끝없는 성적 욕구는 전설적이었으며, 숱한 조롱과 농담의 대상이 되었다. 쉽게 사랑에 빠지고 쉽게 성을 내는 기질 때문에 그의 인생이 기나긴 일련의 모욕이었다. 하지만 상처 입은 짐승의 강인함으로 모욕을 견뎌 냈다. 그가 캘리포니아에서 살았던 시절에 대한 일화는 풍부하다(그러나 잠깐이었지만, 한때 가장 위대한 국민 시인으로 인정받았던 과테말라에서의 삶에 대한 일화는 거의 없다). 그는 할리우드의 모든 사디스트들이 선호하는 표적이었다고 한다. 적어도 다섯 명의 여배우, 네 명의 비서, 일곱 명의 웨이트리스와 사랑에 빠졌는데, 그녀들 모두에게서 거절당해 자존심에 깊은 상처를 받았으며, 문제의 여자들의 형제들, 친구들 또는 애인들에게 심한 구타를 당한 적도 한두 번이 아니었다고 한다. 또 친구들은 그에게 죽도록 술을 먹인 다음 아무 데나 던져 버리기를 즐겼다. 그는 그의 문학 에이전트와 집주인, 그리고 이웃 남자(멕시코의 사이언스 픽션 작가이자 시나리오 작가인 알프레도 데 마리아)에게 사기를 당했다. 미국 사이언스 픽션 작가들의 회합이나 회의에서는 조롱과 멸시(보르다는 그의 동료들과 반대로, 가장 초보적인 과학 지식조차 결여되어 있었고 특히 천문학과 천체 물리학, 양자 물리학, 정보 기술에 대한 무지는 모르는 사람이 없을 정도였다), 그리고 악담의 표적이 되었다. 요컨대, 단순히 그의 존재 자체만으로도 이런저런 이유로 삶의 과정에서 교차했던 사람들에게 깊이 감추어진 가장 비열한 본능이 발동하도록 만들기 일쑤였다.

그럼에도 불구하고 이런 일들 때문에 그의 기가 꺾였다는 증거는 어디에도 없다. 『일기』에서 그는 모든 것을 유대인들과 고리대금업자들 탓으로 돌린다.

구스타보 보르다는 173센티미터의 키에 피부색이 가무잡잡했고, 머리는 까맣고 뻣뻣했으며, 새하얀 커다란 치아를 가지고 있었다. 이와 대조적으로 그의 등장인물들은 키가 크고 금발에 파란 눈의 소유자들이다. 또 그의 소설에 등장하는 우주선들은 독일 이름을 가지고 있다. 승무원들 역시 독일인이다. 우주 식민지들은 뉴베를린, 뉴함부르크, 뉴프랑크푸르트, 뉴쾨니히스베르크로 불린다. 우주 경찰은 22세기까지 생존할 수 있었던 나치 친위대 장교 같은 복장과 행동을 보여 준다.

한편, 그의 플롯은 언제나 상투적이었다. 최초의 여행을 떠나는 젊은이들, 광활한 우주에서 길을 잃었다가 지혜 넘치는 늙은 비행사들을 만나는 아이들, 파우스트의 악마와의 밀약에 대한 이야기들, 영원한 젊음의 샘을 발견할 수 있는 행성들, 은밀하게 계속 존

속하고 있는 잃어버린 문명들……

그는 과테말라시티와 멕시코에 살았으며, 멕시코에서는 온갖 잡다한 일들을 했다. 그의 초기 작품들은 아무런 관심도 끌지 못했다.

그의 네 번째 소설 『푸에르사 시에서 일어난 미제 사건들』이 영역된 후에, 그는 전업 작가가 되어 로스앤젤레스로 이주하였으며 이 도시에서 여생을 보낸다.

한번은 중미 작가인 그의 작품에 당혹스럽게도 독일적 요소들이 많이 들어 있는 이유가 무엇이냐는 질문을 받고 그는 이렇게 대답했다. "사람들은 숱하게 나를 괴롭혔고, 나에게 수없이 침을 뱉었으며, 틈만 나면 나를 속였습니다. 그래서 내가 계속 살아가고 계속 글을 쓸 수 있는 유일한 방법은 이상적인 장소에서 영혼의 안식처를 찾는 것이었죠. ……보기에 따라서 나는 남자의 몸속에 갇힌 여자 같은 존재입니다……."

마법사들, 용병들, 불쌍한 사람들

세군도 호세 에레디아

SEGUNDO JOSÉ HEREDIA

(카라카스, 1927~카라카스, 2004)

충동적이고 다혈질적인 성격의 소유자로, 온갖 주제에 대해 지칠 줄 모르고 토론하기를 좋아해서 젊은 시절에는 소크라테스라는 별명을 얻었다. 그는 자신을 리처드 버튼이나 T. E. 로런스와 비교하기를 좋아했다. 왜냐하면 이 두 인물처럼 그 역시 세 권의 모험 소설을 썼기 때문이다. 『하사관 P』(1955)는 정부, 인디오들 그리고 그 지역에 거주하는 모험가들과 줄곧 갈등을 빚던 선교회 수녀들을 돕는 일에 헌신하다 베네수엘라 밀림에서 실종된 전직 무장 친위대 전사의 이야기이다. 『밤의 신호』(1956)는 베네수엘라 비행 역사의 서막을 다룬 소설로서 이 작품을 집필하기 위해 그는 경비행기 조종술과 낙하산 하강법을 배우기도 했다. 또 『장미의 고백』(1958)에서 작가는 조국의 방대한 공간들을 버리고 정신 병원과 실질적으로 환자들의 마음속에서 일어나는 일로 모험을 한정하며, 내적 독백과 다양한 시점 그리고 당시에 폭넓은 찬사를 받은 경찰 용어와 의학 전문 용어를 빈번히 사용한다.

그 후 몇 년 동안 그는 수차례 세계 일주를 하며 두 편의 영화를 감독한다. 또 주변에 모여든 카라카스의 젊은 문학도 그룹과 함께 잡지 『2라운드』를 창간한다. 월 2회 발간된 이 잡지는 미술뿐만 아니라 몇몇 스포츠(등산, 복싱, 럭비, 축구, 승마, 야구, 육상, 수영, 사냥, 낚시 시합)에도 관심을 두었는데, 언제나 세군도 호세 에레디아가 규합할 수 있었던 최고의 필진에 의해 작가나 모험가의 관점에서 다루어졌다.

1970년, 그는 스스로 자신의 걸작으로 평가하는 네 번째이자 마지막 소설 『사투르누스의 축제』를 출간한다. 이 소설은 일주일간 프랑스를 여행하면서 꿈인지 현실인지 확실히 분간하지 못한 채 그때까지 겪어 보지 못한 아주 끔찍한 의식(儀式)을 목격하는 두 젊은 친구의 이야기이다. 소설은 강간, 직장에서의 성적 사디즘, 근친상간, 꼬챙이에 꿰어 죽이는 형벌, 콩나물시루처럼 혼잡한 감옥에서의 인신 공양 장면을 포함하고 있다. 또 복잡하게 뒤얽힌 코넌 도일 스타일의 암살 음모들, 20세기 후반 베네수엘라 문학에서 가장 소름 끼치는 여성 인물의 하나로 생동감 있게 그려진 두 젊은이의 적수인 엘리센다. 그리고 그 외 파리의 각 구역들에 대한 생생한 사실적 묘사가 들어 있다.

『사투르누스의 축제』는 한동안 베네수엘라에서 금서로 지정되었다가 남미의 출판사 두 곳에서 재발행되었으며, 그 후 작가의 명백한 동의하에 세상에서 잊혀 갔다.

1960년대에는 과리코 주의 칼라보소 근교에 아리안 자연주의자(그의 비방자들에 따르면, '나체주의자') 코뮌을 창설했으나 오래가지 못하고 단명했다.

말년에는 일상생활을 거의 돌보지 않았고, 문학 작품에도 전혀 관심을 두지 않았다.

아마두 코우투
AMADO COUTO
(브라질 주이스드포라, 1948~파리, 1989)

코우투는 단편집 한 권을 썼지만 어떤 출판사도 받아 주지 않았고 원고는 소실되었다. 후에 죽음의 분대에 몸담고 납치 및 고문에 가담했으며 몇몇 포로들의 살해 장면을 목격했다. 그러나 그는 계속 문학을 생각했다. 보다 엄밀히 말해, 브라질 문학이 필요로 하는 것이 무엇인가를 생각했다. 브라질 문학은 아방가르드와 실험적 글쓰기, 진정한 대쇄신을 필요로 했다. 그러나 따분하고 무미건조한 교수들인 캄푸스 형제나, 또 솔직히 해독하기 어려운 오스망 링스 같은 방식이어서는 곤란했다(그런데 왜 오스망 링스의 책은 출간되고 그의 단편들은 출간되지 않았을까?). 오히려 필요한 것은 현대적인 동시에 그의 취향에 맞는 것, 즉 일종의 추리 소설(그러나 미국 스타일이 아닌 브라질 스타일의), 한마디로 새로운 루뱅 폰세카였다. 그는 훌륭한 작가였다. 비록 개차반이라는 소문이 돌았지만 코우투는 전혀 개의치 않았다. 하루는 차를 타고 벌판에서 기다리는 동안 폰세카를 납치해 철저히 캐 보는 것도 나쁘지 않겠다는 생각을 떠올렸다. 그는 상관들에게 자기 생각을 말했고 그들은 솔깃해했다. 그러나 그 아이디어는 결코 실행되지 않았다. 실화 소설의 초점이 폰세카에게 맞춰질 가능성으로 인해 코우투의 꿈은 흐려지거나 명백하게 노출되었다. 상관들 위에는 또 다른 상관들이 있었고, 명령 사슬의 어느 부분에선가 폰세카의 이름이 증발되어 사라졌지만 코우투가 펼치는 생각의 사슬 안에서 폰세카의 이름은 계속 커져 갔고 더욱 위세를 떨쳤으며, 마치 폰세카란 이름은 상처이고 코우투란 이름은 칼인 것처럼 그의 '공격'을 더욱 개방적으로 받아들이게 되었다. 그는 폰세카를 읽었고, 상처가 곪기 시작할 때까지 그 상처를 읽고 또 읽었다. 이윽고 그는 병이 났고 동료들은 그를 병원으로 데려갔다. 병원에서는 정신 착란 상태라고 했다. 그는 간장(肝臟) 병동에서 위대한 브라질 탐정 소설을 보았다. 구성과 결말을 갖춘 완벽한 플롯을 상세히 보았다. 또한 그는 이집트 사막에서 건설 중인 피라미드에 파도처럼 다가가는 자신을 보았다(그는 하나의 파도였다). 그래서 그는 소설을 써서 출간했다. 소설은 '아무 할 말이 없다'라는 제목의 탐정 소설로 주인공 이름은 파울리뉴였다. 그는 때로는 신사들의 운전기사로 일했고, 어떤 때는 탐정이었으며, 또 다른 때는 멀리서 들려오는 외침에 귀를 기울이며 복도에서 담배를 피우고 있는 해골, 모든 집들에 들어가지만(사실은 중산층이나 극빈자들의 집에만 들어갔다) 사람들에게 너무 가까이 다가가는 법이 결코 없는 해골이 되기도 했다. 그는 피스톨라 네그라 컬렉션에서 소설을 출간했다. 이 컬렉션은 미국과 프랑스, 브라질의 탐정 소설가들의 작품을 펴냈는데, 최근에는 로열티를 지불할 돈이 부족해 브라질 작가들에 치중하고 있었다. 동료들이 그의 소설을 읽었지만 이해하는 사람은 거의 없었다. 그 당시에 그는 더 이상 차를 타고 몰려다니지 않았고, 이따금씩 살인을 저지르기는 했지만 아직 납치나 고문은 하지 않았다. 코우투는, 나는 이자들과 관계를 끊고 작가가 되어야 해, 라고 어딘가에 썼다. 그러나 그는 주도면밀한 사람이었다. 한번은 폰세카를 만나려고 시도했다. 코우투에 따르면, 그들은 서로를 바라보았다고 한다. 그리고 코우투는 그가 몰라보게 늙었으며, 이젠 더 이상 맨드레이크도, 그 밖의 다른 누구도 아니라고 생각했다. 그러나 단 일주일 동안만이라면 그는 기꺼이 폰세카가 되었을 것이다. 또한 그는 폰세카의 눈빛이 자신의 눈빛보다 더 사납다고 생각했다. 그는, 나는 피라냐 사이에서 살지만 동루벵 폰세카는 형이상학적 상어들이 우글거리는 수족관에서 산다, 라고 썼다. 그는 폰세카에게 편지 한 통을 썼지만 답장은 받지 못했다. 그래서 그는 『최후의 말』이라는 또 다른 소설을 써서 피스톨라 네그라에서 발간한다. 이 소설에는 파울리뉴가 다시 등장하는데, 이는 결국 폰세카 앞에서 코우투가 아무 부끄럼 없이 발가벗기 위한 구실이었고, 나쁜 아이들을 잡아가는 망태 할아버지처럼 내 동료들이 새벽 이른 시간에 도심을 쏘다니는 동안 나는 피라냐들과 함께 여기에 홀로 있어요, 라고 그에게 말하는 것과 같았다. 문학의 신비는 그런 것이다. 아마도 폰세카가 자신의 소설을 결코 읽지 않을 것임을 알면서도 그는 계속 글을 썼다. 『최후의 말』에는 더 많은 해골들이 등장한다. 파울리뉴는 이제 거의 하루 종일 해골이었다. 그의 고객들도 해골이다. 파울리뉴의 대화 상대나 섹스 파트너, 심지어는 같이 식사하는 사람들(대체로 그는 혼자서 식사를 한다) 역시 해골이었다. 세 번째 소설인 『벙어리 소녀』에서 브라질의 주요 도시들은 거대한 해골들처럼 보이고, 마을들도 작은 유아 해골 같으며, 때로는 말들조차 뼈다귀로 변한다. 이제 그는 더 이상 글을 쓰지 않았다. 누군가가 그에게 패거리의 동료들이 사라지기 시작했다고 말했다. 두려움이 그를 사로잡았다. 다시 말해 더 큰 두려움이 그의 몸을 파고들었다. 그는 왔던 길을 되돌아가 눈에 익은 얼굴들을 찾아내려고 애썼지만 그가 글을 쓰는 사이에 이미 모든 것이 변하고 말았다. 낯선 사람들이 그의 소설들에 대해 말하기 시작했다. 그들 중 한 사람은 폰세카일 수도 있었지만 아니었다. 코우투는 꿈처럼 사라지기 전에 일기장에 '그는 내 손바닥 안에 있었다'라고 적었다. 후에 그는 파리로 갔고, 그곳의 라그레스 호텔에서 목을 맸다.

카를로스 에비아

CARLOS HEVIA

(몬테비데오, 1940~몬테비데오, 2006)

기념비적이고 종종 허위적인 산마르틴 전기의 작가. 예를 하나만 들자면, 이 전기는 산마르틴이 우루과이 사람이라고 말한다. 그는 또한 『바다와 사무실』에 묶인 단편들과 지구에서의 삶은 실패한 은하계 간 TV 콩쿠르의 결과라는 의견을 제시하는 우화인 『하손 상(賞)』, 그리고 친구들과 새벽녘의 소모적인 대화를 다룬 『몬테비데오 사람들과 부에노스아이레스 사람들』 등 두 권의 소설을 썼다.

그의 삶은 하위직과 이따금 편집장을 맡았던 TV 저널에 연결되어 있었다.

수년 동안 파리에 거주했으며 그곳에서 그의 삶에 결정적인 흔적을 남길 『현대사』지의 이론들을 알게 된다. 프랑스 철학자 에티엔 드 생테티엔의 친구이자 번역자였다.

해리 시벨리우스

HARRY SIBELIUS

(리치먼드, 1949~리치먼드, 2014)

노먼 스핀러드와 필립 K. 딕의 독서, 그리고 아마도 보르헤스의 어느 단편에 대한 이후의 성찰이 해리 시벨리우스로 하여금 당대에 가장 복잡하고, 가장 농밀하며, 아마도 가장 쓸모없는 작품 중 하나를 쓰게 이끌었을 것이다. 역사서가 아니라 소설이므로 이 작품은 외견상 단순하다. 소설은 다음의 가정에 토대를 두고 있다. 독일은 이탈리아, 스페인 그리고 프랑스 비시 정권과 연합하여 1941년 가을에 영국을 패퇴시킨다. 이듬해 여름, 4백만의 군인들이 소련 침공에 동원된다. 1944년, 소련은 저강도 전쟁을 지속하던 시베리아의 거점들을 제외하고 항복한다. 1946년 봄에는 유럽 군대와 일본 군대가 각각 동부와 서부에서 미국을 공격한다. 1946년 겨울, 뉴욕과 보스턴, 워싱턴, 리치먼드, 샌프란시스코, 로스앤젤레스가 함락된다. 독일 기갑 부대와 보병 연대가 애팔래치아 산맥을 넘는다. 캐나다인들은 내륙으로 퇴각하고 미국 정부는 캔자스시티로 거점을 옮긴다. 모든 전선에서 패배가 임박하고, 1948년에 항복이 이루어진다. 알래스카와 캘리포니아 일부 그리고 멕시코 일부는 일본의 손아귀에 넘어가고 북미의 나머지 지역은 독일에 점령당한다. 해리 시벨리우스는 이러한 모든 전개 과정을 10페이지의 서문에서 마지못해 형식적으로 설명한다. 이 서문(실제로는 독자를 신속하게 역사 속에 위치시키기 위한 일종의 주요 연표)에는 '새의 비상'이라는 제목이 붙어 있다. 서문에 이어 아널드 J. 토인비의 『히틀러의 유럽』을 음울하게 비추고 있는, 1333페이지에 이르는 소설 『욥의 친아들』이 시작된다.

이 책은 영국 역사가의 작품을 모델로 쓰였다. 두 번째 서문(사실은 진정한 서문)의 제목은 '역사의 불가해성'으로 토인비의 프롤로그와 정확히 일치한다. 토인비의 다음 문장은 시벨리우스의 서문의 중심 주제들 중 하나를 구성한다. "역사가의 관점은, 언제 어디서나, 시간과 공간에서 그가 어디에 있는지에 따라 결정된다. 그런데 시간과 공간은 계속 변하므로, 용어의 주관적 의미에서, 어떤 역사도 결코 모든 시대의 독자들에게, 또 심지어는 지구 상의 모든 곳에서 동일하게 받아들여질 수 있는 방식으로 단호하게 이야기를 서술하는 영구적인 기록이 될 수 없을 것이다." 물론 시벨리우스의 의도는 토인비의 의도와 다르다. 궁극적으로 영국인 교수 토인비는 범죄와 치욕이 망각에 떨어지지 않도록 작업한다. 반면 버지니아 주 출신의 소설가 시벨리우스는 때때로 "시간과 공간의" 어느 곳에선가 문제의 범죄가 결정적으로 승리를 거두었다고 생각하는 것처럼 보이며, 그래서 그는 그 목록을 작성하는 일에 착수한다.

토인비 책의 제1부 제목은 '히틀러의 유럽의 정치 구조'인데, 이 제목은 시벨리우스에 와서 '히틀러의 아메리카의 정치 구조'로 바뀐다. 둘 다 여섯 개의 장으로 이루어져 있지만, 토인비의 기술이 사실에 충실하다면, 시벨리우스의 혼란스러운 이야기들에서는 단지 뒤틀린 현실의 반영을 찾아볼 수 있을 뿐이다. 때로는 한 러시아 소설에서(『전쟁과 평화』는 그가 애호하는 소설의 하나였다), 또 때로는 단편 만화 영화에서 직접 뽑아낸 것처럼 보이는 그의 인물들은 제4장 '통치'처럼 극히 반소설적인 장들에서 움직이고, 말하고, 실제로 살아간다(많은 경우 그들의 삶은 연속성이 전혀 없지만). 제4장에서 시벨리우스는 1) 합병된 영토들, 2) 시민

통치권자 아래에 놓인 영토들, 3) 부속 영토들, 4) 점령된 영토들, 5) '작전 지역들' 등에서의 삶을 장황하게 상상한다.

단순히 한 인물을 독자에게 소개하는 데만 20페이지를 할애하여 그의 신체적, 도덕적 특징, 음식과 스포츠에서의 취향, 그의 야망과 좌절 등을 시시콜콜하게 열거하지만 그다음에는 이 인물이 사라져 두 번 다시 소설 속에 등장하지 않는 반면, 지나치면서 겨우 이름만 언급되는 다른 인물들은 지리적으로 멀리 떨어진 장소들에서, 그리고 뚜렷하게 배타적이거나 거의 상반되는 상이한 활동들에서 몇 번이고 다시 등장한다는 게 시벨리우스에게는 전혀 이상한 일이 아니다. 관료 기구의 작용에 대한 묘사는 무지막지하다. 총 250페이지에 이르는 제2부 제4장 '수송 기관'은 a) 전쟁 발발 당시 독일과 아메리카의 운송 기관 실태, b) 군사적 상황의 변화가 독일과 아메리카의 운송 수단에 끼친 영향, c) 아메리카 전역에서 벌어지는 독일의 운송 수단 통제 방식, d) 독일에 의한 아메리카 운송 수단의 조직화 등으로 나뉘어 있는데, 전문가가 아닌 일반 독자들은 혀를 내두를 정도이다.

그의 이야기들이 언제나 독창적인 것은 아니다. 그의 등장인물들은 거의 언제나 차용한 것들이다. 제2부 제3장 '산업과 원자재'에서 우리는 로버트 하인라인의 인물들, 『리더스 다이제스트』의 이야기 구성과 함께 헤밍웨이의 해리 모건과 로버트 조던을 발견할 수 있다. 제7장 '재정'의 (b)절 '독일에 의한 외국 국가들의 착취'에서 신중한 독자들은 포크너의 사토리스들과 벤보우, 스노프 일가(『라이히크레디트카센』), 월트 디즈니의 밤비, 고어 비달의 마이라 브레킨리지와 존 케이브(『황금과 외국 자산의 압수』), 거트루드 스타인의 허슬랜드, 데닝과 함께 ─ 이는 한 신랄한 비평가로 하여금 시벨리우스가 『미국인의 형성』을 읽은 '유일한' 미국인이 아닐까 자문하게 한다 ─ 스칼렛 오하라와 레트 버틀러(『점령 비용과 그 밖의 조세 징수』), 커포티의 홀리 골라이틀리, 퍼트리샤 하이스미스의 리플리, 찰스 브루노, 가이 대니얼 헤인즈와 함께 존 더스패서스의 여러 인물들(『청산 협정』), 해밋의 샘 스페이드, 커트 보네거트의 엘리엇 로즈워터, 하워드 캠벨 그리고 보코논(『환율 조작』), 로버트 프로스트와 윌리스 스티븐스의 시들, 즉 빛과 그림자로 이루어진 다소 추상적이고 차분한 인물들과 함께 스콧 피츠제럴드의 애모리 블레인, 위대한 개츠비 그리고 먼로 스타(『미국 은행업에 대한 독일의 통제』) 등 일련의 인물들을 알아볼 것이다(때때로 시벨리우스는 애써 그들의 이름을 바꾸지도 않는다!).

시벨리우스의 이야기들, 『욥의 친아들』에서 명백히 상호 작용하지도 않고 무질서하게 엇갈리는 수많은 이야기들은, 뉴욕의 한 비평가가 이 작품을 『전쟁과 평화』와 비교하면서 터무니없이 가정한 것처럼, 그 어떤 지침에 따라 움직이지 않으며 총체적인 시각을 제공하려 들지도 않는다. 시벨리우스의 이야기들은 단지 그 자신의 통제를 벗어난 절대적인 우연의 결과로서, 인간의 시공간 밖에서, 다시 말해 시공간적 지각이 변화하고 심지어 폐기되기 시작하는 새로운 시대의 여명기에 일어난다. 우리에게 새로운 아메리카의 정치적, 경제적, 군사적 질서를 설명할 때, 시벨리우스는 이해하기 쉽다. 또 새로운 종교적, 인종적, 사법적, 산업적 질서를 말할 때, 그는 객관적이고 명쾌하다. 그의 강점은 행정이다. 그러나 다른 데서 빌려 왔든 독창적이든 그의 인물들과 이야기들이 그가 공들여 구축한 관료 기구에 침투해 그것을 괴멸시켜 버릴 때가 바로 그의 서술 기법이 절정에 달할 때이다. 최고의 시벨리우스는 헝클어지고 냉혹하게 전개되는 그의 이야기들 속에서 발견될 것이다.

그것이 적어도 문학과 관련하여 찾아볼 수 있는 시벨리우스의 전부이다.

소설을 발표한 뒤에 그는 데뷔 당시처럼 문학계에서 조용히 물러났다. 그는 미국의 여러 전쟁 게임 잡지와 팬진에 글을 썼다. 또 안티에탐, 챈슬러빌, 게티즈버그 작전, 윌더니스 1864 전술, 샤일로, 불 런 등 수많은 게임 개발에 참여했다.

막스 미르발레의 천의 얼굴

**막스 미르발레, 일명 막스 카시미르, 막스 폰 하우프트만,
막스 르 괼, 자크 아르티보니토**

MAX MIREBALAIS, ALIAS MAX KASIMIR, MAX VON HAUPTMAN,

MAX LE GUEULE, JACQUES ARTIBONITO

(포르토프랭스, 1941~레카예, 1998)

　확실히 알 길은 없지만 아마도 그의 진짜 이름은 막스 미르발레였을 것이다. 그가 문학에 입문한 과정은 미스터리로 남아 있다. 그는 어느 화창한 날, 한 신문사의 편집장 사무실에 나타났다. 그리고 이튿날부터 기삿거리를 찾아, 혹은 더 잦게는 직장 상사들의 심부름이나 지시에 따라 거리로 나섰다. 수습 과정에서 그는 아이티 신문계의 비참함과 노예 상태를 두루 겪었다. 결단력 덕분에 그는 2년 만에 포르토프랭스의 『모니터』지에서 인물 동정란 보조 칼럼니스트의 자리에 올랐다. 경외롭고 당혹스러운 수완을 발휘

해 그는 수도의 대저택들에서 열리는 파티와 무도회에 참석했다. 처음부터 그가 그 세계의 일원이 되고 싶어 했다는 것은 자명하다. 그는 목표를 이루기 위해서는 두 가지 길밖에 없다는 것을 곧 깨달았다. 하나는 폭력을 쓰는 것이었는데, 그는 피를 보는 것만으로도 사색이 되는, 천성적으로 온화하고 겁 많은 남자였으므로 일고의 가치도 없었다. 또 다른 하나는 문학을 통한 것이었다. 문학은 은밀한 폭력의 형태로 명망을 얻기 위한 방편이자, 몇몇 감수성 예민한 신생국들에서는 사회적 출신 성분을 숨길 수 있는 수단이다.

그는 문학을 택했고 고된 수련 과정을 피하는 길을 택했다. 『모니터』의 문화면에 발표된 그의 초기 시들은 에메 세제르 작품의 표절로, 그를 대놓고 우롱한 포르토프랭스의 몇몇 지식인들 사이에서 부정적인 반향을 불러일으켰다.

그다음의 표절들은 그가 교훈을 얻었음을 보여 준다. 이번에 모방한 시인은 르네 드페스트르였고, 그 결과는 비록 전폭적인 갈채를 받지는 못했지만, 애송이 시인의 빛나는 미래를 예언한 몇몇 교수들과 비평가들의 긍정적인 평가를 이끌어 냈다.

드페스트르를 계속 표절할 수도 있었지만 막스 미르발레는 바보가 아니었다. 그는 자신의 원천 작가들의 목소리를 다양화하기로 마음먹고 수공예 업자의 인내심으로 잠을 줄여 가며 앤서니 펠프스와 다베르티지를 표절했고, 막스 미르발레의 사촌인 그의 첫 이명(異名)* 막스 카시미르를 창조했다. 그는 이 인물을 문단 데뷔 시절에 그를 조롱했던 사람들, 즉 아이티 문학 그룹의 창립 멤

버들인 필록테트, 모리소 그리고 르가그뇌르의 시를 쓴 작가로 내세웠다. 시인들인 뤼시앵 르무안과 장 디외도네 가르송 역시 같은 운명에 놓였다.

시간이 흐르면서 그는 타인의 시를 조각내 자신의 시로 만드는 기술의 전문가가 되었다. 기고만장해진 그는 곧 세계의 습격을 시도했다. 프랑스 시가 그에게 끝없는 사냥감을 제공했지만, 그는 더 가까운 것부터 시작하기로 했다. 어딘가 그가 기록해 놓은 바에 따르면, 그의 계획은 네그리튀드의 모든 표현들을 고갈시키는 것이었다.

이렇게 스무 명 이상의 작가들(프랑스 서점 아폴리네르가 찾기 어려운 이 작가들의 책을 무료로 마음껏 이용할 수 있게 해 주었다)을 짜내고 버린 뒤에, 그는 마르티니크 시인들인 조르주 데스포르테와 에두아르 글리상은 미르발레에게, 그리고 마다가스카르의 시인 플라비앙 라나이보와 세네갈의 시인 레오폴드 세다르 셍고르는 막스 카시미르에게 지정했다. 셍고르의 표절에서 그의 기술은 완벽함의 극치를 보여 준다. 막스 카시미르가 1971년 9월 둘째 주에 『모니터』에 발표한 다섯 편의 시는 셍고르가 『검은 성체』(쇠유 출판사, 1948)와 『에티오피아』(쇠유 출판사, 1956)에 실었던 텍스트라는 사실을 아무도 눈치 채지 못했을 정도였다.

그는 상류 사회 유력 인사들의 관심의 대상이 되었다. 인물 동정란 기자 막스 미르발레는 가능한 한 더 열심히 포르토프랑스의 무도회들을 찾아다녔다. 그러나 이제는 주인들의 환대를 받았고 분간할 수 없게(까막눈인 몇몇 초대 손님들에게 헷갈리게도) '우리의 존경받는 시인 막스 미르발레'나 '우리의 친애하는 시인 막스 카시미르' 또는 몇몇 싹싹한 군인들의 관행에 따라, '우리의 경애하는 시인 카시미르 미르벨리'로 소개되었다. 곧 그에 대한 보상이 따랐다. 그에게 본 주재 문정관의 직책이 주어졌고 그는 유럽으로 떠난다. 그가 조국을 벗어난 것은 그때가 처음이었다.

외국에서의 생활은 끔찍했다. 3개월 넘게 병원 신세를 지게 했던 일련의 질병을 연달아 앓고 난 후에 그는 새로운 이명을 창조하기로 결심한다. 반은 독일인이고 반은 아이티인인 시인 막스 폰 하우프트만이었다. 이번에 모방된 작가들은 그가 아이티에서 거의 알려져 있지 않다고 생각하는 시인들인 페르낭 롤랑, 피에르 바쉐 드크루아, 쥘리앵 뒤니라크였다. 조작되고, 개조되고, 변형된 그의 시들에서 아리안족과 마사이족의 장려함을 공평하게 탐구하고 노래하는 한 시인이 부각되었다. 세 번의 거절 끝에 파리의 한 출판사가 그의 시를 출간하기로 한다. 폰 하우프트만은 이내 성공을 거두었다. 그렇게 미르발레가 대사관 업무에서 오는 무료함을 달래거나 끝없는 의료 검사를 받으며 세월을 보내는 동안, 그는 파리의 몇몇 문학 서클에서 카리브의 괴짜 페소아로 알려지기 시작했다. 물론 아무도 그의 사기 행각을 눈치 채지 못했다(그들 중 누군가는 당연히 폰 하우프트만의 기이한 시들을 읽었겠지만 심지어는 표절의 대상이 된 시인들조차 알아채지 못했다).

나치 시인이면서도 네그리튀드를 거부하지 않는다는 점이 미르발레를 흥분시킨 것처럼 보인다. 그는 폰 하우프트만의 작품에서 이 구상을 심화하기로 마음먹었다. 그는 처음부터 이야기를 명백히 하면서 — 혹은 헷갈리게 하면서 — 시작했다. 폰 하우프트만은 미르발레의 이명이 아니었다. 반대로 미르발레가 폰 하우프트만의 이명이었다. 폰 하우프트만의 말에 따르면, 그의 아버지는 되니츠 잠수함 함대의 하사관이었는데 아이티 해안에 표류하여 로빈슨 크루소처럼 꼼짝없이 적에게 잡혔으며 그를 자신들의 친구로 여긴 소수의 마사이족 사람들의 보호를 받았다. 나중에 그의 아버지는 마사이족 중에서 가장 아름다운 여자와 결혼했고, 1944년에 그가 태어났다(이 말은 거짓인데, 그는 1941년에 출생했지만 명성이 그를 눈멀게 했으며, 그는 진실을 호도할 요량으로 자신의 나이를 세 살 줄이는 것도 나쁘지 않겠다고 생각했다). 예상대로 프랑스인들은 그의 말을 믿지 않았지만, 그렇다고 그의 터무니없는 행동을 비난하지도 않았다. 어느 누구보다 프랑스인들이 더 잘 아는 것처럼, 시인들은 누구나 자신들의 과거를 날조한다. 그러나 아이티에서의 반응은 각양각색이었다. 혹자들은 그를 형편없는 멍청이로 취급했다. 또 혹자들은 갑자기 자신들의 유럽인 부모와 조부모, 즉 독일인이나 영국인, 프랑스인 조난자들이나 섬의 어느 구석에선가 길을 잃고 잊혀 간 모험가들을 만들어 냈다. 밤새도록 미르발레-폰 하우프트만 현상은 바이러스처럼 그 섬의 지배 계급 사이에서 번져 나갔다. 폰 하우프트만의 시들은 포르토프랑스에서 출간되었고, 마사이 혈통에 대한 진술은 전설이나 가족사에 보태져 한창 꽃을 피웠다. 심지어 새 프로테스탄트 교회의 열렬한 두 신도가 표절자를 표절하는 솜씨를 발휘해 보았지만 큰 성공을 거두지는 못했다.

그러나 열대 지방에서의 명성은 오래가지 않았다. 그가 유럽에서 돌아왔을 때는 이미 폰 하우프트만의 유행이 사라진 뒤였다. 실질적인 권력자들 — 뒤발리에 왕조, 소수의 재력 있는 가문 그리고 군부 — 은 이상화된 가짜 혼혈아 문제에 신경 쓸 겨를이 없었다. 아직도 아이티의 태양에 현혹된 미르발레는 슬프게도 질서와 공산주의에 맞선 투쟁이 아리안족과 마사이족, 그리고 보편적인 영역에서의 그들의 공동 운명보다 더 중요하다는 점을 확인하였다. 그러나 이에 굴하지 않고 그는 도전의 의사 표시로 세상에 새로운 이명을 내놓을 준비에 착수했다. 이렇게 해서 막스 르 필이 태어났다. 표절 기술의 정수인 그는 미르발레가 조울병 환자인 프랑스 서점 아폴리네르의 주인 노인의 호의로 작품을 빌려 보고 처음에는 슬피 울고 나중에는 전율했던 말리 시인 시리만 시소코와 기니 시인 케이타 포데바는 물론, 퀘벡, 튀니지, 알제리, 모로코, 레바논, 카메룬, 콩고, 중앙아프리카 공화국, 나이지리아 출신 시인들의 조합이었다.

결과는 뛰어났지만 독자들의 반응은 없었다.

자존심에 상처를 입은 미르발레는 수년 동안 점차 축소되어 유령 같은 존재가 되어 버린 『모니터』의 인물 동정란 편집실로 물러나 있었으며, 신문사에서 일하는 것만으로는 전처럼 생계조차 꾸릴 수 없어 부득이 아이티 전화 회사의 미천한 일자리 근무를 겸해야만 했다.

그러나 좌천의 시기는 시 창작의 시기이기도 했다. 미르발레의 작품은 수가 늘어났고, 카시미르, 폰 하우프트만, 르 필의 작품도 불어났다. 시인들은 더 깊어졌고, 네 시인들 간의 차이는 더욱더 선명해졌다(아리안족의 음유 시인이자 광신도 같은 나치 물라토인 폰 하우프트만, 탁월한 실용주의자로 강직하고 친군부적인 르 꾈, 투생 루베르튀르, 데살린, 크리스토프의 혼을 불러내는 애국적인 서정 시인 미르발레, 그리고 이들과 대조되는 인물로 네그리튀드와 조국의 풍경을 찬양한 아프리카와 북소리의 시인 카시미르). 그들 사이의 유사성 역시 명확해졌다. 그들은 모두 열정적으로 아이티와 질서, 그리고 가족을 사랑했다. 종교 문제에 있어서는 의견의 차이가 있었다. 르 꾈과 미르발레는 가톨릭교도이고 다분히 관용적인 데 비해, 카시미르는 부두교 의식을 행했고 폰 하우프트만은 막연한 개신교도로 배타적이었다. 그는 그들끼리 서로 다투게 했고(특히 폰 하우프트만과 르 꾈은 견원지간이었다), 또 그들을 화해시키기도 했다. 그들은 서로 인터뷰를 했고『모니터』는 이 인터뷰들 중 일부를 게재했다. 어쩌면 미르발레는 어느 날 밤, 영감과 야망의 순간에, 그 혼자서 아이티 현대 시 전체를 구성하기를 꿈꾸었을지도 모른다고 가정하는 것도 무리는 아닐 것이다.

자신이 기괴한 작가라는 오명을 쓰고 있다고 느낀(적어도 모든 것이 기괴한 아이티 정부의 '공식 문학'에서조차) 미르발레는 명성 또는 체면을 위해 마지막 승부수를 띄웠다.

그는 19세기식의 문학은 이제 독자들의 흥미를 끌지 못한다고 생각했다. 시는 죽어 가고 있었다. 소설은 아직 그렇게까지 열악한 상황은 아니었지만 그는 소설을 쓸 줄 몰랐다. 어느 날 밤에는 격분해서 울었다. 그러고 나서 해결책을 모색하기 시작했고 해결책을 찾을 때까지 포기하지 않았다.

인물 동정란 칼럼니스트로서의 오랜 경험 중에 그는 한 비범한 기타리스트를 알게 되었다. 경시감의 애인으로 알려져 있던 이 젊은 친구는 포르토프랭스의 슬럼가에서 비참하게 살고 있었다. 미르발레는 그와 우정을 쌓았는데, 처음에는 뚜렷한 의도 없이, 단순히 그의 연주를 듣는 것이 좋아서였다. 나중에는 그에게 음악 그룹을 결성하자고 제안한다. 젊은 기타리스트는 그의 제안을 받아들인다.

이렇게 해서 미르발레의 마지막 이명인 작곡가 겸 가수 자크 아르티보니토가 탄생한다. 그의 가사는 오트볼타 공화국*의 시인 나크로 알리두, 독일 시인 고트프리트 벤, 프랑스 시인 아르망 라누의 표절이다. 화음은 그 자신의 기타리스트 외스타슈 데샤르네의 작품인데, 그에게서 알 수 없는 무언가를 받고 저작권을 양도한다.

듀오의 활동은 불규칙했다. 미르발레는 목소리가 나빴지만 고집스럽게 노래를 부른다. 또 리듬 감각이 없는데도 집요하게 춤을 춘다. 그들은 음반을 취입한다. 완전히 체념한 듯 순종적으로 어디든 그의 꽁무니를 따라다니는 외스타슈는 기타리스트라기보다는 차라리 좀비처럼 보였다. 그들은 함께 포르토프랭스부터 캡아이티엔까지, 고나이브부터 레오간까지 아이티 전역을 순회한다. 2년이 지났을 때, 그들은 형편없는 싸구려 술집에서나 활동할 수 있었다. 어느 날 밤 외스타슈는 미르발레와 같이 쓰던 호텔 방에서 목을 맨다. 미르발레는 그의 죽음이 자살로 밝혀질 때까지 감옥에서 일주일을 지낸다. 감옥에서 나왔을 때 그는 살해 위협을 받는다. 외스타슈의 경시감 친구는 그에게 본때를 보여 주겠다고 공개적으로 천명한다.『모니터』는 이제 더 이상 그와 인물 동정란 칼럼니스트 계약을 하지 않았고 친구들도 그에게 등을 돌린다.

미르발레는 고독 속에 파묻힌다. 그는 비루하기 짝이 없는 일들을 하였고, 말없이 카시미르, 폰 하우프트만 그리고 르 필의 시들을 계속 쓰면서 스스로 "내 유일한 친구들의 작품"이라고 부른다. 자신의 기술에 대한 순전한 자부심에서인지, 아니면 이 시기에는 고난도 기술이 따분함을 이기는 해독제였기 때문인지 모르지만, 그는 상상을 뛰어넘는 놀라운 변형을 감행하면서 시집들의 출처를 다양화했다.

1994년, 미르발레가 그의 인물 동정란 칼럼과 폰 하우프트만의 시들을 좋게 기억하는 군 경찰 경사를 방문하는 동안, 누더기 차림의 패거리가 나라를 떠날 준비를 하고 있던 일단의 군 장교들과 함께 그에게 린치를 가하려고 한다. 놀라고 분개한 미르발레는 데파르트망 드 쉬드의 수도인 레카예로 물러나 그곳에서 바의 음유시인과 선창의 브로커를 업으로 삼는다.

그는 자신의 이명들의 유고작을 쓰다가 숨을 거두었다.

미국 시인들

짐 오배넌

JIM O'BANNON

(메이컨, 1940~로스앤젤레스, 1996)

시인이자 미식축구 선수인 짐 오배넌은 힘의 매혹과 스러질 연약한 것들에 대한 갈망을 동시에 받아들인다. 그의 고향에서 단명한 시 컬렉션 '불타는 도시'의 일부로 출간된 첫 시집 『메이컨의 밤』(1961)으로 판단하건대, 그의 초기의 문학적 시도는 비트 미학에 빚지고 있는 것으로 보인다. 시 텍스트 앞에는 앨런 긴즈버그, 그레고리 코르소, 케루악, 스나이더, 펄링게티에게 바친 긴 헌사가 놓여 있다. 그는 개인적으로 그들을 몰랐지만(그때까지 그는 고향인 조지아 주를 결코 벗어난 적이 없었다), 적어도 그들 중세 명과 왕성하고 열렬한 서신 왕래를 유지한다.

이듬해에 그는 히치하이크로 뉴욕을 여행하며, 빌리지의 한 호텔에서 긴즈버그 및 어느 흑인 시인과 회동한다. 그들은 대화를 나누고, 술을 마시고, 큰 소리로 시를 낭송한다. 이윽고 긴즈버그와 흑인은 그에게 성교를 제안한다. 처음에 오배넌은 무슨 말인지 이해하지 못했다. 그들 중 한 시인이 그를 발가벗기고 다른 시인이 그를 애무하기 시작했을 때, 끔찍한 진실이 그를 엄습했다. 잠시 동안 그는 어쩔 줄 몰라 한다. 이윽고 그는 두 사람에게 주먹을 날리고 나서 자리를 떴다. "패 죽일 수도 있었지만, 그들이 가엾어 보이더군." 훗날 그는 이렇게 말했다.

두들겨 맞았지만 긴즈버그는 1년 뒤 뉴욕에서 발간된 비트 시인 선집에 오배넌의 시 네 편을 포함시킨다. 이미 조지아에 돌아가 있던 오배넌은 긴즈버그와 출판사를 상대로 법적인 대응에 착수하려고 하지만 변호사들이 그를 단념시킨다. 그러자 그는 뉴욕으로 돌아가 긴즈버그에게 개인적으로 본때를 보여 주기로 마음먹는다. 오배넌은 며칠 동안 도시를 배회하지만 허사로 끝난다. 훗날 그는 이와 관련된 「길 가는 사람」이라는 시를 쓰게 되는데, 정의로운 사람을 단 한 명도 만나지 못한 채 뉴욕을 걸어서 가로지르는 한 천사가 등장한다. 또한 그는 비트와의 결별을 보여 주는 위대한 시를 쓰는데, 이 종말론적 텍스트는 우리를 역사와 인간 영혼의 다양한 무대(셔먼 군대에 의한 애틀랜타의 포위, 한 그리스 목동이 내지르는 단말마의 고통, 소도시들에서의 일상적인 삶, 동성애자들과 유대인들 그리고 흑인들이 거처하는 동굴, 모두가 머리 위에 얹고 있는, 황금빛 합금으로 만들어진 구원의 검)로 이동시킨다.

1963년, 그는 젊은 예술가들을 양성하기 위해 제정된 대니얼 스톤 장학금을 받고 유럽을 여행한다. 파리에선 에티엔 드 생테티엔을 방문한다. 그의 눈에는 추접하고 분노에 찬 사람처럼 보였다. 또한 파리에서 미국적인 것이라면 사족을 못 쓰는 프랑스의 위대한 신고전주의 시인 쥘 알베르 라미스를 알게 된다. 두 사람 사이에는 오래 지속될 우정이 싹튼다. 그는 렌터카로 이탈리아, 유고슬라비아, 그리스를 돌아다닌다. 장학금으로 받은 돈이 바닥났을 때 그는 파리에 계속 머물기로 결정하였고, 쥘 알베르 라미스는 가족 소유인 디에프 호텔에서 그에게 일자리를 구해 준다. 호텔은 "흡사 공동묘지를 연상시켰지만" 글을 쓸 수 있는 시간은 많았다. 영국 해협의 잿빛 하늘이 그의 상상력에 날개를 달아 준다. 1965년 말에 애틀랜타의 이름이 알려지지 않은 한 출판사가 마침내 오배넌의 두 번째 시집이자, 그가 매우 흡족해한 첫 번째 시집의 출간을 수락한다.

그러나 그는 미국으로 돌아가지 않는다. 비가 내리던 어느 오후에 조지아의 브런즈윅에서 온 여행자인 마거릿 호건이 호텔에 나타난다. 그는 그녀를 보는 순간 큐피드의 화살을 맞는다. 2주가 지났을 때, 오배넌은 호텔을 떠나 그의 첫 부인이자 유일한 뮤즈가 될 여인과 함께 스페인 땅을 여행하고 있었다. 그들은 6개월 후에 파리에서 결혼 법에 따라 식을 올린다. 감정적이고 우울하며 웅변적인 성격의 라미스가 젊은 커플의 증인이 되어 주었다. 그 무렵 오배넌의 책은 미국의 각종 보도 매체에서 논평과 리뷰의 대상이 되었다. 운동의 주동 인물들은 아니었지만 몇몇 비트 시인들은 전(前) 비트닉 오배넌의 공격에 공개적인 파문으로 대응한다. 긴즈버그를 비롯한 다른 비트 시인들은 무관심한 태도를 보인다. 『용맹한 자들의 길』은 자연에 대한 독특한 시각(동물의 존재가 결여된 이상하게 텅 빈, 거칠고 '자율적인' 자연)과 각각의 시에 난무하는 온갖 협박과 허풍은 말할 것도 없고 인신 모독, 중상, 비방에 대한 명백한 취향을 하나로 합쳐 놓은 책이다. 혹자들은 '국가의 부흥'에 대해 거론했고, 이 시들에서 20세기 후반에 등장한 새로운 칼 샌드버그를 보는 열광적인 독자들도 없지 않았다. 그러나 애틀랜타 시인들의 반응은 냉담하고 싸늘했다.

그사이 오배넌은 파리에서 라미스가 주도하던 문학회인 '요인 클럽'에 가입한다. 이 단체는 오로지 라미스의 젊은 제자들만으로 구성되었는데, 그들 중 두 명은 『용맹한 자들의 길』을 번역하고 있었다. 이 번역본은 곧 라미스의 작품을 펴내던 바로 그 출판사에서 발간되었으며, 이 사실은 언제나 대서양 건너편에서 벌어지는 일에 촉각을 곤두세우는 미국의 시 비평가들 사이에서 오배넌이 명성을 쌓는 데 적잖이 기여하게 된다.

1970년, 오배넌은 미국으로 돌아가고, 그의 시집들은 매년 정기적으로 서점가의 진열창을 장식하기 시작한다. 『용맹한 자들의 길』에 뒤이어 『경작하지 않는 땅』, 『시의 불타는 계단』, 『짐 오브래디와의 대화』, 『계단 위의 사과들』, 『천국과 지옥의 계단』, 『다시 찾은 뉴욕』, 『짐 오배넌 명시선』, 『강들과 다른 시들』, 『미국의 여명기의 짐 오브래디의 아이들』 등의 시집들이 등장한다.

그는 전국 방방곡곡을 누비며 강연과 시 낭송으로 생계를 유지했다. 그는 자신의 위대한 사랑은 오직 마거릿 호건뿐이라고 입버릇처럼 말했지만 네 번 결혼하고 네 번 이혼했다. 세월은 그의 문학적 독설을 누그러뜨렸다. 「존 브라운의 결점」의 신랄한 조롱과 「바인 거리의 개에게 바치는 경의」에서 보이는 병약한 시인의 위엄 있는 평정심 사이에는 깊은 심연이 가로놓여 있다. 죽음을 앞두고 그는 점차 흑인들을 받아들이기 시작한다. 그러나 유대인들과 동성애자들에 대한 경멸은 마지막 순간까지 확고부동했다.

로리 롱

RORY LONG

(피츠버그, 1952~라구나비치, 2017)

로리의 아버지인 시인 마커스 롱은 찰스 올슨의 제자이자 벗이었다. 올슨은 해마다 애리조나 피닉스 근처의 아세라데로에 있는 롱의 집에서 며칠씩 보내곤 했다. 당시 마커스는 애리조나 대학에서 미국 문학을 강의하고 있었다. 올슨은 기분 좋은 날에는 애제자 한 명과 동행하곤 했다. 이 모든 정황으로 미루어 보건대, 올슨은 어린 로리에게도 큰 호감을 느꼈을 것이고, 로리에게 시집을 읽는 올바른 방법을 가르쳐 주고 친히 그에게 비투사 시와 투사 시*의 차이에 대해 처음으로 일러 준 사람은 올슨 자신(물론, 소년의 아버지를 포함해서)이었을 가능성이 크다. 또 다른 시나리오를 생각할 수도 있다. 예컨대, 애리조나의 황혼이 영원히 고정되어 있는 동안 로리가 포치 아래 숨어서 두 사람이 주고받는 대화를 엿들었을 수도 있다.

아무튼 요약해서 말하자면, '비투사 시'는 전통적인 시작법을 따른다. 개인적이며 '닫힌' 시로, 배꼽이나 불알을 만지작거리거나 자신의 기쁨과 불행을 득의양양하게 드러내는 시민-시인의 하찮은 일상을 언제든 엿볼 수 있다. 이와는 대조적으로, '투사 시'는 "들판에서의 작시(作詩)"와 유사한 기법에 따라 쓰이는 '열린' 시, "치환 에너지"의 시로 때때로 에즈라 파운드, 윌리엄 칼로스 윌리엄스의 작품이 좋은 예시가 된다. 올슨과 똑같은 함정에 빠지기 위해 한마디로 정의하면, 투사 시는 비투사 시와 정반대되는 것이다.

아니면 어린 로리 롱이 이렇게 이해했을 수도 있다. '닫힌' 시는 던과 포, 그리고 로버트 브라우닝과 아치볼드 매클리시였다. 반면에 '열린' 시는 파운드와 윌리엄스였다(그러나 그들의 시가 다 그런 것은 아니다). '닫힌' 시는 개인적인 것으로서 독자 개인을 위해, 시인 개인에 의해 쓰인다. 반면에 '열린' 시는 몰개성적인 것으로, 사냥꾼(시인)은 기억의 수신자이자 구성 요소(독자)를 위해 종족의 기억을 추적한다. 그리고 로리 롱은 성서는 '열린' 시이며, '책'의 그늘에서 움직이고 기어 다니는 거대한 군중은 빛나는 '말씀'에 굶주린, 이상적인 독자들이라고 생각했다. 그는 열일곱 살이 되기도 전에 마음속에 이 거대한 텅 빈 건물을 세웠다. 그때 이미 혈기 왕성했던 그는 즉시 공사에 착수했다. 그는 건물에 거주하면서 그곳을 탐사해야만 했다. 그래서 맨 먼저 성서를 한 권 구입했다. 집에서는 성서를 단 한 권도 발견할 수 없었던 것이다. 이윽고 그는 성서를 한 절 한 절 암기하기 시작했고, 시가 자신의 가슴에 직접 이야기한다는 것을 알게 되었다.

스무 살에 그는 '미국 참된 순교자들의 교회'에서 목회자가 되었고, 아무도 읽지 않는 시집을 발간했다. 심지어 진정한 계몽의 아들인 그의 아버지조차 읽지 않았다. 그는 아들이 위대한 '유목의 책'의 그늘에서 다른 사람들과 함께 땅을 기어 다니는 모습을 보기를 수치스러워했다. 그러나 어떤 실패도 당시에 이미 회오리바람처럼 시곗바늘 반대 방향으로 뉴멕시코, 애리조나, 텍사스, 오클라호마, 캔자스, 콜로라도, 유타 주를 휩쓸고 나서 다시 뉴멕시코에서 유랑을 시작하던 로리 롱의 기세를 꺾을 수 없었다. 그런데 로리 롱은 창자와 뼈가 뒤죽박죽된 듯한 감정을 느꼈다. 그는 올슨에게 환멸을 느낀다(그러나 투사 시와 비투사 시에 대해서는 그렇지 않았다). 그가 마침내 올슨의 시를 읽게 되었을 때(그는 이론과 자신의 무지에 현혹되어 뒤늦게야 읽는다), 그 시는 거의 사기에 가까웠다(『최상의 시』를 읽고 나서 그는 세 시간 동안 토했다). 또 '미국 참된 순교자들의 교회'에도 환멸을 느낀다. 이 교회의 신도들은 '책'의 평지만 볼 뿐 그 원심력은 보지 못했으며, 평지는 보지만 화산과 땅 밑을 흐르는 강은 보지 못했다. 그는 또 슬픈 히피들, 슬픈 창녀들로 흘러넘치는 70년대에 환멸을 느낀다. 심지어 자살할 생각까지 했다! 그러나 그는 뜻을 이루지 못하고 계속 책을 읽었다. 또 편지, 노래, 극작품, TV와 영화 대본, 미완성 소설, 단편, 동물 우화, 연재 만화의 플롯, 전기, 경제 · 종교 평론, 그리고 무엇보다 지금까지 언급된 모든 장르가 뒤섞인 시를 계속 썼다.

그는 '몰개성적'이 되려고 애썼다. '책'의 여행자들과 '책'의 조난자들을 위한 안내서를 썼고 팔뚝에 두 개의 문신을 새겼다. 오른팔의 찢어진 하트는 그의 탐색을 상징하고, 왼팔의 불타는 책은 그의 소명을 상징했다. 그는 '구술 시'를 실험했다. 외침도 아니고 의성어도 아니며, '책'의 사람들과 유사하지만 실제로는 그들과 다른 종족에 속하는 것처럼 보이는 괴짜들의 말장난도 아니었다. 또 유년기와 옛사랑을 기억하는 농부의 속삭임도 아니었다. 그것은 땅 끝의 라디오 진행자처럼 따뜻하고 친숙한 어조의 목소리였다. 그는 그들에게서 뭔가 배울 게 있는지, 또 아메리카의 전파를 타고 돌아다니는 '탈개성적 목소리'를 알아들을 수 있는지 보려고 '라디오 진행자들'의 친구가 되었다. 극적인 대화체 어조. 온통-귀뿐인-사람의 의식을 찾을 때까지 방랑하는 온통-눈뿐인-사람의 목소리. 그렇게 세월을 따라 그는 교회에서 교회로, 집에서 집으로 옮겨 다녔다. 그는 동료들과 달리 아무것도 발표하지 않았고 여전히 이름 없는 시인이었다. 그러나 그는 글을 썼고 올슨의 이론과 다른 '이론들'의 수렁에 빠졌으며, 몸은 지쳤지만 시인 마커스 롱의 부끄럽지 않은 아들로서(유감스럽게도) 한순간도 넋을 놓지 않았다.

마침내 지하 세계에서 모습을 드러냈을 때 그는 딴사람이 되어 있었다. 그는 몸이 더 마르고(185센티미터의 키에 60킬로그램이었다) 더 늙었지만, 길을 찾았거나 아니면 적어도 즉시 그를 '위대한 길'로 인도할 몇 개의 지름길을 발견했다. 그 무렵 그는 텍사스 말일 교회에서 설교를 하였으며, 과거에는 막연했던 그의 정치 이념은 정돈되었다. 그는 미국의 부활의 필요성을 믿었고, 그때까지 경험했던 모든 것들과 판이한 그 부활의 '특성들'을 '인식한다고' 믿었으며, 미국 가정과 그 가정이 다수의 참된 메시지를 받을 권리, 그들이 시오니즘의 메시지나 FBI에 의해 조작된 메시지에 중독되지 않을 권리를 믿었다. 또 개인성과 미국이 새로운 활력으로 우주 경쟁에 재착수할 필요성을 믿었고, 치명적인 병이 공화국의 몸통을 송두리째 좀먹고 있으며 외과 수술을 시행할 필요가 있다고 믿었다. 올슨은 잊혔고 그의 아버지도 잊혔지만 시는 잊히지 않았다(짧은 단편과 시, '사상'을 묶은 '노아의 방주'라는 제목의 책을 펴내 성공을 거두었다). 그는 남서부에 자신의 교의를 전파하는 데 전념했으며 이 또한 성공을 거두었다. 그는 전파를 타고, 또 비디오 녹화를 통해 도착하고 있었다. 아주 간단한 일이었다. 과거는 갈수록 더 빨리 지워져 갔지만, 이따금씩 그는 참된 길을 찾는 것이 어떻게 그에게 그토록 고될 수 있었을까를 생각하곤 했다.

그는 살이 쪘고(몸무게가 120킬로그램에 다다랐다) 돈을 벌었으며, 오래지 않아 돈을 가진 사람들이라면 누구나 떠나는 곳 캘리포니아로 향한다. 그곳에 캘리포니아 기독교도들의 카리스마파 교회를 세웠다. 그는 많은 추종자들을 거느렸고 메시지를 전하는 것은 식은 죽 먹기여서 심지어 조소적인 시와 해학적인 시를 쓸 시간 여유도 가질 수 있었다. 이 시들은 그를 웃게 했고 그의 웃음은 시들을 거울로 변형시켰다. 거울 속에는 텍사스의 어느 방에 홀로 있거나 다른 자선 만찬들에 끼어든 자선 만찬들에서 자기만큼 뚱뚱한 낯선 사람들과 함께 있는 그의 얼굴이 얼룩없이 비쳐 보였다. 낯선 사람들은 그의 친구들, 그의 전기 작가들, 그의 대리인들이라고 했다. 가령, 그는 레니 리펜슈탈이 에른스트 윙거와 성행위하는 시를 썼다. 100세의 남자와 90세의 여자. 뼈와 죽은 조직들의 맞부딪침. 하느님 맙소사, 늙은 에른스트가 가차 없이 그녀 위에 올라타고 독일 창녀는 더, 더, 더 하고 외친다. 악취를 풍기는 거대한 서고에서 로리가 말했다. 좋은 시다. 노인 커플의 눈은 부러울 만큼 찬란하게 타오르고, 그들의 늙어 빠진 턱이 삐걱거리는 소리를 낼 때까지 서로를 정신없이 빨아댄다. 그리고 자신들도 모르는 사이에 교습을 하며 곁눈질로 독자를 바라본다. 물처럼 투명한 교습. 민주주의를 끝장내야 한다. 나치들은 왜 그렇게 오래 살지? 헤스를 봐라. 자살하지 않았다면 백수를 누렸을 것이다. 무엇이 그들을 장수하게 하는 걸까? 무엇이 그들을 거의 불멸의 존재로 만드는 걸까? 그들이 흘린 피 때문일까? '책'의 비행(飛行) 때문일까? 아니면 의식의 도약 때문일까? 캘리포니아 카리스마파 교회는 지하 세계로 내려갔다. 양들의 계곡에서 불붙은 두 마리 개처럼 떨어지지 않은 채 에른스트와 레니가 쉬지 않고 성교하던 미로. 눈먼 양들의 계곡인가? 최면에 걸린 양들의 계곡인가? 나의 목소리가 양들에게 최면을 건다, 라고 로리 롱은 생각했다. 하지만 장수의 비결은 무엇인가? 순수이다. 탐구하고, 일하고, 다양한 차원에서 지복천년(至福

千年)을 준비하는 것. 그는 어떤 밤에는 손가락 끝으로 신(新) 인간의 몸을 만진다고 믿었다. 그는 몸무게가 20킬로그램이나 빠졌다. 에른스트와 레니는 그를 위해 하늘에서 성교를 하고 있었다. 그는 이것이 타는 듯 뜨거우면서도 저속한 최면 요법이 아니라 진정한 '불의 성체(聖體)'임을 깨달았다.

그때 그는 완전히 실성했고 간계(奸計)가 구석구석까지 그의 몸을 점령했다. 그는 돈과 명예를 가졌을 뿐 아니라, 뛰어난 변호사들을 거느리고 있었다. 또 라디오 방송국들, 일간지들, 잡지들 그리고 TV 채널들을 소유하고 있었다. 미 상원에 친구들도 있었다. 그는 볼드윈 로차라는 이름의 흑인 청년이 2017년 3월 백주에 그의 머리통을 날려 버릴 때까지 강철 같은 건강을 자랑했다.

아리안 결사

토머스 R. 머치슨, 일명 '엘 테하노(텍사스 사람)'

THOMAS R. MURCHISON, ALIAS 'EL TEXANO'

(라스크루세스, 텍사스, 1923~왈라 왈라 형무소, 오리건, 1979)

머치슨의 삶은 어려서부터 감옥 생활로 점철되었다. 야바위꾼, 차량 절도범, 직권 남용자, 마약 거래자 등 그는 어느 특정한 전문 분야 없이 여러 범죄를 두루 섭렵했다. 그를 아리안 결사에 접근 시킨 것은 이데올로기가 아니라 그의 부단한 감방 생활과 지나친 생존 열망이었다. 허약한 체격에 폭력과는 거리가 먼 성격의 소유 자였던 그는 살아남기 위해 이 그룹을 필요로 했다. 그는 결코 보 스가 아니었지만 그가 항상 "불운한 신사들의 결사"로 정의했던 이 단체의 첫 문학지를 출범시키는 영예를 안았다. 1967년, 버지 니아의 크로퍼드 감옥에서 마커스 패터슨, 로저 타일러, 토머스 R. 머치슨이 편집한 『옥중 문학』 창간호가 탄생했다. 타블로이드판 4페이지짜리 잡지에는 편지들, 크로퍼드 지역과 감옥 내부의 소식 외에 몇 편의 시(오히려 노래 가사에 가까운)와 세 편의 단편이 실렸다. '엘 테하노'라는 이름으로 서명된 이 단편들은 폭넓은 찬사를 받았다. 익살스럽고 환상적인 성격의 주인공들은 부패한 정치인이나 교묘하게 인간의 형상으로 위장하고 외부 세계에서 온 외계인들로 편성된 '악의 군대'에 맞서 투쟁하는 결사의 죄수이거나 전직 죄수이다.

잡지는 성공적이었고, 몇몇 관리들의 입조심에도 불구하고 이 사례는 다른 감옥들로 퍼져 나갔다. 대부분 불운했던 다양한 범죄 경력 덕분에 머치슨은 활동적인 편집 위원이나 다른 감옥들의 통신원 자격으로 대다수 잡지에 관여한다.

드물게 자유의 몸일 때는 신문을 거의 읽지 않았고 결사에 소속된 전직 죄수들과도 가까이하지 않으려고 애썼다. 감옥에서는 제인 그레이를 비롯한 서부 소설 작가들을 읽었다. 그가 특히 좋아했던 작가는 마크 트웨인이었다. 한번은 그의 미시시피는 감옥이고 형무소라고 썼다. 그는 폐기종으로 사망했다. 여러 잡지들에 흩어져 있는 그의 작품은 50편 이상의 단편과 어느 좀도둑에게 바친 70행의 시 한 편으로 이루어져 있다.

존 리 브룩

JOHN LEE BROOK

(캘리포니아 내퍼, 1950~로스앤젤레스, 1997)

아리안 결사 최고의 작가이자 20세기 말 캘리포니아 최고의 시인들 중 한 명으로 평가받았던 그는 18세의 나이에 감옥의 차가운 교실에서 읽고 쓰는 법을 배웠다. 미리 밝혀 두자면, 그의 삶은 해체된 가족(얼굴도 모르는 아버지, 보수가 형편없는 일에 종사하는 미혼모 어머니)에 속하는, 캘리포니아의 하위 계층 백인 청소년 특유의, 뒤죽박죽된 사소한 범죄의 연속으로 정의될 수 있다. 읽고 쓰는 법을 배운 뒤에 존 리 브룩의 범죄 경력은 180도 바뀌어 마약 거래, 코카인 매매, 고급 차량 절도, 유괴 및 암살 등에 관여한다. 1990년에는 잭 브룩과 그의 보디가드 두 명이 살해 혐의로 기소되었다. 재판 과정에서 무죄가 선고되지만, 그러나 놀랍게도 증인대에 선 지 10분 만에 검사를 제지하고 모든 혐의를 인정한다. 게다가 당시에 완전히 묻혀 있던 네 건의 미제 살인 사건, 즉 포르노 문학 작가 아돌포 판톨리아노, 포르노 여배우 수지 웹스터, 포르노 배우 댄 카마인 그리고 시인 아서 크레인을 살해했다고 자백한다. 처음 세 건은 4년 전에, 마지막 건은 1989년에 발생한 사건이었다. 그는 사형 선고를 받는다. 캘리포니아 문학계에 영향력 있는 몇몇 회원들의 주도로 여러 번 항소가 제기되었지만 끝내 1997년 4월에 사형이 집행된다. 목격자들에 따르면, 브룩은 자신의 시를 읽는 일에 몰두하며 생의 마지막 시간을 아주 평온하게 보냈다고 한다.

다섯 권의 책으로 이루어진 그의 작품은 견고하며, 대화 형식이 풍부해 휘트먼을 떠올리게 한다. 또 미국 서정시의 다른 흐름들을 도외시하지 않았음에도 서술시에 아주 가깝다. 그의 모든 시를 통해 때때로 강박적으로 반복되는 주제는 몇몇 백인 거주 지역에서의 극심한 가난, 흑인들과 감옥에서의 성적 학대, 언제나 작은 악마 혹은 신비로운 요리사로 그려지는 멕시코인들, 여자들의 부재, 경계 정신의 계승자로 간주되는 모터사이클리스트 클럽, 거리와 감옥에서 불량배들의 서열, 아메리카의 쇠락, 외로운 전사들 등이다.

다음 시들은 특별히 주목할 만하다.

—「존 L. 브룩의 복권」. 한결같이 5백 행이 넘는, 긴 장시 연작 혹은 작가 자신이 늘 정의하던 대로 파편화된 소설들의 첫 작품. 이 시를 썼을 때 그의 나이는 스무 살에 불과했지만 여기에는 이미 브룩의 모든 것이 들어 있다. 시는 청소년 병과 이를 치유하기 위한 적절하고도 유일한 방법에 대해 다룬다.

—「이름 없는 거리」. 오렌지 카운티 감옥의 메뉴와, 매주 화요일과 목요일에 형무소에 강의하러 다니는 어느 영문학 교수의 동성애적 꿈이 매클리시와 콘래드 에이컨의 인용문과 결합된 시 텍스트.

—「산티노와 나」. 시인이 그의 가석방 대리인 루 산티노와 나눈 대화의 단편(斷片)들로 스포츠(아메리카의 전형적인 스포츠는 무엇인가?), 창녀들, 영화 스타들의 삶, 감옥의 명사

들과 감옥 안팎에서의 그들의 윤리적 권위 같은 테마들을 다루고 있다.

— 「찰리」(정확하게 감옥의 유명 인사). 작가가 1992년에 알게 된 찰스 맨슨에 대한 간략하고 '구체적'이면서도 그에 못지 않게 면밀한 묘사.

— 「간병인 부인들」. 정신병 환자들, 연쇄 살인범들, 정신 착란자들, 아메리카의 꿈에 사로잡힌 조울병자들, 몽유병 환자들 그리고 밀렵꾼들에 대한 예찬.

— 「악인들」. 타고난 암살범 이야기. 그에 대한 묘사에서 브룩은 "야비한 사람들/철의 사막이나 미로에서/의지에 사로잡힌 아이들/사자 우리의 돼지처럼 나약한……"이라고 적고 있다.

1985년에 쓴 것으로 적혀 있고 그의 세 번째 시집(『고독』, 1986)에 수록된 이 마지막 시는 『사우스캘리포니아 심리학』지와 『버클리 대학 심리학 매거진』에서 중요한 논쟁적 연구 대상이 되었다.

전설적인 스키아피노 형제

이탈로 스키아피노
ITALO SCHIAFFINO

(부에노스아이레스, 1948~부에노스아이레스, 1982)

훗날 그의 명성은 떠오르는 별로 역시 시인이었던 동생 아르헨티노 스키아피노에 가려 빛이 바래기는 했지만, 적어도 부에노스아이레스에서 그가 살았던 시기에 이탈로 스키아피노보다 더 집념이 강한 시인은 없었을 것이다.

미천한 집안에서 태어난 그의 삶에는 축구와 문학이라는 단 두 가지 열정만 존재했다. 그는 에르콜레 마산토니오가 운영하는 철물상에서 심부름꾼 일을 하려고 학교를 그만둔 지 2년째 되던 열다섯 살에 엔소 라울 카스틸리오니 서포터스의 회원이 되었다. 당시에 보카 주니어스*의 팬들을 규합하던 수많은 서포터스들 중 하나였다.

오래지 않아 그는 서포터스 내에서의 위상을 높였다. 1968년, 카스틸리오니가 투옥되자 서클 회장을 맡았으며, 같은 해에 첫 시(적어도 기록으로 남아 있는 첫 번째 시)와 첫 선언문을 썼다. '겁쟁이들아, 움츠려라'라는 제목이 붙은 이 시는 3백 행으로 되어 있으며 몇몇 구절들은 그의 동료들에 의해 암송되었다. 기본적으로 투쟁 시이다. 스키아피노의 말을 빌리자면, "보카의 젊은이들을 위한 일종의 『일리아스』"이다. 공개적이고 자발적인 투고를 통해 1969년에 발표되었으며, 초판 천 부를 찍은 이 시에 페레스 에레디아 박사가 신예 시인의 아르헨티나 시단 입성을 환영한다는 내용의 서문을 썼다. 선언문은 판이하게 달랐다. 다섯 페이지 분량의 선언문에서 스키아피노는 아르헨티나에서 축구가 처한 상황을 설명하고 그 위기를 통탄하는 한편, 책임자들(좋은 선수들을 길러 낼 능력이 없는 유대인 재벌과 나라를 쇠락으로 이끄는 공산주의 지식인들)을 적시하고 위험을 지적하였으며, 또 그 위험을 떨쳐 버릴 방법을 제시했다. 선언문에는 '아르헨티나의 청년기'라는 제목이 붙었는데, 스키아피노의 말을 빌리면, "조국의 가장 격렬한 정신을 일깨우려는 폰 클라우제비츠 식의 속임수"이다. 얼마 지나지 않아 이 선언문은 적어도 카스틸리오니의 옛 서포터스의 가장 격렬한 서클 내에서는 꼭 읽어야 하는 필수 문건이 되기에 이르렀다.

1971년에 스키아피노는 멘딜루세 미망인을 방문했지만, 이를 입증할 만한 사진이나 글은 남아 있지 않다. 1972년에는 45편의 시를 통해 45명의 보카 주니어스 선수들의 삶을 조명한 『영광의 길』을 출간했다. 이 소책자에는 「겁쟁이들아, 움츠려라」와 마찬가지로 페레스 에레디아 박사의 우호적인 서문이 실려 있고 보카 주니어스 클럽 부회장으로부터 '출판 승인'을 받은 사실이 밝혀져 있다. 출판 비용은 스키아피노 서포터스 회원들의 후원과 예약 판매, 그리고 경기가 있는 매주 일요일에 라 봄보네라* 주변에서의 판매 수익으로 충당했다. 이번에는 전문 비평가들이 침묵을 깨뜨렸다. 『영광의 길』은 두 개의 스포츠 전문 일간지에 리뷰가 실렸고, 작가는 페스탈로치 박사가 진행하는 라디오 프로그램 '축구의 모든 것'에 초대되어 아르헨티나 축구 위기의 기로에 관한 라운드테이블에서 의견을 개진했다. 스포츠계의 유명 인사들이 모인 이 프로그램에서 스키아피노는 신중하게 처신했다.

1975년, 그는 다음 시집인 『성난 황소들처럼』을 출간한다. 응당 에르난데스, 구이랄데스, 카리에고의 영향이 엿보이는 가우초 분위기를 풍기는 시행들에서, 스키아피노는 자신의 책임하에 있는 서포터스가 주(州)의 여러 지방으로 출정 갔던 일, 원정 승리의 성과를 거둔 코르도바와 로사리오로의 두 차례 여행, 서포터들의 목이 잠겼던 일, 그리고 거리의 난투극으로 비화되지는 않았지만 '적진'의 고립된 집단들에 본때를 보여 준 여러 번의 실랑이 등에 대해 다루고 있는데, 때로는 상세한 설명을 덧붙이고 있다. 호전적인 어조가 두드러짐에도 불구하고 『성난 황소들처럼』은 가장 완성도 높고 가장 형식이 자유로운 유려한 작품으로, 여기에서 독자는 젊은 시인이 "조국의 순결한 공간들"과 맺고 있는 관계의 고결한 이념을 간파할 수 있다.

또한 1975년에 오네스토 가르시아의 서포터스, 후안 카를로스 렌티니의 서포터스가 그의 서포터스와 합병된 후에, 스키아피노는 계간지 『보카와 함께』를 창간하는데, 이후 잡지는 그의 이념을 표현하고 전파하기 위한 기관지 역할을 하게 된다. 그는 이 잡지의 1976년 제1호에 '유대인들은 물러가라'라는 제목의 글을 발표한다. 당연히 아르헨티나가 아닌, 축구장에서 물러가라는 주장이었지만, 이번에도 역시 숱한 오해와 적의를 불러일으킨다. 1976년 제3호에 발표한 「반항적인 팬들에 대한 기억」 역시 마찬가지였다. 여기에서 그는 리버 플레이트*의 팬을 가장하여 부에노스아이레스 라이벌 클럽의 선수들과 팬들에 대한 익살스러운 논평을 퍼붓는다. 1977년 제1호, 1977년 제3호 그리고 1978년 제1호에 각각 '반항적인 팬들에 대한 기억' 2, 3, 4라는 동일한 제목으로 연재된 이 글들은 『보카와 함께』의 독자들에게 전폭적인 찬사를 받았으며, 페르시오 델라 푸엔테 박사(퇴역 대령)가 부에노스아이레스 대학의 『기호학 리뷰』에 발표한, 라틴 아메리카 악당들의 언어에 관한 연구에서 인용되었다.

1978년은 스키아피노에게 영광의 해였다. 아르헨티나가 처음으로 월드컵을 제패하였고, 서포터스는 거대한 카니발 행렬로 변한 거리에서 이를 축하한다. 방대한 알레고리 시 「소년들을 위한 축배」를 발표한 해이기도 하다. 이 시에서 스키아피노는 대규모 서포터스처럼 하나로 똘똘 뭉쳐 운명을 열어 가는 나라를 상상한다. 또한 그에게 "남부럽지 않은", "성숙한" 출구가 제공된 해였다. 그의 시는 폭넓은 리뷰 대상이 되었으며, 또 모든 리뷰가 스포츠지로 한정되지도 않았다. 부에노스아이레스의 한 라디오는 그에게 해설자 자리를 제공하고, 친정부적인 한 신문은 청년 문제를 다루는 주간 칼럼을 맡긴다. 스키아피노는 모든 제의를 수락하지만 그의 불같은 펜은 곧 모든 사람들과 갈등을 빚는다. 오래지 않아 라디오와 신문 쪽 관계자들은 스키아피노에게는 회사원보다 보카 팬들의 리더가 되는 게 더 중요하다는 사실을 알아챈다. 갈등의 결과는 부러진 갈빗대와 깨진 유리, 일련의 오랜 감옥살이의 마수걸이로 돌아온다.

옛 동료들의 후원이 끊기면서 그의 시의 광맥은 말라붙은 것처럼 보인다. 1978~1982년에 그는 축구와 아르헨티나가 앓고 있는 병을 질타하는 그의 글이 계속 실리던 『보카와 함께』를 유포하는 일과 서포터스에 거의 전적으로 매달린다.

서포터들 사이에서 그의 영향력은 줄어들지 않았다. 그의 통솔 하에 보카의 서포터스는 성장을 거듭했고 그 어느 때보다 강해졌다. 어딘가 불분명하고 은밀한 구석이 없진 않았지만 그의 권위는 타의 추종을 불허했다. 그의 가족 앨범에는 아직도 스키아피노가 클럽의 집행부 및 선수들과 함께 찍은 사진들이 보관되어 있다.

그는 1982년, 라디오에서 포클랜드 전쟁에 관한 마지막 뉴스 중 하나를 듣다가 심장 마비로 사망했다.

아르헨티노 스키아피노, 일명 '엘 그라사(비곗덩어리)'

ARGENTINO SCHIAFFINO, ALIAS 'EL GRASA'

(부에노스아이레스, 1956~디트로이트, 2015)

아르헨티노 스키아피노가 보여 준 삶의 궤적은, 서로 다른 시대에 문학계와 스포츠계에 등장했던 다채롭고 종종 대조적인 인물들의 궤적과 비교되곤 했다. 가령, 1978년에 팔리토 크루거라는 사람은 『보카와 함께』 제3호에서 그의 삶과 문학은 랭보에 비견될 수 있다고 말한다. 1982년, 같은 잡지의 다른 호에서 그는 신세계의 디오니시오 리드루에호로 언급된다. 또 1995년에는 앤솔러지 『아르헨티나의 숨은 시인들』 서문에서, 곤살레스 이루호 교수가 그를 발도메로 페르난데스 급의 작가로 언급하며, 그의 개인적 친구들은 부에노스아이레스의 일간지들에 보낸 편지에서 그를 마라도나에 견줄 만한 유일한 시민으로 찬양한다. 또 2015년에는 셀마(앨라배마 주)의 한 일간지에 게재된 짧은 사망 기사에서, 존 카스텔라노가 그의 이미지를 링고 보나베나의 비극적 이미지와 비교한다.

파란만장한 아르헨티노 스키아피노의 삶과 작품은 이 모든 비유에 어느 정도 타당성을 부여한다.

사실 그는 형의 그늘에서 성장했다. 그의 형은 그를 축구에 빠져들게 하고 그를 보카의 광신자로 만들었으며 시의 신비에 흥미를 갖게 했다. 그러나 두 사람의 차이는 두드러졌다. 이탈로 스키아피노는 키가 훤칠하고 강건하며 권위주의적인 데다 건조한 성격에 상상력이 부족했다. 또 존경심을 불러일으키는 풍모를 지녔으며, 강인하고 모가 난 데다 다소 음산한 분위기를 풍겼다. 그러나 아마도 호르몬 문제로 인해 28세 이후에는 위험할 정도로 살이 찌기 시작했고, 이는 결국 그에게 치명적인 결과를 가져오고 말았다. 그에 비해 아르헨티노 스키아피노는 오히려 보통 이하의 키에 퉁퉁한 편이었다(여기에서 죽을 때까지 그에게 붙어 다닌 엘 그라사, 즉 '비곗덩어리'라는 애칭이 생겨났다). 상상력이 넘쳤으며 사교적이고 대범한 성격의 소유자였다. 또 권위를 내세우는 경우는 드물었지만 카리스마가 있었다.

그는 13세에 시를 쓰기 시작했다. 그의 형이 『영광의 길』로 승승장구하던 16세에 그는 위험을 무릅쓰고 책 50부를 등사판으로 출간하며 혼자 힘으로 문단에 데뷔했다. '아르헨티나 최고의 유머 선집'이라는 제목이 붙은 30개의 경구 시리즈였는데, 그 자신이 보카 서포터스 회원들에게 직접 팔았으며 초판은 주말에 동이 났다. 1973년 4월에 동일한 출판 방식으로 단편 「칠레의 침입」이 세상에 나온다. 여기서 그는 블랙 유머 코드로(때로 고어 무비* 시나리오처럼 보인다) 두 공화국 사이의 가상 전쟁을 이야기한다. 같은 해 12월에는 선언문 「우리는 지긋지긋하다」를 발표한다. 여기서 그는 축구 심판들의 편파성, 체력 조건의 결핍, 그리고 일부 선수들의 마약 복용 등을 비난하며 공격을 퍼붓는다.

그는 시집 『철의 청춘』(50부 등사판) 출간과 함께 1974년을 연다. 주로 군대 행진곡풍의 농밀한 시들이었는데, 그 유일한 가치는 그의 전형적인 표현 영역인 축구와 유머에서 멀어졌다는 데 있다. 극작품 「대통령들의 회합 또는 함정에서 벗어나기 위해 어떻게 할 것인가?」가 그 뒤를 잇는다. 이 5막 소극(笑劇)에서는 라틴 아메리카 여러 나라의 최고위급 관리들이 독일의 도시 호텔 방에 모여 현재 유럽 토털 사커에 위협받고 있는 라틴 아메리카 축구에 당연한 역사적 우위를 돌려줄 다양한 방법들에 대해 숙의한다. 대단히 긴 이 작품은 아다모프, 주네, 그로토프스키에서 코피와 사바리에 이르는 전위 연극의 흐름을 떠올리게 한다. 그러나 엘 그라사가 이러한 유형의 스펙터클한 전위 연극에 직접 발을 들여놓은 적이 있는지는 의문이다(하지만 개연성이 없지는 않다). 몇몇 장면들을 인용해 보자. 1) 'paz(평화)'라는 단어와 'arte(예술)'라는 단어의 어원에 대한 베네수엘라 문정관의 모놀로그, 2) 호텔 화장실에서 니카라과 대통령, 콜롬비아 대통령 그리고 아이티 대통령에게 폭행당하는 니카라과 대사, 3) 탱고를 추는 아르헨티나 대통령과 칠레 대통령, 4) 노스트라다무스의 예언에 대한 우루과이 대사의 특강, 5) 대통령들이 개최하는 마스터베이션 경연 대회. 에콰도르 대사가 승리하는 굵기, 브라질 대사가 이기는 길이, 아르헨티나 대사가 승리하는 최고의 경연인 정액 분출 등 승리 방식은 단 세 가지뿐이다. 6) 이러한 시합을 "악취미의 외설"로 간주하는 코스타리카 대통령의 뒤이은 분노, 7) 독일 창녀들의 도착, 8) 대규모 싸움들, 야단법석, 기진맥진, 9) "마침내 패배를 깨닫는 거물들의 피로를 강조하는 핑크 빛 동 틀 녘"의 도래, 10) 요란한 방귀를 연이어 내뿜은 뒤 침대에 들어가 잠드는 아르헨티나 대통령의 고독한 아침 식사.

1974년에는 아직 다른 두 작품을 펴낼 시간이 남아 있다. 그중 하나가 『보카와 함께』에 실린 작은 선언문으로 '만족스러운 해결책들'이라는 제목이 붙어 있으며 「대통령들의 회합 또는 함정에서 벗어나기 위해 어떻게 할 것인가?」에서 펼친 주장을 어느 정도 이어 가고 있다. 여기에서 그는 토털 사커에 대한 라틴 아메리카의 대응으로 토털 사커를 대표하는 최고의 선수들을 물리적으로 제거할 것을, 다시 말해 크로이프, 베켄바워 등을 암살할 것을 제안한다. 그리고 다른 하나는 백 부를 찍은 등사판 신작 시집 『하늘에 펼쳐진 장관』이다. 경쾌하다고 할 수 있을 가볍고 짤막한 시들에서 보카 주니어스의 역사를 빛낸 몇몇 위대한 선수들을 노래하고 있는 이 시집에서는 이탈로 스키아피노의 저명한 책 『영광의 길』과의 유사성을 찾아볼 수 있다. 테마가 일치하고 시의 창작 방식도 유사하며, 몇몇 메타포는 동일하다. 그럼에도 불구하고 형에게서 엄밀성과 분투의 역사를 수립하려는 의지가 두드러진다면, 동생에게서는 이미지와 각운의 발견, 옛 신화들에 대한 애정이 깃든 유머, 무거움에 반하는 가벼움, 말의 힘 그리고 때때로 화려함이 돋보인다. 아마도 이 책에는 아르헨티노 스키아피노의 진면목이 드러나 있을 것이다.

이후 몇 년 동안 그의 창작은 침묵을 지킨다. 1975년에 결혼을 하고 자동차 정비소에서 일하는데, 이 기간 동안 그가 히치하이크로 파타고니아를 여행하였고 손에 집히는 대로 다 읽어 치웠으며, 또 아메리카 역사 연구에 몰두하고 향정신성 마약에 손댔다는 소문이 돌았지만, 사실은 일요일에 형의 서포터스에 모습을 드러내지 않은 적이 단 한 번도 없다. 그는 거기에서 어느 누구보다 열정적으로 응원하면서 보카 진영이나 적진에서 갈수록 더 큰 명성을 누렸다. 또 이 시기 동안 안토니오 라쿠투레 대위가 부에노스아이레스 교외의 사유지에 소유하고 있던 작은 주차장의 정비사 겸 운전기사 자격으로 그의 죽음의 기갑 부대에 적극적으로 가담했다는 얘기가 있지만 증거는 없다.

1978년, '엘 그라사'는 아르헨티나 월드컵 중에 『챔피언들』(등사판으로 천 부를 찍었으며, 경기장 입구에서 그가 직접 팔았다)이라는 장시를 들고 다시 등장한다. 다소 난해하고 때로는 혼란스러운 텍스트로, 여기에서 그는 갑자기 자유시에서 알렉산더 격 시행으로, 연구(聯句)로, 대구(對句)로, 때로는 심지어 후방 조응으로 옮겨 간다(아르헨티나 대표 팀의 파란만장한 역사를 살필 때는 가르시아 로르카의 『집시 민요집』의 어조를 취하며, 라이벌 대표 팀들을 분석할 때는 늙은 비스카차*의 교활한 훈계부터 『아버지의 죽음을 애도하는 노래』에서의 만리케의 명쾌한 예지에 이르기까지 다양하다). 책은 2주 만에 매진되었다.

다시 기나긴 창작의 침묵. 그 자신이 자서전에서 고백한 바에 따르면, 1982년 포클랜드 전쟁에 의용병으로 입대하려 하지만 뜻을 이루지 못하고 얼마 뒤에 월드컵을 참관하기 위해 과격한 서포터스 그룹과 함께 스페인을 여행한다. 이탈리아전에서 아르헨티나 대표 팀이 패한 뒤에 공공 도로에서 살인과 강탈, 혼란을 기도한 습격 사건의 용의자로 바르셀로나의 한 호텔에서 체포된다. 아르헨티나 서포터스의 회원 다섯 명과 함께 바르셀로나의 모델로 감옥에서 3개월을 보낸다. 증거 부족으로 석방된 그는 귀국하여 보카 주니어스 서포터스에 의해 새로운 리더로 추대된다. 그러나 이 직책은 그를 열광시키지 못하며, 그는 관대하게도 모라산 박사와 견적사인 스코티 카베요에게 권한을 위임한다. 그럼에도 형의 오랜 추종자들에 대한 그의 정신적 영향력은 평생 유지된다. 새로운 세대의 서포터스들에게 그의 삶은 갈수록 더 전설적인 면모를 지니게 된다.

1983년, 모라산 박사가 쏟은 각고의 노력에도 불구하고 잡지 『보카와 함께』가 폐간된다. '엘 그라사'에게서 유일한 표현 수단을 박탈한 사건이었지만, 장기적으로는 그에게 유리하게 작용한다. 1984년, 부에노스아이레스의 소규모 정치-문학 전문 출판사인 블랑코 이 네그로가 『어느 아나키스트의 기억』이라는 책을 출간한다. 대체로 문학계의 무관심 속에 잊혀 갔지만 스키아피노가 자비 출판의 한계를 벗어난 최초의 시도로 기록된 이 책은 자연주의적 성격이 두드러진 작은 단편집이다. 가장 긴 것도 4페이지를 넘지 않으며 부에노스아이레스의 한 노동자 구역 축구의 파란만장한 역사를 회고한다. 등장인물은 스스로 '묵시록의 네 가우초'라고 명명한 네 명의 아이들이다. 여러 위인전 연구가들은 이 책에 스키아피노 형제의 어린 시절이 투영되어 있다고 분석했다. 가장 짧은 단편은 분량이 채 반 페이지도 되지 않으며, 병이나 심장마비 혹은 단순히 어느 오후 이름도 모르는 낯선 누구라도 걸릴 수 있는 우울증을 풍부한 은어를 동원해 가며 익살스러운 어조로 묘사하고 있다.

1985년, 같은 출판사에서 『광인들의 흙손』이 나온다. 전작보다도 더 얄팍한 이 작은 단편집(56페이지)은 얼핏 전작의 부록처럼 보인다. 이번에는 몇몇 리뷰의 관심을 끄는 데 성공한다. 한 리뷰에서는 짤막하게 바보스럽다고 낙인찍히며, 또 다른 리뷰에서는 면밀하게 난도질당한다. 그러나 스키아피노가 보여 준 언어 구사에 대해서는 감히 시비를 걸지 못한다. 그 밖의 다른 두 리뷰(더 이상은 없었다)는 공공연하게 열광적인 찬사를 보낸다.

얼마 뒤에 블랑코 이 네그로 출판사가 도산하자 스키아피노는 앞서 그랬던 것처럼 침묵과 무명(無名) 속으로 가라앉은 것처럼 보였다. 블랑코 이 네그로 주식의 절반 혹은 적어도 상당 부분은 그의 소유였고, 이것이 그가 사라진 이유를 설명해 준다고 말하는 사람들도 있었다. 스키아피노가 도대체 어디서 출판사 설립에 필요한 돈을 마련했는지는 여전히 미스터리로 남아 있다. 군사 독재기에 손에 넣은 자금이거나 강탈해서 은닉했던 재산이라는 둥, 출처를 밝힐 수 없는 불가사의한 조달 자금이라는 둥 소문이 무성했다. 그러나 입증할 만한 것은 아무것도 없었다.

1987년, 아르헨티노 스키아피노는 보카 서포터스의 전면에 다시 등장한다. 그는 부인과 이혼하고 이제는 코리엔테스의 중심가 레스토랑에서 웨이터로 일하고 있었다. 레스토랑에서 그는 소문난 쾌활함으로 이내 구역 전체에서 사랑받는 꼭 필요한 존재가 되었다. 연말에 등사판으로 『부에노스아이레스의 레스토랑들에 얽힌 통속 소설』을 펴내는데, 작품당 분량이 7페이지를 넘지 않는 세 개의 단편으로 이루어져 있다. 그는 천연덕스럽게 자신의 손님들에게 이 책을 팔았다. 첫 단편은 부에노스아이레스에 도착해 믿을 수 있는 사업에 저축한 돈을 투자하려는 한 레바논 남자에 대해 다루고 있다. 그 남자는 아르헨티나인 정육점 여자와 사랑에 빠져 함께 다채로운 고기 전문 레스토랑을 열기로 한다. 남자의 가난한 친척들이 나타나기 전까지는 모든 일이 순조롭게 진행된다. 마침내 정육점 여자는 모니토, 즉 '원숭이'라는 별명을 가진 보조 요리사의 도움을 받아 레바논 친척들을 하나하나 제거함으로써 모든 문제를 해결한다. 그녀는 모니토와 불륜 관계를 맺고 있었다. 이야기는 외견상 목가적인 장면과 함께 끝난다. 정육점 여자와 그녀의 남편, 그리고 모니토는 교외에서 하루를 보내기 위해 떠나며 조국의 자유로운 하늘 아래서 바비큐 요리를 준비한다. 두 번째 단편은 삶의 마지막 사랑을 찾고 싶어 하는 부에노스아이레스의 부유한 레스토랑 주인 노인에 관한 이야기이다. 노인은 목적을 이루기 위해 나이트클럽과 매음굴, 과년한 딸을 둔 친구들의 집 등을 누비고 다닌다. 마침내 꿈에 그리던 여자를 발견했을 때, 그는 그녀가 자신의 첫 레스토랑에서 일하고 있으며 태어날 때부터 앞을 못 보는 스무 살의 탱고 가수라는 것을 알게 된다. 세 번째 단편은 한 레스토랑에서 만찬을 갖는 한 무리의 친구들에 대해 다룬다. 그들 중 한 명의 소유인 레스토랑은 이 모임을 위해 닫혀 있다. 처음에 만찬은 남자들끼리의 '총각 파티'처럼 보인다. 나중에는 동료들 중 한 사람이 성취한 무언가를 축하하는 것처럼 보인다. 더 나중에는 죽은 누군가를 위한 장례 만찬처럼 보이고, 또 나중에는 아르헨티나의 맛좋은 요리를 즐기는 것 외에 다른 어떤 목적도 없는 미식가들의 회동처럼 보인다. 그리고 마지막으로, 모두가 혹은 거의 모두가 배신자 하나를 골탕 먹이기 위한 모임처럼 보인다. 그러나 독자에게 배신 혐의를 받고 있는 사람이 무엇을 배신했는지는 전혀 말해 주지 않는다. 막연하게 신뢰, 영원한 우정, 충성, 명예 따위의 말들이 언급된다. 이야기는 모호하며 오로지 만찬 참석자들이 주고받는 대화만으로 유지된다. 한편, 시간이 흐르면서 참석자들은 거드름을 피우고 잔인해지거나, 혹은 반대로 노골적이고 말수가 줄고 날카로워지면서 저질적으로 변해 간다. 안타깝게도 이야기는 레스토랑 화장실에서 배신자의 사지가 절단되는 것으로 끝난다. 합당한 이유 없이 지나치게 폭력적이고 누구나 예상할 수 있는 뻔한 결말이다.

또 1987년에는 방대한 시 『고독』(640행)이 출간되는데, 모라산 박사가 비용을 부담하고 직접 서문을 썼다. 서문을 쓴 모라산 박사의 조카딸인 베르타 마키오 모라산 양이 먹으로 시에 삽화 넉장을 그려 넣었다. 기이하고 절망적이고 어수선한 시로, 작가의 전기에 나타나는 공백을 명료하게 설명해 준다. 시는 아르헨티나와 멕시코를 무대로 하며 멕시코에서 개최된 월드컵을 둘러싸고 전개된다. 시의 절대적 주인공인 스키아피노는 때때로 광활한 팜파스의 버려진 농장처럼 보이는, 부에노스아이레스의 외진 곳에 자리 잡은 한 초라한 호텔에서 "챔피언들의 고독"에 대해 성찰한다. 이윽고 그는 자신의 서포터스 회원들이거나 위협적인 인물들일 가능성이 농후한 "두 명의 흑인 경호원"을 대동한 채 아르헨티나 항공을 이용해 멕시코로 날아간다. 멕시코에 체류하는 동안 그는 자신을 "황폐한 탑을 뒤집어쓴 달팽이 왕자"로 보는 "멕시코 술꾼들"과 그럭저럭 사이좋게 지내긴 했지만 혼혈의 파괴 효과를 적절하게 확인시켜 주는 볼품없는 바와 여인숙을 전전하고, 또 알비셀레스테*를 따라 여러 도시를 옮겨 다닌다. 아르헨티나 대표팀의 결승전 승리에 대한 묘사는 굉장하다. 스키아피노는 비행접시 같은 거대한 빛이 아스테카 경기장 위를 활공하는 것을 보며, 또 투명 인간들이 사람 얼굴에 불타는 털을 가진 작은 개들을 데리고 빛 속에서 나타나는 것을 목격한다. 투명한 존재들은 쇠줄로 개들을 단단히 붙들어 매고 있다. 그는 또한 "길이가 30미터 정도"되는 손가락 하나가 경고하듯 광활한 하늘에서 무언가를 가리키는 것을 본다. 어쩌면 하나의 방향일 수도 있고, 아니면 단지 구름 한 점일 수도 있다. 파티는 멕시코시티의 "얼어붙은 홍수"의 거리에서 계속되는데, 엘 그라사가 맥이 빠지고 녹초가 되어 멕시코 여인숙의 고독 속으로 되돌아가면서 끝난다.

1988년에 그는 50부 복사판 팸플릿으로 단편 「타조」를 발간한다. 쿠데타 군인들에게 바치는 일종의 오마주인데, 질서와 가족과 조국에 대한 그의 명백한 찬양에도 불구하고 여기에서는 신랄하고, 무자비하며, 종말론적인 동시에 분방하고, 반어적이고, 풍자적이고, 불경한 유머, 즉 한마디로 스키아피노 스타일의 고유한 필치를 숨기지 못한다. 이듬해에는 출간일과 출판사 직인 없이, 그의 시와 단편, 정치적 글을 가려 뽑아 묶은 '아르헨티노 스키아피노 정선'이라는 제목의 책이 나온다. 문학에 정통한 사람들은 얼마 지나지 않아 이 책이 1965년부터 2000년까지 부에노스아이레스 출판계에 나타났다 사라지기를 반복한 밀교적 성향의 출판사 아르헨티나 제4제국의 작품이라고 생각하기에 이른다.

그는 점차 국내의 정보 매체에서 유명세를 얻기 시작한다. 그는 서포터스를 다루는 한 TV 프로그램에 출연하는데, 그 자리에서 명예, 정당방위, 동료애의 필요성, 거리 싸움의 순수하고 소박한 즐거움 같은 구실을 들어 서포터스의 폭력의 정당성을 입증하는 데 발군의 활약을 보여 주었다. 그는 피의자에서 고발자로 탈바꿈한다. 또 라디오 토론이나 또 다른 TV 프로그램에 출연해 재정 정책, 라틴 아메리카 신생 민주주의의 쇠락, 유럽 음악 무대에서의 탱고의 미래, 부에노스아이레스에서의 오페라 현실, 유행에 접근하는 것의 어려움, 지방에서의 대중 교육, 절대다수의 아르헨티나인들이 국경을 모른다는 사실, 국산 포도주, 기간산업의 사유화, 포뮬러1 그랑프리, 테니스와 서양장기, 보르헤스와 비오이 카사레스, 코르타사르, 무히카 라이네스의 작품(그는 평생 이들의 작품을 읽은 적이 없다고 확언하지만, 이 작가들에 대해 대담한 결론을 쏟아 낸다), 로베르토 아를트의 생애("적진에 속하지만" 그에게 감탄한다고 말한다), 국경의 통제, 실업 문제에 대한 해결책, 백색 범죄와 거리 범죄, 아르헨티나인들의 타고난 창의성, 안데스 산지의 제재소들, 셰익스피어의 작품 등 매우 다양한 주제들에 대해 의견을 개진한다.

1990년 그는 이탈리아 월드컵으로 달려간다. 그는 그곳에서 다른 30명의 아르헨티나 팬들과 함께 잠재적인 위험인물로 간주된다. 그전에 엘 그라사는 야외 바비큐 파티로 이어진, 포클랜드 전쟁 전몰자들에게 봉헌된 미사의 지속적인 화해를 위한 모임에서 영국의 훌리건들과 만날 의향이 있음을 밝힌 바 있다. 단순히 의향을 내비친 데 지나지 않았지만, 이 소식이 세상을 한 바퀴 돌아다시 아르헨티나로 돌아왔을 때 스키아피노의 명성은 상당히 높아져 있었다.

1991년에 그는 두 권의 시집을 펴낸다. 하나는 『치미추리 소스』(자비 출판, 40페이지, 백 부)로 때때로 생경하고 순전한 표절에까지 이르는 루고네스와 다리오의 유감스러운 모방이다. 그가 왜 이런 시들을 썼는지, 그리고 무엇보다 왜 이 책을 출판했는지 이해하는 사람은 거의 없었다. 또 다른 시집은 『철선(鐵船)』(라 카스타냐 출판사, 50페이지, 5백 부)으로, 남자들 사이의 우정이 중심 주제인 30편의 산문시 연작이다. 우정은 위험 속에서 단련된다는 상투적인 결론은 가까운 미래에 펼쳐질 엘 그라사의 삶의 모습을 예시하는 것처럼 보인다. 1992년에는 자신의 서포터스의 한 강력한 그룹의 선봉에 서서 공공연하게 리버 플레이트의 팬들이 가득타고 있던 대형 버스를 습격했는데, 총기 발사로 두 명이 사망하고 수많은 사상자를 내는 결과를 가져왔다. 경찰이 수색 및 체포 명령을 내리자 아르헨티노 스키아피노는 종적을 감춘다. 비록 적반하장으로 리버 플레이트 팬들이 당한 습격을 비난하지는 않지만, 몇몇 라디오 방송국에 전화를 걸어 자신의 결백을 강력하게 주장한다. 그러나 테러 행위를 후회하는 여러 명의 서포터스를 포함한 수많은 증인들이 그가 현장 부근에 있었다고 증언한다. 언론 매체들은 곧 그를 사건의 주모자이자 주동자로 지명하게 된다. 이

때부터 엘 그라사의 삶에서 온갖 유형의 추측과 신비화에 가장 어울리는 유령의 단계가 시작된다.

그의 모습이 찍힌 사진을 통해, 경찰에 쫓기는 몸이 된 그가 평범한 한 사람의 팬처럼 보카 유니폼을 입고 유유히 경기장에 모습을 드러냈다는 사실이 알려진다. 팬들의 이너서클인 서포터스, 즉 초창기부터 그와 그의 형과 함께했던 사람들은 광적인 헌신으로 그를 보호한다. 하루하루 힘겹게 살아가는 그의 삶은 젊은이들 사이에서 경탄의 대상이 된다. 소수의 사람들이 그의 글을 읽고, 몇몇은 그를 모방하여 그의 문학의 길을 좇는다. 그러나 엘 그라사는 아무도 흉내 낼 수 없는 작가였다.

1994년, 미국 월드컵을 치르는 동안, 그는 부에노스아이레스의 한 스포츠 신문과 인터뷰를 갖는다. 엘 그라사는 어디에 있었나? 보스턴에. 엄청난 소동이 잇따랐다. 자신들에 대한 안전 대책이 직업적 품위에 비해 취약하다고 느낀 아르헨티나의 스포츠 담당 기자들은 이에 의혹을 품고 미국의 경찰 조직을 비아냥거린다. 나머지 라틴 아메리카 기자들이 스페인, 이탈리아 그리고 포르투갈의 일부 기자들과 함께 조롱을 확산시킨다. 이 소식은 사건이 불러일으킨 다양한 일화들에 덧붙여져 세상을 한 바퀴 돈다. 보스턴 경찰과 미 연방 수사국이 움직였지만 스키아피노는 종적을 감추었다.

오랫동안 그의 행선지는 오리무중이었다. 서포터스는 공개적으로 리더의 행방을 모른다고 실토한다. 그러던 차에 스코티 카베요가 감옥에서 '그러나 땅에는 아무것도 없었다'라는 제목이 붙은 엘 그라사의 긴 편지 시를 받는다. 미국 우표가 붙어 있었고 발신지는 플로리다의 올랜도였다. 모라산 박사가 보카 주니어스 서포터스들에게 예약 구매를 의무화하면서 서둘러 출간한 이 편지 시는 율동적인 자유시로 대륙의 양극단인 미국과 아르헨티나의 공간을 비교하는 것으로 시작해, 그 당시 스코티 카베요가 복역 중이던 2년형에 대한 명백한 암시를 통해 "열정과 순수"가 "작가와 그의 친구들에게" 알게 해 주었던 감옥들에 대한 상세한 기억으로 이어지며, 협박과 되찾은 유년기의 목가적 환영(어머니, 갓 구운 빵 과자 냄새, 식탁에 둘러앉은 형제들의 웃음소리, 황무지를 운동장 삼아 밤이 올 때까지 플라스틱 공을 차며 놀던 일) 그리고 스키아피노 말기 시의 특징인, 불경하고 따분한 농담이 뒤섞이는 혼돈으로 끝난다.

다시 1999년까지 그에 대한 소식은 전혀 알려지지 않는다. 서포터스는 절대적이고, 어쩌면 진지한 침묵을 지킨다. 모라산 박사의 암시, 의도적으로 수수께끼 같은 구절들, 중의적인 표현들에도 불구하고, 분명 아르헨티나 내에서는 누구도 엘 그라사의 행적에 대해 아는 바가 전혀 없었을 것이다. 모든 것은 추측에 지나지 않았다. 사정이 이런데도, 1998년에 완고한 팬들은 평소처럼 알비셀레스테를 응원하는 그를 만날 수 있으리라는 확신을 품고 프랑스 월드컵을 향해 출발한다. 예상은 크게 빗나간다. 이 시기 동안 엘 그라사는 그의 첫 열정 중 하나와 관계를 끊고 두 번째 열정에 매진한다. 그는 손에 집히는 모든 것, 특히 역사책, 탐정 소설, 베스트셀러를 읽었고, 결코 초보적인 수준을 벗어나지 못할 영어를 배운다. 또 뉴저지 출신으로 그보다 20년 연상인 미국 여자 마리아 테레사 그레코와 결혼하여, 미국 시민권을 얻는다. 그는 사우스플로리다의 소도시 베레스포드에 살며 한 쿠바인의 레스토랑에서 카운터 책임자로 일한다. 그는 서둘지 않고 자신의 첫 소설이 될 약 5백 페이지짜리 스릴러를 준비한다. 소설의 사건은 여러 해에 걸쳐 수많은 나라들에서 벌어진다. 그의 습관은 바뀌었다. 이제는 말쑥한 모습에 어딘가 수도사 같은 분위기를 풍겼다.

이미 밝힌 대로, 1999년에 그는 다시 살아 있다는 신호를 보낸다. 이미 자유의 몸이 되었고 서포터스와 축구의 난폭한 세계에서 거의 완전히 손을 뗀 스코티 카베요는 엘 그라사로부터 편지가 아닌, 한 통의 전화를 받는다. 스코티는 소스라치게 놀란다. 세월의 흐름 속에서도 여전한 엘 그라사의 목소리는 손상되지 않은 초창기의 열정으로 계획과 플랜, 복수의 계략을 털어놓는다. 스코티를 떨게 만든 것은 마치 시간이 '멈춰 버린' 듯한 느낌이었다. 이제 더 이상 보카 주니어스 서포터스 회장이 아니라고 밝혔지만, 스키아피노는 물러설 기색을 보이지 않는다. 자신이 지시를 내리면 스코티가 그것을 실행에 옮겨 주기를 희망한다. 그의 지시 사항은 먼저, 서포터스 회원들에게 그가 살아 있다는 사실을 알릴 것, 둘째, 그의 귀국 사실을 떠들썩하게 선전할 것, 셋째, 그의 위대한 미국 소설을 스페인어로 출판할 업자를 물색할 것 등이었다.

스코티 카베요는 마지막 것만 빼고 맡은 일을 모두 완수한다. 아르헨티나에는 엘 그라사의 문학 작품에 관심을 보이는 사람이 없었다. 약속을 지키지 않은 쪽은 오히려 스키아피노였는데, 그의 귀국에 대한 기대가 한창 고조되었을 때 — 비록 많은 추종자들은 아니었지만 — 또다시 무뚝뚝한 침묵 속으로 가라앉는다.

2002년 월드컵 기간에 쌍안경으로 오사카 경기장을 살피던 몇몇 아르헨티나 팬들은 남쪽 스탠드에 인접한 옆줄에서 그를 보았다고 믿는다. 그들은 의심스러운 표정으로 기뻐하며 다가간다. 그러나 그들이 도착했을 때 이미 그의 모습은 보이지 않았다. 3년 뒤에 부카네로스 데 탐파 출판사가 그의 작품 『어느 아르헨티나인의 기억』(350페이지)을 발간한다. 갱들과 차량 추적, 매혹적인 여자들, 미제 살인 사건, 사립탐정들과 정직한 경찰들의 무리가 집결하는 바(bar), 흑인 게토에서의 모험, 타락한 정치인들, 위협받는 영화 스타, 부두교 의식, 산업 스파이 활동 등으로 가득한 책이다. 이 책은 적어도 미국 남부의 히스패닉 공동체에서는 그런대로 성공을 거둔다.

그 무렵 스키아피노는 상처를 하고 재혼을 했다. 몇몇 소식통에 따르면, 그는 KKK단, 미국 기독교 운동 그리고 미국 부활 그룹과 연계되었다. 그러나 실은 사업과 문학에 전념했다. 그는 마이애미 지역에 두 개의 바비큐 레스토랑을 소유하고 있었고, 그가 일절 언급하지 않은, '집필 중'인 대작의 퇴고 작업에 계속 몰두한다.

2007년에는 자비 출판으로 산문 시집 『참회하는 신사들』을 발간하는데, 여기에서 그는 비록 의식적으로 난해한 어조로 혼란스럽게 묘사하긴 했지만, 도망자로 도착해서 세 번째 부인인 엘리자베스 모레노를 처음 만나기까지 미국 땅에서 겪은 몇몇 모험을 이야기한다. 이 시집은 엘리자베스에게 바쳤다.

　마침내 2010년, 기대 속에 오랫동안 기다려 온 소설이 나온다. 그 제목은 '보물'로 평범하고 암시적이다. 줄거리는 아르헨티노 스키아피노 자신의 기억을 거의 감추지 않는다. 작가는 자신의 삶에 대해 말하고, 그 삶을 분석하고 검토하며, 찬반양론을 고려하고, 행위를 정당화할 논리를 모색하고 찾아낸다. 535페이지를 따라가며 독자는 지금껏 알려지지 않은 작가의 다양한 삶의 면모를 알아 간다. 스키아피노의 진술은 대체로 가정(家庭)의 영역으로 한정되어 있지만, 정말로 놀라운 면모들도 있다. 가령, 자식을 갖는 것이 불가능한 상황에서 엘리자베스와, 그가 토미라 불리는 여섯 살배기 아일랜드 아이와 신티아라는 이름의 네 살배기 멕시코 여자아이를 양자로 받아들이는데, 엘 그라사가 원해서 신티아에게는 엘리자베스라는 성을 붙여 주었다는 얘기가 나온다. 정치적으로 스키아피노는 명확한 입장을 취한다. 그 나름의 방식으로 명확하다는 말이다. 그는 우파도 아니고, 그렇다고 좌파도 아니다. 그에게는 흑인 친구들과 KKK단의 친구들이 있다(책에 실린 사진들 중에는 뒤뜰에서 파리야*를 해 먹는 모습이 담긴 사진이 한 장 있다. 스키아피노를 뺀 나머지 손님들은 모두 조직의 망토와 두건을 걸치고 있다. 그는 요리사 복장을 하고 목덜미의 땀을 훔치기 위해 여분의 흰 두건을 사용한다). 그는 독점, 특히 문화의 독점에 반대한다. 그는 가족을 믿지만, 또한 "재미를 즐길 남자들만의 타고난 권리"도 믿는다. 그는 개선되어야 할 점들을 나열하고 있긴 하지만 ― 리스트는 길고 무의미하다 ― 자신이 국적을 취득한 미국을 신뢰한다.

아르헨티나에서의 삶, 특히 서포터스에서 열정적으로 활동했던 경험을 다룬 장들은 그의 미국 경험을 밝히고 있는 장들에 비해 빈약하다. 어쩌면 혼란스러운 은유처럼 일말의 진실을 감추고 있을지도 모르지만, 그는 역사적 허위를 저지른다. 가령, 졸병으로 포클랜드 전쟁에 참가했으며 여러 전투에서의 눈부신 활약으로 산마르틴 용맹 훈장과 하사관 계급장을 획득했다고 말한다. 엄밀한 군사적 수준에서 볼 때 지나치게 진실성이 결여되어 있으나 구스그린 전투에 대한 묘사는 블랙 유머의 상세한 설명이 넘친다. 보카의 서포터스 선봉에서 활동했던 긴 여정에 대해서는 거의 언급하지 않는다. 그는 또 아르헨티나에서는 결코 그의 책들에 충분한 관심을 보이지 않았다고 불평한다. 반대로, 미국에서의 실제적 삶과 상상적 삶은 활기 있고 상세하게 서술되어 있다. 책에는 여자들에게 바친 장들도 많다. 이 여자들 중에선 그에게 "개인 도서관"의 문을 열어 주었던 "사랑하는 그리운 동반자"인 두 번째 부인이 영예로운 자리를 차지하고 있다. 스포츠 가운데서는 오직 복싱에만 관심을 보이며, 복싱 주위에서 움직이는 사람들은 직접적인 글감이 된다. 이탈리아인들, 쿠바인들, 우울한 흑인 노인들이 모두 그의 친구들이며, 그는 이 모든 사람들에게 말하게 하고 이야기보따리를 실컷 풀어놓게 한다.

『보물』을 출간한 뒤에 그의 삶은 결정적으로 탄탄대로를 걷는 것처럼 보였지만, 실은 그렇지 못했다. 부실한 경영 혹은 못된 친구들이 그를 파산으로 몰고 간다. 그는 레스토랑 두 곳을 잃는다.

또 곧이어 이혼하게 된다. 2013년, 그는 플로리다를 떠나 뉴올리언스에 정착하는데 그곳에서 레스토랑 '아르헨티나 농부'의 지배인으로 일한다. 같은 해 말에 뉴올리언스에서 마지막 시집 『델타에서 들은 이야기』를 자비 출판한다. 우울하지만 그러나 엉뚱한 재담집으로 보카 시기에 쓰인 최고의 시들과 같은 계통의 작품이다. 2015년, 그는 알려지지 않은 이유로 뉴올리언스를 떠나며, 몇 달 뒤 한 명 혹은 여러 명의 낯선 사람들이 디트로이트의 한 노름집 뒷마당에서 그를 살해한다.

악명 높은 라미레스 호프만

카를로스 라미레스 호프만

CARLOS RAMÍREZ HOFFMAN

(칠레 산티아고, 1950~스페인 요레트데마르, 1998)

악명 높은 라미레스 호프만의 작가 이력은 틀림없이 살바도르 아옌데가 칠레 대통령이던 1970년 또는 1971년에 시작되었을 것이다.

그는 남부의 콘셉시온에서 후안 체르니아코프스키의 문학 작업실에 참여한 것이 거의 확실하다. 당시에 그는 에밀리오 스티븐스라는 이름으로 불렸고, 시를 써서 체르니아코프스키의 인정을 받았다. 그러나 물론 작업실의 스타는 나시미엔토 출신의 시인들인 마리아 베네가스, 막달레나 베네가스 쌍둥이 자매들이었다. 그녀들은 17세 또는 어쩌면 18세였으며 각각 사회학과 심리학을 공부하는 학생들이었다.

에밀리오 스티븐스는 마리아 베네가스에게 집적거렸다(나는 '집적거리다'라는 말을 들으면 닭살이 돋는다). 그래 봤자 실은 두 자매와 함께 종종 외출하는 정도였다. 영화관이나 콘서트, 극장, 강연회 등에 간 게 전부였다. 이따금씩 베네가스 자매의 흰색 폴크스바겐 비틀을 타고 해변으로 가 해 질 녘의 태평양을 바라보며 함께 마리화나를 피우기도 했다. 나는 베네가스 자매가 다른 남자들과도 어울려 다녔다고 생각한다. 스티븐스 역시 다른 사람들과 어울렸을 것이다. 그 시기에는 누구랄 것도 없이 함께 휩쓸려 다녔고 누구나 타인들에 대해 속속들이 알고 있다고 믿었다. 그러나 이내 밝혀진 것처럼 이는 다분히 어리석은 추측이었다. 베네가스 자매는 왜 그와 얽혔을까? 그건 대수롭지 않은 미스터리이자 일상적인 사건이다. 스티븐스는 잘생기고 똑똑하고 예민한 남자였을 것이다.

1973년 9월, 쿠데타가 발발한 지 일주일 후, 온통 혼란한 와중에서, 베네가스 자매는 콘셉시온의 아파트를 떠나 나시미엔토의 집으로 돌아간다. 그곳에서 고모와 단출하게 살았다. 화가 부부였던 부모는 그녀가 채 열다섯 살도 되기 전에 돌아가셨다. 비오비오 주에 약간의 땅과 집을 남긴 터라 자매는 경제적으로 쪼들리지 않고 지낼 수 있었다. 자매는 줄곧 부모에 대해 말했고 그녀들의 시에는 절망적인 작품과 절망적인 사랑에 연루되어 칠레 남부에서 실종된 가상의 화가들이 종종 인물로 등장하곤 한다. 딱 한 번, 나는 그분들의 사진을 볼 수 있었다. 아버지는 가무잡잡하고 마른 데다 오직 비오비오 강의 이쪽 편에서 태어난 사람들에게만 나타나는 예의 슬프고 곤혹스러운 표정을 지니고 있었다. 반면에 어머니는 그보다 키가 더 크고 약간 통통했으며, 온화하고 잔잔한 미소를 띠고 있었다.

그녀들은 나시미엔토로 가서 자신들의 집에 칩거했다. 마을과 근교에서 가장 큰 집들 중 하나로 아버지 가족의 소유였던 2층 목조 건물이었으며 일곱 개가 넘는 방과 피아노 한 대, 그리고 베네가스 자매가 소위 겁쟁이 소녀들과는 거리가 멀고 그 정반대였음에도 그녀들을 일체의 악으로부터 지켜 주던 고모라는 강력한 존재가 있었다.

보름이나 한 달쯤 지난 어느 화창한 날에, 에밀리오 스티븐스가 나시미엔토에 나타난다. 이런 일은 운명적으로 일어날 수밖에 없었다. 어느 날 밤 혹은 아마도 그전에, 봄이 한창인 남부의 예의 그 우울한 날들의 어느 해 질 녘에, 누군가가 문을 두드렸고 에밀리오 스티븐스가 문 앞에 서 있었다. 베네가스 자매는 그를 보고 기뻐한다. 그에게 계속해서 질문을 던지고 저녁 식사에 그를 초대하며, 나중에는 그에게 머물렀다 자고 가도 좋다고 말한다. 식사 후에 그녀들은 아마도 시를 읽었겠지만 스티븐스는 아니었다. 그는 아무것도 읽고 싶지 않았다. 그는 무언가 새로운 것을 준비하고 있다고 말한다, 웃는다, 이상야릇한 태도를 취한다. 아니, 어쩌면 그는 웃지조차 않았는지도 모른다. 그가 아니라고 무뚝뚝하게 말하고 베네가스 자매는 고개를 끄덕인다, 그녀들은 순진하게 이해한다고 '믿는다', 아무것도 이해하지 못한다, 그러나 이해한다고 믿으며 자신들의 시를 읽는다. 시는 아주 훌륭하고 농밀하며 비올레타 파라와 니카노르 파라, 엔리케 린의 혼합(마치 그러한 혼합이 가능하기라도 한 것처럼)이요, 조이스 망수르와 실비아 플라스, 알레한드라 피사르니크의 추필카 델 디아블로*였다. 그 날, 어쩔 수 없이 스러지는 1973년의 어느 하루와 작별을 고하기에는 완벽한 칵테일이었다. 밤에 에밀리오 스티븐스는 몽유병자처럼 자리에서 일어난다. 어쩌면 마리아 베네가스와 잤을 수도 있고, 어쩌면 아닐 수도 있다. 그러나 분명 그는 몽유병자처럼 벌떡 일어나 집으로 다가오는 자동차의 엔진 소리를 들으며 고모의 방으로 향한다. 방에 들어가 고모의 목을 자른다. 아니다. 그녀의 가슴에 칼을 꽂는다. 더 깔끔하고 더 신속하게 그녀의 입을 틀어막고 가슴 깊숙이 칼을 찌른다. 그러고 나서 밑으로 내려가 문을 연다. 두 남자가 후안 체르니아코프스키의 시 작업실의 스타들의 집으로 들어간다. 음울한 밤이 집에 들어갔다가 곧바로 다시 나온다. 밤이 효과적으로 쏜살같이 들어갔다 나온다.

그런데 시체들이 없다. 아니 있다. '한 구의' 시체, 몇 년 뒤에 공동 묘혈에서 나타날 시체, 막달레나 베네가스의 시체가 있다. 그러나 라미레스 호프만이 신이 아닌 인간임을 증명하려는 듯, 유일하게 그것뿐이다. 그 시절에는 훨씬 더 많은 사람들이 실종된다. 남부의 유대인 시인 후안 체르니아코프스키가 실종된다. 모두들 빨갱이가 사라지는 것은 당연하다고 생각한다. 그러나 훗날 체르니아코프스키는 그의 삼촌으로 추정되는 유대계 러시아인을 뒤따라 아메리카의 모든 분쟁 지역에 모습을 드러냄으로써 신출귀몰하는 칠레인의 표본으로 전설이 되었다. 그는 마치 '이 자식들아, 나, 칠레 남부 숲의 마지막 볼셰비키 유대인이 여기에 있다'라고 외치는 듯이 총과 주먹을 높이 치켜들고 니카라과, 엘살바도르, 과테말라에 다시 출현했다가 어느 날, FMLN*의 마지막 공세 때 사망함으로써 결정적으로 사라진다. 콘셉시온 출신의 또 한 명의 시인 마르틴 가르시아 역시 실종된다. 그는 의과 대학에 자신의 시 작업실을 가지고 있었고, 체르니아코프스키의 친구이자 맞수였다. 두 사람은 늘 같이 어울렸고 칠레의 하늘이 산산조각 나 쏟아져 내린다 해도 아랑곳하지 않고 시에 대해 격론을 벌였다. 체르니아코프스키가 훤칠하고 금발인 데 비해 마르틴 가르시아는 키가 작고 가무잡잡했다. 체르니아코프스키는 라틴 아메리카 시의 테두리 안에 있었고 마르틴 가르시아는 그 말고는 칠레에서 아무도 알지 못하는 프랑스 시인들을 번역했다. 그리고 그 사실은 많은 사람들을 길길이 날뛰며 흥분하게 했다. 그 땅딸막하고 못생긴 인디오가 알랭 주프루아, 드니 로슈, 마르슬랭 플레네를 번역하고 그들과 서신을 교환하는 일이 도대체 어떻게 가능했을까? 허 참, 미셸 빌토, 마티유 메사지, 클로드 펠리외, 프랑크 브나이유, 피에르 틸만, 다니엘 비가가 어떤 작가들이란 말인가? 게으름뱅이 가르시아가 여기저기 훑어보던, 드노엘에서 출간된 책들의 작가 조르주 페렉은 또 작가로서 얼마나 대단한 미덕을 가졌던가? 아무도 그가 사라진 것을 섭섭해하지 않았다. 많은 사람들이 그의 죽음을 기뻐했으리라. 지금 이런 말을 하면 거짓말처럼 들릴지도 모르겠다. 그러나 체르니아코프스키(가르시아는 분명 그를 두 번 다시 보지 못했다)와 마찬가지로 가르시아는 유럽으로 망명하여 다시 모습을 드러냈다. 먼저 동독에 출현했다가 최대한 신속하게 벗어난다. 나중에는 프랑스에서 스페인어 강의를 하고 라틴 아메리카의 몇몇 호방한 작가들을 비매품으로 출간하기 위해 번역하면서 생계를 유지했다. 수학적이거나 외설적인 문제들에 강박적으로 매달렸던 세기 초의 작가들이 주를 이루었다. 훗날 마르틴 가르시아 역시 살해당하지만 그것은 이와는 전혀 상관없는 다른 이야기이다.

나는 그 무렵 민중 연합의 허약한 권력 구조가 무너지는 동안 체포되었다. 나를 유치장에 데려간 상황은 거의 그로테스크할 정도로 진부했다. 그러나 나에게 라미레스 호프만의 첫 시의 의식(儀式)을 목격하도록 해 주었다. 물론 당시에는 라미레스 호프만이 누군지 알지 못했고 베네가스 자매에게 닥칠 운명도 알지 못했다.

의식은 어느 날의 해 질 녘에 — 라미레스 호프만은 석양을 사랑했다 — 이루어졌는데, 뜬금없이 체포된 우리는 다른 구류자들과 함께 거의 탈카우아노에 가까운 콘셉시온 근교의 라 페냐 임시 형무소 마당에서 장기를 두며 무료함을 달래고 있었다. 조금 전까지 맑게 갰던 하늘이 구름 떼를 동쪽으로 몰아가기 시작했다. 구름들은 브로치나 담배처럼 하양과 검정이 뒤섞인 색깔이었고, 나중에는 장밋빛이 되었다가 마지막에는 반짝이는 주홍빛으로 변했다. 내가 유일하게 구름을 바라본 포로였을 것이다. 구름 사이로 비행기가 천천히 모습을 드러냈다. 낡은 비행기였다. 처음에는 소리 없이 움직이는 모기만 한 얼룩에 지나지 않았다. 바다에서 날

아와 점차 콘셉시온으로 다가오고 있었다. 도심 방향으로. 구름처럼 천천히 움직이는 듯한 인상을 주었다. 우리 머리 위로 지나갈 때 비행기가 내는 소리는 마치 망가진 세탁기 소리 같았다. 이윽고 작은 산을 올라가 다시 높이 솟아오르더니 어느새 콘셉시온 도심 위를 날고 있었다. 그리고 거기, 하늘 높은 곳에서 시 한 편을 쓰기 시작했다. 쳐다보는 사람의 눈을 얼어붙게 하는 분홍빛 푸른 하늘 위에 검은 회색 연기로 쓴 글자들. "젊음…… 젊음." 나는 글자들을 읽었다. 나는 그것들이 교정쇄 같다는 느낌 — 무모한 확신 — 을 받았다. 그때 비행기가 우리 쪽으로 돌아왔다가 다시 방향을 틀어 한 번 더 지나갔다. 이번에는 시행이 훨씬 더 길어 틀림없이 조종사에게 숙련된 노련미를 요구했을 것이다. "IGITUR PERFECTI SUNT COELI ET TERRA ET OMNIS ORNATUS EORUM(이렇게 하늘과 땅과 그 안의 모든 것이 이루어졌다)."*
한순간 비행기는 산맥 쪽 지평선 속으로 사라진 것처럼 보였다. 그러나 다시 돌아왔다. 미처 가고 있던, 노르베르토라는 이름의 포로가 우리 마당과 여자들의 마당을 분리하고 있던 담벼락에 올라가려고 발버둥치며 소리치기 시작했다. "메서슈미트다, 독일 공군의 전투기 메서슈미트다." 나머지 포로들은 모두 일어섰다. 야간에 우리가 잠을 자는 체육관 쪽 출입구에서, 경찰 두 명이 하던 말을 멈추고 하늘을 쳐다보았다. 실성한 노르베르토는 담벼락에 붙어 선 채 웃으며 제2차 세계 대전이 다시 지상으로 돌아왔다고 외쳤다. 그는 "우리 칠레인들이 그것을 맞아 환영해야 할 차례가 되었다"라고 말했다. 비행기는 다시 콘셉시온으로 돌아왔다.

'죽은 모든 이들에게 행운이 있기를.' 나는 그 글자들을 가까스로 읽었다. 나는 노르베르토가 떠나고 싶어 한다면 아무도 막지 않을 것이라고 잠시 생각했다. 그를 제외한 포로들은 모두 얼굴을 하늘로 향한 채 미동도 하지 않았다. 그 순간까지 나는 그토록 슬픈 장면을 결코 본 적이 없었다. 비행기가 다시 우리 머리 위로 지나갔고, 선회를 끝마치자 높이 솟아올라 콘셉시온으로 돌아왔다. "대단한 조종산걸, 그야말로 한스 마르세유가 살아 돌아온 것 같네." 노르베르토가 말했다. 나는 글자들을 읽었다. 'DIXIQUE ADAM HOC NUNC OS EX OSSIBUS MEIS ET CARO DE CARNE MEA HAEC VOCABITUR VIRAGO QUONIAM DE VIRO SUMPTA EST(아담이 이렇게 부르짖었다. 이야말로 내 뼈에서 나온 뼈요 내 살에서 나온 살이로구나! 남자에게서 나왔으니 여자라 불리리라)."* 동쪽 방향으로 비오비오 강을 거슬러 오르는 구름들 사이로 마지막 글자들이 사라졌다. 비행기 동체까지 사라져 한순간 하늘에서 완전히 자취를 감추었다. 모든 것이 신기루나 악몽처럼 보였다. 나는 로타 출신의 한 광부가 "이봐, 도대체 뭐라고 쓴 겨?"라고 말하는 소리를 들었다. "당최 모르겠는걸." 동료들이 대답했다. 다른 광부가 "순 헛소리야"라고 말했지만, 그의 목소리는 떨리고 있었다. 체육관 출입구의 경찰은 수가 늘어 이제 넷이었다. 노르베르토가 손으로 담벼락을 짚은 채 내 앞에 서서 나지막이 중얼거렸다. "이건 전격전일 가능성이 있어. 아니면 내가 미친 거고." 이렇게 말하고 나서 그는 깊은 한숨을 내쉬었고 비로소 안정을 찾은 것 같았다. 그 순간 비행기가 다시 나타났다. 바다 쪽에서 날아오고 있었다. 우리는 비행기가 선회하는 것을 보지 못했다. "성스러운 하늘이시여, 우리 죄를 사하여 주소서." 노르베르토가 말했다. 그는 큰 소리로 말했고 나머지 포로들은 물론 경찰들도 그 말을 듣고 웃었다. 그러나 나는 속으로는 누구도 웃고 싶은 기분이 아니라는 것을 알았다. 비행기가 머리 위로 지나갔다. 하늘은 어두워지고 있었고, 구름들은 이제 분홍빛이 아닌 검은색을 띠었다. 비행기가 콘셉시온 상공에 있을 때 그 윤곽은 거의 보이지 않았다. 이번에는 단지 '불에서 배울 것'이라는 세 단어만 썼다. 글자들은 어둠 속에서 금세 윤곽이 흐려졌고 이윽고 비행기는 사라졌다. 한동안 어느 누구도 입을 열지 않았다. 먼저 반응을 보인 쪽은 경찰이었다. 우리를 열 지어 세우고는 체육관에 가두기 전에 매일 밤 반복하던 일일 점호를 시작했다. "볼라뇨, 메서슈미트야. 하느님의 이름을 걸고 맹세해." 체육관에 들어가는 동안 노르베르토가 말했다. "맞아, 틀림없어"라며 내가 맞장구를 쳤다. "라틴어로 썼어"라고 노르베르토가 말했다. "그래, 그런데 난 하나도 알아먹지 못하겠어." 내가 말했다. "난 알아." 노르베르토가 말했다. "아담과 이브, 성(聖) 비라고 그리고 우리 머리들의 정원에 대해 말했어. 그러곤 우리 모두에게 행운을 빌었어." "시인이로군." 내가 말했다. "그래, 교양 있는 사람이야." 노르베르토가 말했다.

여러 해가 지나서야 알게 된 사실이지만, 라미레스 호프만은 해프닝 혹은 시(詩)로 인해 일주일간 옥살이를 했다. 감옥에서 나와 베네가스 자매를 납치했다. 1973년 송년 파티에서 그는 다시 공중 글쓰기 예술을 선보였다. 엘 콘도르 군용기 위에서 황혼 녘의 첫 별들과 뒤섞이는 별 하나를 그리고 나서 그의 상관들 중 누구도 이해하지 못하는 시를 한 편 썼다. 한 시행은 베네가스 자매에 대해 말하고 있었다. 그 시행을 정확히 읽어 낸 사람이라면 이미 자매가 이 세상 사람이 아님을 알 수 있었을 것이다. 다른 시행에서는 파트리시아라는 여자를 언급하고 있었다. "불의 견습생들"이라고 말했다. 그가 연기를 풀어놓으며 글자들을 만들어 가는 모습을 지켜보던 장군들은 그의 애인들이나 여자 친구들을 가리키거나, 또는 탈카우아노의 창녀들 이름이겠거니 생각했다. 반대로, 그의 몇몇 친구들은 라미레스 호프만이 죽은 여자들의 이름을 말하며 혼을 부르고 있다는 것을 알았다. 그 무렵에 그는 두 번 더 공중 퍼포먼스에 참가했다. 사람들은 그가 동기들 중에서 가장 명민하고, 또 가장 충동적인 인물이라고들 했다. 그는 문제없이 호커 헌터*나 전투용 헬기를 조종할 수 있었다. 하지만 그가 가장 좋아하는 것은 연기를 가득 실은 낡은 비행기를 몰고 조국의 텅 빈 하늘로 올라가 바람에 지워질 때까지 거대한 글자로 자신의 악몽을 쓰는 것이었다. 그의 악몽은 또 우리의 악몽이기도 했다.

1974년에 그는 한 장군을 설득해 남극을 비행했다. 중간에 수없이 기착해야 했던 힘겨운 비행이었지만, 그는 착륙하는 곳마다 하늘에 자신의 시를 썼다. 숭배자들은 "칠레인들을 위한 새로운 철의 시대의 시"라고 치켜세웠다. 문학적으로 소극적이고 불확실했던 과거의 에밀리오 스티븐스의 면모는 전혀 남아 있지 않았다. 라미레스 호프만은 확신과 대담성의 화신이었다. 푼타아레나스에서 아르투로프라트 남극 기지까지의 비행은 목숨을 잃을 뻔한 위험의 연속이었다. 돌아온 그에게 신문 기자들이 가장 큰 위험이 무엇이었는지 물었을 때, 그는 침묵을 가로지르는 것이었다고 대답했다. 카보데오르노스의 파도가 비행기의 아랫배를 핥았다. 집채만 한 파도였지만 무성 영화에서처럼 소리가 없었다. 그는 말했다. "침묵은 율리시스를 유혹하는 세이렌의 노랫소리 같습니다. 하지만 일단 사내대장부로서 그 침묵을 견뎌 내면 어떤 나쁜 일도 일어날 수 없지요." 남극에서는 모든 것이 순조로웠다. 라미레스 호프만은 '남극은 칠레다'라고 썼다. 그는 사진을 찍고 촬영을 한 뒤에 자신의 소형 비행기로 혼자 콘셉시온으로 돌아갔다. 실성한 노르베르토의 말에 따르면, 제2차 세계 대전 당시의 메서슈미트 전투기였다.

그의 명성은 절정에 달했다. 세상을 떠들썩하게 하고 전위 예술에 대한 새로운 체제의 관심을 드러낼 스펙터클을 연출하기 위해 수도 산티아고에서 그를 불렀다. 라미레스 호프만은 흔쾌히 달려갔다. 그는 한 동기생의 아파트에 묵었는데, 낮에는 카피탄 린드스트롬 비행장으로 훈련하러 갔고, 밤이면 아파트에서 공중 시 퍼포먼스에 맞춰 개막할 사진 전시회 준비에 몰두했다. 세월이 흐른 뒤에 아파트 주인은 마지막 순간까지도 라미레스 호프만이 전시하려고 생각했던 사진들을 보지 못했다고 털어놓는다. 그는 이 사진들의 성격과 관련해, 라미레스 호프만은 불시에 사람들을 경악시키길 바랐으며 실험적인 시각 시, 순수 예술, 모든 사람들을 즐겁게 해 줄 어떤 것이라고 자신에게 귀띔해 준 것이 전부라고 말했다. 물론, 초대 손님은 엄격히 제한되었다. 조종사들, 교양 있는 젊은 군인들(가장 나이 많은 경우에도 대위 계급에 미치지 않았다), 세 명의 신문 기자, 소규모 민간 예술가 그룹, 우아한 젊은 부인(알려진 바에 따르면, 전시회에 온 여자 손님은 타티아나 폰 벡 이라올라가 '유일'했다) 그리고 산티아고에 살던 라미레스 호프만의 아버지가 전부였다.

시작은 온통 엉망이었다. 공중 퍼포먼스의 날이 밝았을 때 하늘에는 계곡에서 남쪽으로 내려오는 두껍고 거대한 검은 뭉게구름이 잔뜩 끼어 있었다. 일부 상관들이 그에게 비행하지 말 것을 권고했다. 라미레스 호프만은 불길한 전조들을 무시했다. 그의 비행기는 하늘로 솟구쳤고 구경꾼들은 경탄보다는 조마조마한 마음으로 수차례의 예비적인 곡예 비행 동작을 지켜보았다. 이윽고 비행기가 높이 떠오르더니 도시 위를 천천히 흘러가던 거대한 회색 먹구름 속으로 사라졌다. 그리고 한참 뒤에 비행장에서 멀리 떨어진 산티아고 교외 지역에서 모습을 나타냈다. 바로 그곳에서 '죽음은 우정이다'라고 첫 행을 썼다. 그러고 나서 철도 창고와 버려진 공장처럼 보이는 건물들 위를 활공하면서 '죽음은 칠레다'라고 두 번째 행을 썼다. 비행기는 도심 쪽으로 움직였다. 그곳에서 모네다 궁* 위에 '죽음은 책임이다'라고 세 번째 행을 썼다. 몇몇 행인들이 이것을 보았다. 위협적인 시커먼 하늘 위에 또렷하게 윤곽을 드러낸, 갈겨쓴 검은 글자들을. 하지만 그 말을 해독한 사람들은 극소수였다. 바람이 순식간에 그 글자들을 흩뜨려 버렸던 것이다. 비행장으로 돌아가는 도중에 '죽음은 사랑이다', '죽음은 성장이다'라고 네 번째와 다섯 번째 시행을 썼다. 멀리 비행장이 시아에 들어왔을 때 '죽음은 교감이다'라고 썼다. 그러나 장군들과 그들의 부인들, 고위급 지휘관들, 군사 및 민간 문화 당국자들 중 어느 누구도 그 단어들을 읽을 수 없었다. 하늘에서는 뇌우의 조짐이 나타나기 시작했다. 관제탑에서 한 대령이 그에게 서둘러 착륙하라고 지시했다. 라미레스 호프만은 '알았음'이라고 응답하고는 다시 높이 솟구쳤다. 그때, 산티아고의 반대편 끝에서 첫 벼락이 떨어졌고, 라미레스 호프만은 '죽음은 청소다'라고 썼다. 그러나 글씨는 비뚤비뚤 엉망이었고, 기상 조건이 너무 열악해 벌써 자리에서 일어나 우산을 펼치기 시작한 관객들 중 극소수만 그 내용을 알아볼 수 있었다. 하늘 위에는 갈가리 찢긴 검은 천, 어린아이의 갈겨쓴 글자들이 남아 있었다. 그러나 가까스로 그것을 이해한 소수의 사람들은 라미레스 호프만이 실성했다고 생각했다. 비가 내리기 시작했고, 사람들은 뿔뿔이 흩어졌다. 격납고 한 곳에서 즉석 칵테일파티가 벌어졌는데, 그 시간에 쏟아지는 폭우 속에서 사람들은 모두 갈증이 나고 배가 고팠다. 카나페는 20분도 채 지나지 않아 동이 났다. 일부 장교들과 몇몇 부인들은 그 조종사 시인이 얼마나 진기한지에 대해 논평하기도 했지만, 대다수의 초대 손님들은 국내외적으로 관심을 끄는 사안들에 대해 이야기하며 우려를 나타냈다. 그동안 라미레스 호프만은 폭풍우와 싸우며 계속 하늘에 떠 있었다. 단지 몇 안 되는 친구들과 한가할 때 초현실주의 시를 쓰던 두 명의 신문 기자만이 폭풍우 속에서 선회하는 소형 비행기를 눈으로 좇고 있었다. 빗물로 번들거리는 활주로는 마치 제2차 세계 대전을 다룬 영화의 한 장면 같았다. 라미레스 호프만은 '죽음은 나의 가슴이다'라고 썼거나, 아니면 그렇게 쓴다고 생각했다. 그리고 나중에는 '나의 가슴을 받아라'라고 썼고, 그다음에는 '우리의 길, 우리의 강점'이라고 썼다. 그리고 더 나중에는 이미 글자를 쓸 연기가 남아 있지 않았지만 '죽음은 부활이다'라고 썼다. 아래에 있던 사람들은 아무것도 이해하지 못했지만, 라미레스 호프만이 무언가를 쓰고 있다는 것은 알았으며, 조종사의 의지를 간파했고, 또 아무것도 이해하지 못하면서도 자신들이 미래의 예술을 위한 중요한 이벤트에 참여하고 있다는 것을 깨달았다.

이윽고 라미레스 호프만은 아무 문제 없이 착륙했고, 관제탑 담당 장교와 아직도 칵테일파티의 남은 음식들 사이를 배회하고 있던 몇몇 고위급 지휘관들로부터 질책을 받았다. 그러고는 자신이 마련한 산티아고 특별 이벤트의 두 번째 행사를 준비하기 위해 아파트로 향했다.

앞서 말한 모든 것은 아마도 실제 일어난 그대로일 것이다. 어쩌면 그렇지 않을 수도 있다. 칠레 공군의 장군들은 부인들을 데려가지 않았을 수 있다. 또 카피탄 린드스트롬 비행장은 결코 공중 시 리사이틀의 무대가 된 적이 없을 수도 있다. 어쩌면 라미레스 호프만이 산티아고 창공에 시를 쓸 때, 누구의 허락도 구하지 않았고, 아무에게도 통보하지 않았을지도 모른다. 물론 개연성이 희박하긴 하다. 또 어쩌면 심지어 그날 산티아고에 비가 내리지 않았을 수도 있다. 아마도 모든 것은 다른 식으로 일어났을 것이다. 그러나 아파트에서의 사진 전시회는 다음에 설명하는 그대로였다.

첫 초대 손님들은 밤 아홉시에 도착했다. 열한시에는 대략 스무 명의 사람들이 모였고, 당연히 모두들 술에 취해 있었다. 아직 아무도 방에 들어가지 않은 상태였다. 라미레스 호프만은 침실에서 자고 있었는데, 친구들의 제안을 받아들여 그 방 벽에 사진을 전시할 생각이었다. 훗날 쿠데타 정부 초기 자신의 활동에 대한 일종의 자책성 진술인 『곤경에 빠져』라는 책을 출간한 쿠르시오 사발레타 중위는 라미레스 호프만이 정상적으로 처신했으며, 마치 자신의 집인 것처럼 초대 손님들을 접대했고, 오랫동안 보지 못한 동기생들에게 인사를 건넸고, 그날 아침 비행장에서 있었던 이벤트에 대해 논평하는 것을 묵인했으며, 이런 성격의 모임에서 흔히 오가는 농담을 했고, 또 그 농담들을 묵묵히 참아 내고 있었다고 말한다. 이따금씩 그는 시야에서 사라져 방에 틀어박혀 있었다. 그러나 결코 오래 자리를 비우지는 않았다. 마침내, 열두시 정각이 되자, 그는 조용히 해 달라고 요구하고는 (사발레타의 말을 그대로 옮기자면) 이제 새로운 예술에 젖어들 시간이라고 말했다. 그는 방문을 열고 초대 손님들을 한 사람씩 지나가게 했다. "여러분, 한 사람씩 들어가세요. 칠레 예술은 패거리를 용납하지 않습니다." 사발레타에 따르면, 그 말을 할 때 라미레스 호프만은 익살스러운 어조를 사용했고, 아버지를 쳐다보며 먼저 왼쪽 눈으로, 그리고 나중에는 오른쪽 눈으로 눈짓을 했다.

맨 먼저 들어간 사람은 당연히 타티아나 폰 벡 이라올라였다. 방은 환하게 불이 켜져 있었다. 푸른 불빛이나 빨간 불빛은 전혀 없었고, 어디에서도 특별한 분위기를 찾아볼 수 없었다. 방 밖의 복도와 그 너머의 거실에서는, 모두들 계속 대화를 나누거나 젊은 이들과 승리자들 특유의 분방함으로 술을 들이켜고 있었다. 복도에는 담배 연기가 자욱했다. 라미레스 호프만은 문의 기둥 옆에 서 있었다. 중위 두 명이 욕실 입구에서 말다툼을 하고 있었다. 라미레스 호프만의 아버지는 진지하고 의연하게 줄을 서 있는 소수의 사람들 중 하나였다. 그 자신이 실토한 바에 따르면, 사발레타는 불길한 예감에 사로잡혀 초조하게 위아래로 움직이고 있었다. 두 명의 초현실주의자 기자들은 집주인과 대화를 나누고 있었다. 어느 순간 사발레타는 그들이 주고받는 말을 일부 들을 수 있었다. 그들은 여행과 지중해, 마이애미, 뜨거운 해변과 건강미 넘치는 여자들에 대해 이야기를 나누었다.

1분도 채 지나지 않아 타티아나 폰 벡이 방에서 나왔다. 그녀는 창백하고 핼쑥했다. 그녀는 라미레스 호프만을 쳐다보았고 욕실까지 걸어가려고 안간힘을 썼다. 하지만 그럴 수 없었다. 그녀는 복도에서 토한 뒤에 비틀거리며 아파트를 떠났다. 타티아나 폰 벡이 혼자서 가고 싶다며 뿌리치는데도 친절하게 데려다 주겠다고 자청한 한 장교가 그녀를 부축해 주었다. 두 번째로 들어간 사람은 대위였다. 그는 다시 나오지 않았다. 라미레스 호프만은 반쯤 열린 문 옆에서 회심의 미소를 짓고 있었다. 거실에서는 몇몇 사람들이 무엇이 타티아나 폰 벡의 심기를 건드렸을까 궁금해하고 있었다. "그녀는 취했잖아." 사발레타가 알지 못하는 목소리가 말했다. 누군가가 핑크 플로이드의 음반을 틀었다. 또 누군가는 여자 없이 남자들끼리 춤을 출 수는 없다고 투덜거렸다. "이건 뭐 게이들의 모임 같군"이라고 또 다른 목소리가 말했다. 초현실주의자 기자들은 자기들끼리 귓속말을 나누고 있었다. 어느 중위는 당장 나가서 창녀를 찾아보자고 제안했다. 그러나 마치 치과 병원이나 악몽의 대기실에 있는 것처럼 복도에서는 거의 아무도 입을 열지 않았다. 라미레스 호프만의 아버지는 통로를 헤치고 방으로 들어갔다. 집주인이 그를 따라 들어갔다가 곧바로 방에서 튀어나와 라미레스 호프만과 마주 보았다. 한순간 그에게 주먹을 날릴 기세였지만, 그에게 등을 돌리고는 술을 한잔 들이켜기 위해 거실로 향했다. 그 순간 이후 사발레타를 포함한 모든 사람들이 침실에 들어갔다. 대위는 침대에 앉아 담배를 피우며 메모를 읽고 있었다. 메모를 읽는 데 정신이 팔린 그는 평온해 보였다. 라미레스 호프만의 아버지는 방의 천장 일부와 벽들을 장식하고 있는 수백 장의 사진들 중 몇 개를 찬찬히 살펴보았다. 한 사관생도가 울면서 욕설을 퍼붓기 시작했고, 사람들은 그를 방 밖으로 질질 끌어내야 했다. 사발레타도 그 사관생도가 왜 그곳에 있는지 이해할 수 없었다. 초현실주의자 기자들도 불쾌한 표정이 역력했지만 가까스로 평정을 유지했다. 갑자기 아무도 입을 열지 않았다. 사발레타는 단지 술 취한 중위의 목소리만 들렸던 것으로 기억한다. 중위는 라미레스 호프만의 방에 들어가지 않고 거실에서 전화 통화를 하고 있었다. 그는 전화로 애인과 말다툼 중이었는데 오래전에 저지른 일에 대해 횡설수설 변명을 늘어놓고 있었다. 나머지 사람들은 말없이 거실로 돌아갔고 몇몇은 거의 작별 인사도 없이 서둘러 아파트를 떠났다.

이윽고 대위가 방에서 다른 사람들을 모두 내보내고 라미레스 호프만과 단둘이 30분 동안 틀어박혀 있었다. 사발레타에 따르면, 아파트에는 여덟 명 내외의 사람들이 남아 있었다. 라미레스 호프만의 아버지는 특별히 당혹해하는 눈치는 아니었다. 집주인은 팔걸이의자에 푹 퍼져 누운 채 원망 어린 눈초리로 그를 노려보았다. "원하신다면 아들놈을 데려가지요." 라미레스 호프만의 아버지가 말했다. "아닙니다, 당신 아들은 내 친구이고 칠레인들은 우정을 존중할 줄 알지요." 집주인이 말했다. 그는 완전히 취해 있었다.

두 시간 뒤에 정보부 사람 셋이 도착했다. 사발레타는 그들이 라미레스 호프만을 체포할 것이라고 생각했지만 그들이 한 일은 방에서 사진을 치우는 것이었다. 대위는 그들과 함께 떠났고 한동안 아무도 무슨 말을 해야 할지 몰랐다. 이윽고 라미레스 호프만이 침실에서 나와 창가에 서서 담배를 피우기 시작했다. 사발레타가 기억하기로, 거실은 약탈당한 거대한 정육점의 냉장고처럼 보였다. "자네는 체포되는 건가?" 마침내 집주인이 물었다. "그렇겠지." 사람들을 등진 채 창문으로 듬성듬성한 산티아고의 희미한 불빛을 바라보며 라미레스 호프만이 말했다. 그의 아버지는 할 일을 감히 하지 못하는 사람처럼 쭈뼛거리며 분통이 터질 정도로 천천히 다가가 마침내 그를 껴안았다. 라미레스 호프만이 응하지 않은 짧은 포옹이었다. "사람들의 반응은 과장됐어." 초현실주의자 기자들 중 하나가 불 꺼진 벽난로 옆에서 논평했다. "조금은." 집주인이 말했다. "이제 뭘 하지?" 중위가 말했다. "술에 곯아떨어져야지." 집주인이 말했다. 사발레타는 그 후로 다시는 라미레스 호프만을 보지 못했다. 그러나 사발레타가 그에 대해 가지고 있던 마지막 영상은 지워지지 않는다. 어수선한 커다란 거실, 생기 없고 지친 한 무리의 사람들, 그리고 분명 떨리지 않는 손에 위스키 잔을 들고 멀쩡한 상태로 창가에 서서 야경을 바라보던 라미레스 호프만.

그날 밤 이후 라미레스 호프만에 대한 소식은 막연하고 모순되며, 그의 모습은 언제나 바다 안개에 싸인 채 군계일학의 뛰어난 시인으로 변덕스러운 칠레 문학 앤솔러지에 등장했다가 사라진다. 소문에 따르면 그는 공군에서 축출되었으며, 그의 세대의 가장 터무니없는 사람들은 그가 각양각색의 일을 전전하고 색다른 예술 사업에 뛰어들면서 산티아고와 발파라이소, 콘셉시온을 떠돌아다니는 것을 보았다고 주장했다. 그는 이름을 바꾼다. 그는 단명한 몇몇 문학 잡지에 관여하며 결코 실행되지 않거나, 혹은 설상가상으로 은밀하게 실행에 옮길 해프닝 계획을 발표한다. 한 연극 잡지에 전혀 알려지지 않은 옥타비오 파체코라는 사람이 서명한 소품(小品)이 등장한다. 작품은 매우 특이한데, 사디즘과 마조히즘이 아이들의 장난감인 삼쌍둥이 형제들의 세계에서 이야기가 전개된다. 사람들은 그가 남미와 극동의 몇몇 도시들을 연결하는 상업 노선의 조종사로 일하고 있다고 말한다. 한 구둣방의 점원-시인이자 체르니아코프스키 문학 작업실의 일원이었던 세실리오 마카둑은 국립 도서관에서 우연히 발견한 문서함 덕분에 그의 뒤를 밟게 된다. 문서함에는 라미레스 호프만의 공중 시의 사진 증거 자료, 옥타비오 파체코의 극작품 그리고 아르헨티나, 우루과이, 브라질, 칠레의 여러 잡지에 실린 텍스트들과 함께 에밀리오 스티븐스가 유일하게 발표한 두 편의 시가 들어 있었다. 마카둑은 크게 놀랐다. 그는 1973년과 1980년 사이에 등장한 것들 중에 적어도 그가 알지 못하는 일곱 개의 칠레 잡지를 발견한다. 그는 또한 '후안 사우에르와의 인터뷰'라는 제목이 적힌 밤색 표지의 얄팍한 8절판 책도 찾아낸다. 책에는 아르헨티나 제4제국 출판사 직인이 찍혀 있었다. 인터뷰에서 사진 및 시와 관련된 질문에 답하는 후안 사우에르가 라미레스 호프만이라는 것을 깨닫는 데는 그리 오래 걸리지 않았다. 그의 답변에서는 그의 예술론의 윤곽이 그려진다. 마카둑에 따르면, 그는 기대에 못 미치는 실망스러운 모습이었다. 그럼에도 짧지만 눈부신 시인 경력으로 칠레와 남미의 몇몇 문학 서클에서 숭배의 대상이 된다. 그러나 그의 작품의 정확한 의미를 파악할 수 있는 사람들은 소수였다. 마침내 그는 칠레를 떠나며 공적인 삶을 뒤로하고 모습을 감춘다. 그러나 그의 육체적 부재가(사실, 그는 '언제나' 부재하는 인물이었다) 그의 작품이 유발하는 사색과 해석, 그리고 대립적인 열렬한 독서에 종지부를 찍은 것은 아니다.

문학을 통한 그의 여정은 벙어리가 던지는 숱한 질문들과 핏빛 자취, 그리고 한두 개의 침묵의 대답을 남긴다.

흔히 일어나는 것과 달리, 세월은 그의 신화적 면모를 단단히 굳히고 그의 제안을 강화한다. 라미레스 호프만의 행적은 남아프리카와 독일, 이탈리아에서 사라졌으며, 심지어는 그가 게리 스나이더의 구릿빛 분신으로 일본에 갔다고 과감한 주장을 펴는 사람들도 있었다. 그의 침묵은 절대적이었다. 그러나 세상을 떠도는 새로운 공기는 그를 요구했고, 그의 작품을 재평가했으며, 그를 선구자로 간주하는 사람들도 없지 않았다. 열광적인 젊은 작가들이 그를 찾아 칠레를 떠났다. 오랜 순례 끝에 그들은 아무 소득도 없이 좌절하여 돌아온다. 라미레스 호프만의 행선지를 아는 유일한 사람으로 추정되는 그의 아버지는 1990년에 숨을 거둔다.

칠레의 문학 서클들 사이에서는 라미레스 호프만 '역시 사망했다'는, 본질적으로 고무적인 의견이 대두한다.

1992년, 그의 이름은 다시 세상에 나와 고문과 실종에 관한 조사 보고서*에서 현저히 부각된다. 1993년에는 콘셉시온과 산티아고 지역에서 발생한 수많은 학생들의 죽음에 책임이 있는 '독립 활동 그룹'과 연결된다. 1995년에는 한 장(章)에 걸쳐서 한밤의 사진 전시회에 대해 이야기하고 있는 사발레타의 책이 나온다. 1996년에 세실리오 마카둑이 산티아고의 한 평범한 출판사에서 1972~1992년 시기 칠레와 아르헨티나의 파시스트 잡지들에 관한 방대한 에세이를 발간하는데, 여기에서 단연 빛을 발하는 불가사의한 스타는 의심할 여지 없이 라미레스 호프만이었다. 물론 그를 옹호하며 목소리를 높이는 사람들도 없지 않았다. 한 군사 정보부 하사관이 라미레스 호프만 중위는 기이하고 반쯤 실성했으며 시도 때도 없이 폭발하는 성격이지만, 공산주의에 대한 투쟁에서만큼은 어느 누구보다 신뢰할 수 있는 사람이라고 밝힌다. 그와 함께 산티아고에서 몇 차례 진압 활동에 참가한 적이 있는 한 육군 장교는 한술 더 떠, 사전에 고문을 받은 적이 있는 죄수는 절대로 살려 둬서는 안 된다는 라미레스 호프만의 주장이 백번 타당하다고 주장한다. "역사에 대한 그의 비전은, 뭐랄까요, 영원히 움직이는, 우주적인 것이었습니다. 그 모든 것의 한가운데에 있는, 서로 먹어 치우고 다시 태어나는 자연은 구역질을 일으키지만 또한 경이로운 빛을 발합니다……."

그가 출두하리라고 기대하는 사람은 아무도 없었지만 그는 몇몇 재판에서 증인으로 소환된다. 또 다른 재판들에서는 피의자 신분으로 출두 명령을 받는다. 콘셉시온의 한 판사는 수색 및 체포 명령을 계속 추진하려고 시도하지만 아무 성과도 거두지 못한다. 라미레스 호프만이 출석하지 않은 채 아주 드물게 재판이 진행된다. 그러고 나서 그는 잊힌다. 오래전에 자취를 감춘 다중 살인범의 갈수록 희미해지는 얼굴에 관심을 갖기에는 공화국의 문제들이 너무 산적해 있었다.

칠레는 그를 잊는다.

아벨 로메로가 무대에 등장하고 내가 무대에 다시 등장한 것은 바로 그때였다. 칠레는 또한 우리도 잊었다. 로메로는 아옌데 시절에 가장 유명한 경찰 중 한 명이었다. 나는 고상하고 깔끔하게 해결된 비냐델마르에서의 암살 사건 ─ 그 자신의 말에 따르면, "폐쇄된 방에서 일어난 고전적인 암살" ─ 과 관련해 그의 이름을 어렴풋이 기억하고 있었다. 그리고 언제나 강력반에서 일했음에도 불구하고, 자진 납치되어 우파 그룹 '조국과 자유'의 여러 대원들의 보호를 받고 있던 한 대령을 구조하겠다고 양손에 권총을 들고 라스 카르메네스 농장에 들어간 것은 바로 그였다. 이 행동으로 로메로는 아옌데 대통령으로부터 직접 용맹 훈장을 받았다. 그의 경찰 인생에서 가장 빛나는 절정의 순간이었다. 쿠데타 이후 그는 3년간 투옥되었다가 후에 파리로 떠난다. 지금은 라미레스 호프만의 흔적을 쫓고 있었다. 세실리오 마카둑이 그에게 바르셀로나의 내 주소를 알려 주었다. "뭘 도와 드릴까요?" 내가 물었다. "시(詩)와 관련된 일이오." 그가 말했다. 라미레스 호프만은 시인이었고, 나도 시인이었지만, 그는 시인이 아니었다. 따라서 한 시인을 찾아내기 위해 그는 다른 시인의 도움을 필요로 했다. 나는 그에게 라미레스 호프만은 시인이 아니라 범죄자라고 말했다. "좋아요, 좋아. 어쩌면 라미레스 호프만이나 다른 누군가가 보기에 당신은 시인이 아니거나 형편없는 시인이고 오히려 그나 그들이 진짜 시인일지도 모르지요." 그가 말했다. "그건 상황에 따라 다르겠지요, 안 그래요? 얼마를 내시겠습니까?" 내가 그에게 물었다. "그렇게 단도직입적인 게 좋아요." 그가 말했다. "충분히 드리지요." 나와 거래한 사람은 돈이 많았다. 우리는 친구가 되었다. 다음 날 그는 문학 잡지가 가득 든 가방을 하나 들고 나의 집에 도착했다. 무엇이 그로 하여금 라미레스 호프만이 유럽에 있다고 생각하게 만들었을까? "나는 그자의 프로필을 알고 있소이다." 그가 말했다. 나흘 뒤 그는 텔레비전과 VCR를 가지고 나타났다. "당신에게 주려고 가져왔소." 그가 말했다. "난 텔레비전을 보지 않아요." 내가 말했다. "그럼 손해일 텐데. 당신은 자신이 흥미로운 것들을 얼마나 많이 놓치고 있는지 몰라요."
"나는 책을 읽고 글을 쓰지요." 내가 말했다. "알았소." 로메로는
이렇게 말하고 나서 곧바로 덧붙였다. "고깝게 듣지 말아요, 난
언제나 사제들과 빈털터리 작가들을 존경해 왔습니다." "당신이
아는 작가들은 극소수일걸요." 내가 말했다. "실은 당신이 처음
이오." 이윽고 그는 자신이 살고 있는 핀토르 포르투니 거리의 하
숙집에 텔레비전을 설치하는 것은 가능하지도 않을뿐더러 타당
하지도 않다고 설명했다. "라미레스 호프만이 프랑스어나 독일어
로 글을 쓴다고 생각하나요?" 내가 물었다. "가능한 얘기죠, 그는
교양 있는 사람이었으니까요." 그가 말했다.

　로메로가 두고 간 잡지들 중에 라미레스 호프만의 손길이 느껴
지는 두 권의 잡지가 있었다. 하나는 프랑스 잡지였고 다른 하나
는 한 아르헨티나인 그룹이 마드리드에서 발행한 것이었다. 팬진
수준을 넘지 않는 프랑스 잡지는 '야만적 글쓰기'라고 명명된 단
체의 공식 기관지였으며 최고 책임자는 파리의 고참 수위였다. 이
단체의 활동 중 하나는 고전적인 책들이 학대당하는 장례 미사*를
올리는 것이었다. 전직 수위는 1968년 5월에 이 길에 들어섰다.
학생들이 바리케이드를 치는 동안, 그는 데조 거리의 호화 빌딩
수위실의 작은 방에 처박혀 빅토르 위고와 발자크의 책들로 자위
를 하고 스탕달의 책들 위에 오줌을 갈겼으며, 샤토브리앙의 페이
지들에 똥을 덕지덕지 바르고 책의 여러 부분을 찢어 내고 플로베
르, 라마르틴, 뮈세의 멋진 장정을 피로 더럽히는 일에 몰두했다.
그에 따르면, 그는 글 쓰는 법을 그렇게 배웠다. '야만적인 작가

들' 그룹은 여성 점원, 푸주한, 경비원, 자물쇠 제조공, 말단 공무원, 보조 간호사, 단역 배우 등으로 구성되어 있었다. 반대로 마드리드의 잡지는 더 높은 수준을 보여 주었고 기고자들은 특정한 경향이나 유파로 분류될 수 없었다. 그 지면들 사이에서 나는 정신분석에 바친 텍스트들과 신기독교주의에 관한 연구, 그리고 독창적이고 때로는 엉뚱한 사회학적 해설을 앞세운, 카라반첼 형무소의 죄수들이 쓴 시들을 발견했다. 이 시들 중에서 의심의 여지 없이 가장 뛰어나고 또 가장 긴 것은 '죽음의 사진사'라는 제목이 붙은 것이었는데, 불가사의하게도 '탐험가에게' 바치고 있었다.

프랑스 잡지에는 '야만인들'의 작품에 찬사를 보내는 비평 글 몇 편이 함께 실려 있었는데, 나는 그중 하나에서 라미레스 호프만의 그림자를 보았다고 생각했다. 쥘 디포라는 이름으로 서명한 이 글은 변덕스럽고 거친 문체로 문학은 문학에 문외한인 사람에 의해 쓰여야 한다고 주장하고 있었다(작가가 기쁘게 관찰하고 있는 것처럼, 정치는 정치에 문외한인 사람들이 해야 하고 실제로 현실에서 그런 일이 일어나고 있는 것과 마찬가지로). 디포는 '문학의 절박한 혁명은 어느 정도 그에 대한 폐기일 것이다'라고 말하기에 이른다. 시인 아닌 사람들이 시를 짓고 독자가 아닌 사람들이 시를 읽을 때를 말한다. 나는 세상을 불태우고 싶은 욕망이 있는 사람이라면 누구라도 그런 글을 쓸 수 있다는 것을 안다. 그러나 파리의 고참 수위라는 그 지도자가 웬지 라미레스 호프만일 것 같은 예감이 들었다.

카라반첼의 죄수가 쓴 시는 다른 관점에서 그 문제를 제시하고 있었다. 마드리드의 잡지에는 라미레스 호프만의 글이 '없었다'. 그러나 비록 그의 이름을 구체적으로 거명한 것은 아니지만, 한 텍스트에서 그에 대해 '이야기하고' 있었다. '죽음의 사진사'라는 제목은 둘 중 누구의 영화인지 기억할 수 없었지만 파월과 프레스버거의 오래된 영화에서 빌려 왔을 가능성이 있었다. 그러나 라미레스 호프만의 옛 취미를 참조했을 수도 있다. 시행들을 옥죄는 주관성에도 불구하고 시는 본질적으로 단순했다. 세상을 떠돌아다니는 한 사진사에 대해 말하고 있었고, 사진사가 자신의 기계적 눈에 영원히 담아 두는 범죄들을 말하고 있었으며, 지구의 돌연한 텅 빔에 대해, 사진사의 권태에 대해, 그의 이상('절대적 이상')에 대해, 미지의 땅을 유목하는 그의 방랑에 대해, 그의 여성 편력에 대해, 커플 섹스, 스리섬, 그룹 섹스 등 온갖 형태의 사랑을 관조하던 끝없는 저녁과 밤들에 대해 말하고 있었다.

로메로에게 그 말을 하자, 그는 VCR로 자신이 가져온 네 편의 영화를 볼 것을 요구했다. "이미 우리는 라미레스 씨의 소재를 파악했다고 생각합니다." 그가 말했다. 그 순간 나는 두려움을 느꼈다. 우리는 함께 영화를 보았다. 저예산 포르노 영화들이었다. 두 번째 영화를 절반쯤 보았을 때, 나는 로메로에게 포르노 영화 네 편을 한번에 연달아 보는 건 무리라고 말했다. "오늘 밤 안으로 보시오." 떠나면서 그가 말했다. "배우들 사이에서 라미레스 호프만을 찾아내야 합니까?" 로메로는 내 질문에 답하지 않았다. 그는 알 듯 모를 듯한 미소를 흘리며 내가 골라 준 잡지들의 주소를 적은 뒤에 떠났다. 나는 닷새가 지날 때까지 그를 다시 보지 못했다.

그사이에 영화를 모두 보았다. 빠짐없이 한 번 이상 보았다. 어떤 영화에도 라미레스 호프만은 나오지 않았으나 모든 영화에서 그의 존재를 알아챘다. "아주 간단합니다. 중위가 카메라 뒤에 있어요." 우리가 다시 만났을 때 로메로가 말했다. 그러고 나서 나에게 타렌토 만(灣)의 한 별장에서 포르노 영화를 제작하는 그룹 이야기를 들려주었다. 어느 날 아침 모두 죽은 채 발견되었다. 모두 여섯 명이었다. 세 명의 여배우와 두 명의 남자 배우, 그리고 카메라맨. 감독 겸 제작자가 용의자로 체포되었다. 하드 코어물, 즉 범죄가 사실과 똑같이 그려지는 포르노 영화에 연루된 코릴리아노 출신의 변호사인 별장 주인 역시 체포되었다. 두 사람 모두 알리바이가 있어 석방되었다. 그런데 라미레스 호프만은 도대체 이 사건과 무슨 관련이 있는 걸까? 카메라맨이 한 명 더 있었다. R. P. 잉글리시라는 사람이었다. 이 사람의 소재는 결코 파악할 수 없었다.

"라미레스 호프만을 다시 만난다면 알아볼 수 있겠어요?" 로메로가 물었다. "글쎄요." 내가 대답했다.

나는 두 달이 지나도록 로메로를 다시 보지 못했다. "쥘 디포의 소재를 파악했소." 그가 말했다. "갑시다." 나는 군소리 없이 그를 따라갔다. 바르셀로나를 벗어나는 것은 아주 오랜만이었다. 내 예상과 달리, 우리는 해변 기차를 탔다. "누가 당신에게 대가를 지불합니까?" 내가 물었다. "한 동포요." 버려진 공장들 사이로, 그리고 나중에는 마레스메의 첫 건축물들 뒤로 갑자기 나타나기 시작한 대서양에서 눈을 떼지 않은 채 로메로가 말했다. "거액인가요?" "상당한 액수요." 그가 말했다. "부자가 된 동포요." 그가 한숨을 쉬었다. "칠레에서는 지금 많은 사람들이 부자가 되고 있는 모양이오." "돈을 가지고 뭘 할 거죠?" "돌아갈 겁니다. 다시 시작하는 데 보탬이 되겠지요." "당신과 거래한 사람이 세실리오 마카둑 아닌가요?" (나는 잠시 마카둑이 결코 칠레를 떠나지 않았으며, 지금은 2년마다 한 권씩 책을 펴내고 전 대륙의 잡지들에 기고하는가 하면, 이따금 미국의 작은 대학들에서 강의를 하기도 한다고 생각했다. 그렇다. 나는 잠시 마카둑이 자리 잡은 작가인 데다 재력가라고 생각했다. 백치증과 건전한 질투의 순간이었다.) "아아아아니요." 로메로가 말했다. "그를 발견하면 어떻게 하실 거죠?" 내가 물었다. "이봐요, 볼라뇨, 당신이 먼저 그의 얼굴을 알아봐야만 합니다."

우리는 블라네스 역에서 내려 요레트행 버스를 탔다. 봄이 시작된 지 얼마 되지 않았지만, 벌써 마을에는 관광객들이 호텔 문 옆에 무리 지어 몰려 있거나 도심 거리를 거니는 모습이 눈에 띄었다. 우리는 아파트 건물들만 들어선 구역 쪽으로 걸어갔다. 그중 한 건물에 라미레스 호프만이 살고 있었다. "그를 죽일 건가요?" 유령이 튀어나올 듯한 거리를 걸으며 내가 물었다. 관광 상가들은 한 달쯤 더 있어야 문을 열 것이다. "그런 질문은 하지 마시오." 로메로가 고통스럽게 얼굴을 일그러뜨리며 말했다. "알았어요, 더 이상 질문하지 않을게요." 내가 말했다.

"이곳에 라미레스 호프만이 삽니다." 우리가 걸음을 멈추지 않고 겉으로는 텅 빈 것처럼 보이는 8층 건물 앞을 지날 때 로메로가 말했다. 위가 오그라들었다. "이봐요, 뒤를 보지 마시오." 로메로가 나를 힐책했고 우리는 계속 걸어갔다. 두 블록 앞에 문을 연 바(bar)가 있었다. 로메로는 문까지 나와 동행했다. "정확히 언제가 될지는 모르지만, 조금 뒤에 그자가 커피를 마시러 올 겁니다. 그를 주의해서 살핀 뒤에 나한테 말해 줘요. 움직이지 말고 자리에 앉으시오. 어두워질 무렵, 다시 오겠소." 어리석게도 우리는 헤어지면서 악수를 했다. "읽을 만한 책은 가져왔소?" "예." 내가 대답했다. "그럼, 이따 봅시다. 세월이 20년 이상 흘렀다는 걸 잊지 마시오."

바의 큰 창문으로 바다와 새파란 하늘이 보였고, 해안 가까이서 고기를 잡는 어선들이 띄엄띄엄 눈에 들어왔다. 나는 밀크 커피를 주문한 뒤 딴 데 정신을 팔지 않으려고 마음을 다잡았다. 바는 거의 텅 비어 있었다. 한 여자가 테이블에 앉아 잡지를 읽고 있었고, 남자 둘이 바텐더와 이야기를 나누고 있었다. 나는 책을 펼쳤다. 후안 카를로스 비달이 번역한 『브루노 슐츠 전집』이었다. 나는 읽으려고 시도했다. 책을 몇 장 넘겨보고 나서 내가 내용을 전혀 이해하지 못한다는 것을 깨달았다. 읽기는 했지만 단어들은 이해할 수 없는 갈겨쓴 글자들처럼 지나갔다. 아무도 바에 들어오지 않았다. 아무도 움직이지 않았다. 시간이 멈춰 버린 것 같았다. 기분이 언짢아지기 시작했다. 바다에서는 고깃배들이 돌연 범선으로 형태가 바뀌었고, 해안선은 온통 회색빛이었으며, 걷거나 자전거를 타고 횅한 보도로 지나가는 사람들의 모습이 아주 이따금씩 눈에 들어왔다. 나는 생수 한 병을 시켰다. 그때 라미레스 호프만이 들어와 테이블 세 개 거리의 창가에 앉았다. 그는 늙어 있었다. 분명 나만큼이나 늙은 모습이었다. 아니, 나보다 훨씬 더 늙어 있었다. 그는 예전보다 더 뚱뚱했고, 주름이 더 늘어 있었다. 실제로는 고작 나보다 세 살 위지만 겉보기에는 적어도 열 살은 더 들어 보인다고 생각했다. 그는 바다를 바라보며 담배를 피우고 있었다. 나와 마찬가지였다. 나는 그를 발견하고는 놀라 담뱃불을 끄고 책을 읽는 척했다. 브루노 슐츠의 말들은 일순간 거의 참을 수 없을 만큼 기괴해졌다. 다시 라미레스 호프만을 쳐다보았을 때, 그는 옆모습으로 앉아 있었다. 나는 그가 냉혹해 보인다고 생각했다. 오직 마흔이 넘은 일부 라틴 아메리카 사람들만 그럴 수 있다. 유럽인들이나 미국인들의 그것과는 판이한 냉혹함, 치유 불가능한 슬픈 냉혹함이다. 그러나 라미레스 호프만은 슬퍼 보이지 않았고 바로 거기에 무한한 슬픔이 있었다. 그는 '어른'처럼 보였다. 그러나 어른이 아니었다. 난 한눈에 그것을 알 수 있었다. 그는 냉정하고 침착한 사람처럼 보였다. 자신의 방식대로, 무엇이든 자신의 규율 내에서, 그는 그 호젓한 바에 있던 다른 어떤 사람들보다 더 냉정하고 침착했다. 그는 그 순간 요레트의 거리를 걷고 있거나 임박한 관광 시즌을 준비하며 분주하게 일하고 있던 대다수의 사람들보다 더 냉정하고 침착했다. 그는 냉혹했고 가진 게 아무것도 없거나 아주 적었다. 그리고 그런 것에 큰 의미를 부여하는 것 같지도 않았다. 힘든 시기를 지나고 있는 것처럼 보였다. 울화통을 터뜨리거나 멋대로 상상의 날개를 펴지 않고 기다릴 줄 아는 사람의 얼굴을 하고 있었다. 시인처럼 보이지 않았다. 칠레 공군의 전직 장교처럼 보이지 않았다. 전설적인 암살범처럼 보이지 않았다. 공중에 한 편의 시를 쓰기 위해 남극까지 비행했던 위인처럼 보이지도 않았다. 멀리서도 그렇게 보이지 않았다.

그는 날이 어두워지기 시작할 무렵 떠났다. 돌연 나는 허기와 안도감을 느끼며 토마토를 얹은 빵과 하몬 세라노,* 알코올 없는 맥주를 시켰다.

잠시 후 로메로가 도착했고 우리는 바를 떠났다. 처음엔 라미레스 호프만이 사는 건물에서 멀어지는 것처럼 보였지만 사실은 빙 둘러 간 것뿐이었다. "그 사람이오?" 로메로가 물었다. "맞아요." 내가 대답했다. "확실해요?" "틀림없어요." 나는 뭔가 말을 덧붙이려 했지만 로메로는 발걸음을 재촉했다. 라미레스 호프만이 사는 건물은 달빛 밝은 하늘을 배경으로 윤곽이 또렷하게 드러났다. 그의 눈앞에서 흐려져 사라지는 것처럼 보이는 주변의 다른 건물들과 확연히 구별되었다. 마치 1973년*까지 거슬러 올라가는 마법의 주문에 홀린 듯했다. 로메로가 공원 벤치를 가리켰다. "여기서 기다리시오." 그가 말했다. "그를 죽일 건가요?" 벤치는 어슴푸레한 은밀한 구석 자리에 있었다. 로메로의 얼굴은 내가 볼 수 없는 표정을 지었다. "여기서 기다리든지, 아니면 블라네스 역으로 가서 첫 기차를 타시오." "그를 죽이지 말아요, 제발. 그 사람은 이제 어느 누구도 해칠 수 없어요." 내가 말했다. "그건 당신이 알 수 없소, 모르긴 나도 마찬가지고." 로메로가 말했다. "어느 누구도 해칠 수 없다고요." 내가 말했다. 하지만 그는 끝내 내 말을 믿지 않았다. 그가 해를 입힐 수 있었다는 건 분명하다. 우리는 누구나 해를 입힐 수 있었다. "금방 돌아오겠소." 로메로가 말했다.

나는 벤치에 앉아 멀어지는 로메로의 발소리를 들으며 거무스레한 관목들을 바라보고 있었다. 20분 뒤에 그가 돌아왔다. 옆구리에 서류 폴더를 끼고 있었다. "갑시다." 그가 말했다. 우리는 요레트와 블라네스 역을 연결하는 버스에 올랐고, 그다음에 바르셀로나행 기차를 탔다. 카탈루냐 광장 역에 다다를 때까지 우리는 아무 말도 하지 않았다. 로메로는 나를 집까지 바래다주었다. 집 앞에서 그가 나에게 봉투를 내밀었다. "성가시게 한 대가요." 그가 말했다. "이제 어떻게 하실 건가요?" "당장 오늘 밤에 파리로 돌아갈 거요, 열두시 비행기요." 그가 말했다. 나는 한숨을 내쉬고 콧김을 내뿜었다. "이보다 더 추악한 일이 있을까요?" 나는 그저 뭔가를 말하기 위해 말했다. "물론 없소, 그건 칠레인들의 일이었소." 로메로가 말했다. 나는 통로 중간쯤에 서 있는 그의 모습을 바라보았다. 웃음을 머금고 있었다. 그의 나이는 60세 언저리임에 틀림없었다. "몸조심하시오, 볼라뇨." 그는 마지막으로 이렇게 말하고는 떠나 버렸다.

괴물들을 위한 에필로그

기타 등장인물

가르시아 Honesto García (부에노스아이레스, 1950~부에노스아이레스, 2013). 한때 폭력배였으며 보카 주니어스 서포터스 회장을 역임함. 고래고래 탱고를 부르며 울고, 비야 데보토의 외딴 거리에서 바지에 똥을 싸며 구걸하다 죽었음.

가르시아 Martín García (칠레 로스앙헬레스, 1942~페르피냥, 1989). 칠레의 시인·번역가. 콘셉시온 의과 대학에 있는 그의 문학 작업실은 세상에서 가장 소름 끼치는 것들 중 하나로, 학생들의 시체 해부실에서 중간에 복도를 끼고 두 발자국 거리에 있었음.

그레코 María Teresa Greco (뉴저지, 1936~올랜도, 2004). 아르헨티노 스키아피노의 두 번째 부인. 목격자들의 증언에 따르면, 뼈가 앙상할 정도로 여위고 키가 컸으며, 일종의 유령이나 의

지의 화신처럼 보였음.

다마토 Susy D'Amato (부에노스아이레스, 1935~파리, 2001). 루스 멘딜루세의 친구인 아르헨티나 여성 시인. 파리에서 라틴 아메리카 수공예품을 팔며 생을 마감함.

라미스 Jules Albert Ramis (루앙, 1910~파리, 1995). 여러 문학상을 수상한 프랑스의 시인. 페탱 정부에서 공직자로 복무함. 수정주의 역사가. 영어와 스페인어의 산발적인 또는 직업적인 번역가. 국회의원. 한가할 때는 철학자. 예술 후원자. 요인 클럽의 창설자.

라사 마르도네스 Juan José Lasa Mardones. 미스터리에 싸인 쿠바의 시인. 산발적인 시들이 알려져 있음. 에르네스토 페레스 마손이 만들어 낸 인물일 가능성이 있음.

라쿠투레 Antonio Lacouture (부에노스아이레스, 1943~부에노스아이레스, 1999). 아르헨티나의 군인. 체제 전복 세력과의 전쟁에선 승리했지만 포클랜드 전쟁에서 패배함. '잠수함'과 전기봉 고문 전문가. 생쥐 놀이를 창안함. 여죄수들은 그의 목소리를 알아들으면 몸을 부들부들 떨었음. 여러 개의 훈장을 받음.

라쿠투레 Julio César Lacouture (부에노스아이레스, 1927~부에노스아이레스, 1984). 루스 멘딜루세의 첫 남편. 각각 시(市) 문학상을 수상한 『산마르틴에게 바치는 송가』와 『오히긴스에게 바치는 송가』의 작가.

레스카노 라피누르 Susana Lezcano Lafinur (부에노스아이레스, 1867 ~부에노스아이레스, 1949). 문학 살롱을 통해 부에노스아이레스의 문화적 삶에 활기를 불어넣었던 인물.

레이바 Carola Leyva (마르델플라타, 1945~마르델플라타, 2018). 에델미라 톰슨과 루스 멘딜루세를 추종하는 아르헨티나의 여성 시인.

렌티니 Juan Carlos Lentini (부에노스아이레스, 1945~부에노스아이레스, 2008). 서포터스의 옛 회장. 연방 정부의 공무원으로 생을 마침.

로메로 Abel Romero (푸에르토몬트, 1940~산티아고, 2013). 오랜 기간 망명했던 전직 칠레 경찰. 망명에서 돌아와 성공적인 장의사 업체를 설립함.

로차 Baldwin Rocha (로스앤젤레스, 1999~라구나비치, 2017). 습격용 소총으로 로리 롱을 살해한 인물. 3분 뒤 그의 경호원들에 의해 난자당해 사망함.

롱 Marcus Long (피츠버그, 1928~피닉스, 1989). 시인으로 그의 작품은 차례로 찰스 올슨, 로버트 로웰, 윌리엄 스탠리 머윈, 케네스 렉스로스, 그리고 로런스 펄링게티의 작품과 유사함. 문학 교수. 로리 롱의 아버지.

르메르시에 Philippe Lemercier (느베르, 1915~부에노스아이레스, 1984). 프랑스의 풍경 화가이자 이그나시오 수비에타의 사후 편집자.

리코 아나야 Julián Rico Anaya (후닌, 1942~부에노스아이레스,

1998). 급진적인 가톨릭 성향의 아르헨티나 민족주의 작가.

마르도네스 ☞ 라사 마르도네스

마리아 Alfredo de María (멕시코시티, 1962~비야비시오사, 2022). 사이언스 픽션 작가. 지루하기 짝이 없었던 2년 동안, 로스앤젤레스에서 구스타보 보르다와 이웃으로 지냄. 소노라 주에 있는 암살자들의 마을인 비야비시오사에서 실종됨.

마카둑 Cecilio Macaduck (콘셉시온, 1956~산티아고, 2021). 세부 묘사와 불길한 분위기로 특징지을 수 있는 흥미로운 작품을 남긴 칠레의 작가. 독자들과 비평가들 모두에게 대단한 인기를 누림. 33세까지 구둣방 점원으로 일함.

마키오 모라산 Berta Macchio Morazán (부에노스아이레스, 1960~ 마르델플라타, 2029). 아마추어 일러스트레이터. 모라산 박사의 조카이며 그의 정부(情婦)였다는 얘기가 있다. 또 아르헨티노 스키아피노의 정부였다. 신경질적인 성격의 소유자. 앞에 언급된 인물들과의 관계는 그녀를 정신 병원과 여러 차례의 자살 기도로 몰고 갔다. 모라산 박사는 그녀를 침대나 의자에 묶어 놓기를 좋아했고, 아르헨티노 스키아피노는 좀 더 전통적인 따귀 때리기나 담뱃불로 팔다리 지지기를 선호했다. 또한 그녀는 스코티 카베요의 정부였고, 이따금 보카 주니어스 서포터스 호위대의 고참 대원 7~8명의 정부였다. 모라산은 입버릇처럼 그녀를 딸처럼 사랑한다고 말했다.

메디나 Pedro de Medina (과달라하라, 1920~멕시코시티, 1989).

혁명과 농촌 문제를 주제로 다룬 멕시코 소설가.

멘딜루세 Sebastián Mendiluce (부에노스아이레스, 1874~부에노스아이레스, 1940). 아르헨티나의 백만장자. 에델미라 톰슨의 남편.

모라산 Carlos Enrique Morazán (부에노스아이레스, 1940~부에노스아이레스, 2004). 이탈로 스키아피노 사후에 보카 주니어스 서포터스 회장 역임. 동생 아르헨티노의 열렬한 숭배자. 초(超) 심리학 박사.

모레노 Elizabeth Moreno (마이애미, 1974~마이애미, 2040). 쿠바 카페의 웨이트리스. 아르헨티노 스키아피노의 세 번째이자 마지막 부인.

바레다 Gabino Barreda (에르모시요, 1908~로스앤젤레스, 1989). 저명한 건축가. 스탈린주의자로 시작해 종국에는 살리나스주의자*가 됨.

바르베로 Pedro Barbero (모스톨레스, 1934~마드리드, 1998). 루스 멘딜루세의 비서 · 애인 · 절친한 친구. 우파 민중주의의 미겔 에르난데스. 프롤레타리아 소네트의 작가.

바스케스 Tito Vásquez (로사리오, 1895~리우데자네이루, 1957). 아르헨티나의 음악가. 두 곡의 교향곡, 여러 곡의 실내악 곡, 세 곡의 찬가, 한 곡의 장송 행진곡, 한 곡의 소나티나, 그가 말년을 명예롭게 살 수 있게 해 준 여덟 곡의 탱고 곡을 작곡.

바아몬테스 Duquesa de Bahamontes (코르도바, 1893~마드리드,

1957). 코르도바 출신의 공작 부인. 그녀가 거느렸던 (플라토
닉한) 정부(情夫)가 수백 명을 헤아림. 비뇨기 문제와 무(無)오
르가슴증으로 고통받음. 노년에는 훌륭한 정원사였음.

베네가스 Magdalena Venegas (나시미엔토, 1955~콘셉시온,
1973). 칠레의 여성 시인으로 마리아 베네가스의 쌍둥이 자매.
독재 정권에 살해됨.

베네가스 María Venegas (나시미엔토, 1955~콘셉시온, 1973). 칠
레의 여성 시인. 독재 정권에 살해됨.

벡 Tatiana von Beck Iraola (산티아고, 1950~산티아고, 2011). 페
미니스트, 갤러리 주인, 저널리스트, 구상 조각가. 칠레의 문화
적 삶을 지탱하는 기둥 중 하나.

벨라스코 Arturo Velasco (부에노스아이레스, 1921~파리, 1983).
아르헨티나의 화가. 상징주의자로 출발하여 종국에는 르 파르
크를 모방함.

벨마르 Luis Enrique Belmar (부에노스아이레스, 1865~부에노스아
이레스, 1940). 문학 평론가. 마세도니오 페르난데스는 털끝만
큼의 가치도 없다고 선언함. 에델미라 톰슨의 혹독한 비판자.

보시 Hugo Bossi (부에노스아이레스, 1920~부에노스아이레스,
1991). 건축가. 미술관-호텔 프로젝트의 창안자. 자신의 고백
에 따르면, 부에노스아이레스의 예수회 학교 기숙생 시절에 이
프로젝트의 영감을 얻었다고 함. 미술관-호텔은 대중에 개방
된 미술관으로 궁핍한 예술가들을 위한 거처인 동시에, 지하
운동장 여러 개와 자전거 경주장 한 개, 영화관 한 개, 극장 두

개, 예배당 한 개, 슈퍼마켓 한 개, 그리고 은밀한 소규모 경찰서 하나를 갖추도록 되어 있었다.

브룩 Jack Brooke (뉴저지, 1950~로스앤젤레스, 1990). 마약 거래 및 돈세탁과 연루된 예술 작품 중개상. 여가 시간에는 낭송자이자 변장술이 능한 배우.

사모라 Augusto Zamora (산루이스포토시, 1919~멕시코시티, 1969). 은밀하게 초현실주의 시를 쓰기도 했지만 사회주의 리얼리즘 문학을 창작함. 마초인 척하며 거의 평생을 보내야 했지만 동성애자였음. 20년이 넘도록 러시아어를 아는 것처럼 동료들을 감쪽같이 속임. 1968년 10월에 레쿰베리 형무소에서 석방되었고, 출옥한 지 한 달 만에 심장 마비로 객사함.

사발레타 Curzio Zabaleta (산티아고, 1951~비냐델마르, 2011). 퇴역한 칠레 공군 대위. 세속 수도사. 목가적이고 생태주의적인 책들의 저자.

산디에고 Ximena San Diego (부에노스아이레스, 1870~파리, 1938). 시대에 뒤떨어진, 니나 드 빌라르의 가우초적 변형.

산티노 Lou Santino (산베르나르디노, 1940~산베르나르디노, 2006). 존 리 브룩의 가석방 대리인. 혹자들에 따르면, 브룩은 동료들 사이에서 성인군자였으며, 또 혹자들에 따르면 냉소적인 개차반이었음.

살다냐 Claudia Saldaña (로사리오, 1955~로사리오, 1976). 아르헨티나의 여성 시인. 출간 작품 없음. 군부에 의해 살해당함.

생테티엔 Étienne de Saint Étienne (리옹, 1920~파리, 1999). 프랑스의 수정주의 역사가 · 철학자. 『현대사』지의 창간인.

스코티 카베요 Germán Scotti Cabello (부에노스아이레스, 1956~부에노스아이레스, 2017). 모라산 박사의 부관이자 아르헨티노 스키아피노의 절대적 숭배자.

아나야 ☞ 리코 아나야

알라르콘 차미소 Marcos Ricardo Alarcón Chamiso (아레키파, 1910~아레키파, 1977). 시인, 음악가, 화가, 조각가, 아마추어 수학자.

에레디아 ☞ 페레스 에레디아

엔트레스쿠 Eugenio Entrescu (루마니아 바카우, 1905~우크라이나 키시네프, 1944). 루마니아의 장군. 제2차 세계 대전 중에 오데사 점령, 세바스토폴 포위, 스탈린그라드 전투에서 두각을 나타냄. 그의 음경은 발기했을 때 정확히 30센티미터로 포르노 배우 댄 카마인보다 2센티미터 더 길었음. 제20사단, 제14사단, 제3보병대의 사단장 역임. 휘하 병사들이 키시네프 인근의 한 마을에서 그를 책형에 처함.

우루티아 Alcides Urrutia. 쿠바 화가라는 것 외에 더 이상 알려진 정보 없음. 카스트로 감옥의 손님일 가능성이 있으며, 에르네스토 페레스 마손이 꾸며 낸 인물일 수도 있음.

웹스터 Susy Webster (버클리, 1960~로스앤젤레스, 1986). 포르노 여배우. 아돌포 판톨리아노의 영화 여러 편에 출연함.

차미소 ☞ 알라르콘 차미소

체르니아코프스키 Juan Cherniakovski (발디비아, 1943~엘살바도르, 1984). 범미주의 시인이자 게릴라. 소련 장군 이반 체르니아코프스키의 이종 조카.

카로소네 Aldo Carozzone (부에노스아이레스, 1893~부에노스아이레스, 1982). 쾌락주의 철학자이자 에델미라 톰슨의 개인 비서.

카로소네 Edelmiro Carozzone (부에노스아이레스, 1940~마드리드, 2027). 알도 카로소네의 외아들. (아돌프 히틀러의 이름을 따서) 원래 아돌포로 이름 지을 예정이었으나 마지막 순간에 그의 아버지가 신성한 우정의 표시로 자신의 상관이자 은인인 사람의 이름으로 작명했다. 항상 그늘지고 이따금씩 행복한 소년이었다. 훗날 멘딜루세 가족의 비서로 일함.

카마인 Dan Carmine (로스앤젤레스, 1958~로스앤젤레스, 1986). 비상한 재능을 지닌 포르노 배우로 성기 길이가 28센티미터에 달함. 포르노 영화계에서 가장 푸른 눈을 소유한 배우로, 아돌포 판톨리아노의 여러 영화에 출연함.

카베요 ☞ 스코티 카베요

카세레스 Mauricio Cáceres (트레스아로요스, 1925~부에노스아이레스, 1996). 루스 멘딜루세의 두 번째 남편. 세간에서는 '묵시록의 마르틴 피에로'로 알려져 있음. 한때 『아르헨티나 토착 문학』의 편집자 역임.

카스텔라노 John Castellano (모빌, 1950~셀마, 2021). 미국의

작가. 아르헨티노 스키아피노에 의해 '앨라배마의 총통'으로 불림.

카스틸리오니 Enzo Raúl Castiglioni (부에노스아이레스, 1940~부에노스아이레스, 2002). 보카 주니어스 서포터스 회장. 그의 투옥으로 이탈로 스키아피노가 후임 회장 직에 오름. 몇몇 그의 동시대인들에 따르면, 생김새가 쥐와 아주 흡사함. 또 혹자들에 따르면, 쥐와 칠면조를 섞어 놓은 모습이라고 함. 그의 가족들에 따르면, 애처롭고 불행한 사람.

카포 Florencio Capo (콘셉시온, 1920~산티아고, 1995). 페드로 곤살레스 카레라의 죽마고우. 곤살레스를 아주 좋아했지만 그가 사후에 명성을 얻은 것을 결코 이해하지 못함.

크레인 Arthur Crane (뉴올리언스, 1947~로스앤젤레스, 1989). 시인. 『동성애자들의 하늘』과 『아이들의 훈육』을 비롯해 중요한 저서를 많이 남김. 자살의 한 형태로 암흑가의 질 나쁜 사람들과 자주 어울렸고, 하루에 담배 세 갑을 피웠음.

티보 André Thibault (니오르, 1880~페리괴, 1945). 철학자이자 모라스 추종자. 페리고르 파르티잔 일당에게 총살당함.

판톨리아노 Adolfo Pantoliano (캘리포니아 발레이오, 1945~로스앤젤레스, 1986). 포르노 영화 감독 겸 제작자. 「발정 난 토끼들」, 「항문에 넣어 줘」, 「전과자와 달아오른 15세 소녀」, 「스리섬」, 「에일리언 대 코리나」 등 다수의 작품이 있음.

페레스 에레디아 Agustín Pérez Heredia (부에노스아이레스, 1935~부에노스아이레스, 2005). 스포츠계와 연루된 아르헨티나의 파시스트.

페트로비치 Jorge Esteban Petrovich (부에노스아이레스, 1960~부에노스아이레스, 2027). 포클랜드 전쟁을 다룬 세 편의 전쟁 소설 작가. 훗날 라디오 및 텔레비전 앵커로 활동함.

폰 벡 ☞ 벡

푸엔테 Persio de la Fuente (부에노스아이레스, 1928~부에노스아이레스, 1994). 아르헨티나의 대령으로, 저명한 기호학자.

프랑케티 Atilio Franchetti (부에노스아이레스, 1919~부에노스아이레스, 1990). '포의 방' 프로젝트에 참여한 화가.

하셀 Wenceslao Hassel (우루과이 판도, 1900~몬테비데오, 1958). 극작가. 『아메리카의 내전』, 『어떻게 남자가 되는가?』, 『잔혹』, 『파리의 아르헨티나 여자들』을 비롯해 부에노스아이레스, 몬테비데오, 산티아고의 극장가에서 박수갈채를 받은 수많은 작품을 남김.

하우스호퍼 Otto Haushofer (베를린, 1871~베를린, 1945). 나치 철학자. 루스 멘딜루세의 대부이자 속이 텅 빈 지구, 고체 우주, 원형의 문명들, 행성 간(間) 아리안족 등 여러 괴짜 이론의 창시자. 술 취한 세 명의 우즈베크족 병사들에게 능욕당한 뒤 자살함.

출판사, 잡지, 장소*

강철 심장 *Corazón de Hierro*. 열렬한 선동자들이 바랐던 대로 남극의 잠수함 기지가 아니라 푼타아레나스에 수년간 존속했던 칠레의 나치 잡지.

남반구 문학 *Revista Literaria del Hemisferio Sur*. 에세키엘 아란시비아와 후안 헤링 라소가 모험적인 출판 사업에 착수했을 때, 그들의 목표는 동시대의 잡지인 『사상과 역사』에 대한 대안뿐만 아니라 독일주의자들에 대한 칠레주의자들의 응답을 제공하는 것이었다. 아란시비아와 헤링 라소의 문제 설정에서, 『사상과 역사』 그룹은 독일 국가 사회주의를 대변한 반면, 『남반구 문학』이 규합하고자 했던 세력은 파시즘을 대변하였다. 아란시비아의 경우에는 오만한 이탈리아의 유미주의적 파시즘을 표방한 반면, 헤링 라소는 프리모 데 리베라 스타일의 가톨릭적, 팔랑헤주의적, 반자본주의적인 스페인적 파시즘을 신봉했다. 그들은 정치적으로 피노체트의 충실한 지지자들이었다. 그러나 특히 경제 문제에 있어서는 피노체트에 대한 '내부 비판'을 서슴지 않았다. 문학에서 그들은 오직 페드로 곤살레스 카레라만을 존경하였으며 둘이 함께 그의 전집을 편집하였다. 『사상과 역사』의 독일주의자들과 달리, 그들은 파블로 네루다와 파블로 데 로카를 경멸하지 않았다. 실제로 그들은 긴 시행과 강렬한 호흡을 지닌 네루다와 로카의 자유시를 체계적으로 연구하였으며, 기회 있을 때마다 두 사람의 시를 투쟁 시의 표본으로 언급하곤 했다. 단지 몇몇 이름을 바꾸고―스탈린 대신 무솔리니, 트로츠키 대신 스탈린―형용사들을 살짝 조정하고 명사들을 대체하기만 하면, 팸플릿 시의 이상적인 모델이 완성되어 있었다. 그들은 결코 팸플릿 시를 시적 표현의 가장 높은 자리에 앉히지 않았지만, 당대의 주어진 역사적 맥락에서 이 장르를 건전한 것으로 추천하였다. 이와 대조적으로 그들은 니카노르 파라와 엔리케 린의 시를 몹시 싫어했는데, 공허하고 퇴폐적이고 냉혹하고 절망적이라는 것이 그 이유였다. 두 사람은 뛰어난 번역가로서 영어, 독일어, 프랑스어, 이탈리아어, 포르투갈어, 루마니아어, 플라망어, 스웨덴어 그리고 심지어 아프리칸스어(그의 친구들에 따르면, 세 차례의 남아프리카 여행과 좋은 사전의 도움을 받아 아란시비아가 혼자서 깨친 언어)권의 잘 알려지지 않은 많은 시인들의 작품을 칠레에 소개했다. 그들은 초기에는 단지 정치적, 문학적으로 유사한 작가들만을 후원하고자 했으며 다른 경향들에 대해서는 공격적인 태도를 견지했다. 그들은 지방을 돌며 낭송회와 문학 이벤트를 주최하였다. 심지어는 문학 전통이라곤 전혀 찾아볼 수 없는 벽촌에서도 이러한 행사를 열었는데, 그들처럼 열광적인 사람들이 아니라면 높은 문맹률 앞에서 기가 꺾였을 것이다. 그들은 남반구 시상(詩賞)을 제정하였고, 헤링 라소, 데메트리오 이글레시아스, 루이스 고예네체 아로, 엑토르 크루스 그리고 파블로 산후안 등이 차례로 이 상을 수상했다. 그들은 칠레 작가 협회 내에서 경제력이 취약한 원로 작가들을 위한 연금 기금 창설을 시도했지만, 이 발의는 회원들의 전반적인 무관심과 이기심에 가로막혀 결코 진척되지 못했다. 아란시비아의 문학 작품은 얄팍한 세 권의 시집과 페드로 곤살레스 카레라에 관한 한 권의 연구서에 집약되어 있다. 그의 활동은 넓은 의미에서 열정과 지칠 줄 모르는 호기심의 산물로서 유령 같은 존재인 라미레스 호프만을 찾아 유럽과 남아프리카를 떠돌았던 전설적인 여행을 포함한다. 후안 헤링 라소는 사랑에 바탕을 둔 새로운 아메리카적 감성의 배태와 탄생을 제시하는 3부작 소설 외에 다채로운 여러 권의 시집과 극작품을 쓴 작가이다. 편집장 임기 말년에 그는 칠레의 거의 모든 작가들에게 지면을 개방하려고 노력했지만 단지 부분적으로만 목표를 이룰 수 있었다. 그는 국가 문학상을 수상했다. 『남반구 문학』의 3대 편집장이자 전체적으로 보면 첫 시집의 변주에 지나지 않는 열 권 이상의 시집을 남긴 루이스 고예네체 아로는 헤링의 발자취를 따라가려고 노력했지만 성공을 거두지 못했다. 의심의 여지 없이 그의 편집장 체제하에서 『남반구 문학』은 역사상 가장 열악한 단계를 거친다. 아란시비아의 제자이자 곤살레스 카레라의 열렬한 숭배자인 파블로 산후안은 잡지의 방향을 획기적으로 바꿔 과거의 오랜 이상들로 되돌아가기 위해 노력했다. 그러나 다른 목소리들과 다른 이념들에 개방적이었던 잡지의 본래 기조는 유지했다. 때때로 그는 이 목소리들과 이념들을 검열하고 변형시키는 역할을 떠맡음으로써 충돌과 불화를 빚기도 했다. 그는 친구를 얻으려고 필사적으로 노력했지만, 그의 주변에는 적대 세력들뿐이었다.

남쪽의 등불 Candil Sureño. 에델미라 톰슨이 설립한 출판사 (1920~1946). 단 한 푼의 수익도 내지 못함.

미국 참된 순교자들의 교회 Iglesia de los Mártires Verdaderos de América. 로리 롱이 설교자로 활동했던 종교 단체.

밤 La Castaña. 가요집과 대중 작가들의 작품을 전문으로 하는 아르헨티나의 출판사.

백색 반란자들 *Rebeldes Blancos*. 아리안 결사의 잡지.

백인 국가의 전설적인 모험 *Las Fabulosas Aventuras de la Nación Blanca*. 아리안 결사의 잡지.

버지니아 워게임스 *Virginia Wargames*. 해리 시벨리우스가 관여한 전쟁 시뮬레이션 게임 잡지.

보카와 함께 *Con Boca*. 이탈로 스키아피노에 의해 창간된 잡지 (1976~1983).

불타는 도시 Ciudad en Llamas. 마콘의 시 전문 출판사.

블랑코 이 네그로 Blanco y Negro. 아르헨티나의 극우 출판사.

사상과 역사 *Pensamiento e Historia*. 초기 몇 호에서 유럽과 아메리카의 지정학 및 군대의 역사에 관한 기사와 에세이를 전문적으로 게재한 칠레의 잡지. 의심의 여지 없이 단연 가장 야심적이고 창의적인 편집장이었던 군터 퓌힐러 시절에 이 잡지는 일련의 독일계 칠레 소설가들과 단편 작가들(악셀 악셀로드, 바실리오 로드리게스 델라 마타, 헤르만 쿠에토 바우어, 오토 문센, 로돌포 에르네스토 그루버 등)을 시장에 내놓으려고 시도했다. 처음에는 이따금씩 드물게 성공을 거두기도 했으나 전체적으로 보면 결국 대대적인 실패작이었다. 이 작가들 중 단 두 명만이 25세가 지나도록 문학적 글쓰기를 지속했고, 한 명은 물론 독일에서 직접 독일어로 글을 쓰는 길을 택했다. 잡지의 첫 편집장인 J. C. 회플러의 책임하에 발두어 폰 시라흐의 『시선(詩選)』의 존중할 만한 첫 스페인어 번역 외에 『제2차 세계 대전의 공적 역사』가 발간되었고 뒤이어 『제2차 세계 대전 비사(秘史)』가 나왔다. 1979년부터 1980년까지 편집장을 지낸 베르너 멘데스 마이어는 편집 위원단과 잡지 스폰서에게 주먹을 날린 격렬한 미래주의자로, 논쟁적인 『라미레스 호프만 중위에 대한 믿을 만한 소식』의 저자이다. 이 책은 당시에 친구들과 적들에게 거의 정신 분열증에 가까운 기념비적 조롱으로 간주되었다. 3대 편집장(1980~1989)을 역임한 군터 퓌힐러는 1879년에 있었던 칠레와 페루·볼리비아 동맹 간의 무력 충돌을 다룬 불후의 명작 『태평양 전쟁사』의 작가이다. 사건의 전모를 속속들이 규명하려는 의도가 뚜렷한 740페이지의 이 책에서는 양측의 군복에서부터 전투의 전략 전술과 작전 계획에 이르기까지 모든 것이 상세히 묘사되고 있다. 1997년에는 역사가로서의 공로를 인정하여 퓌힐러에게 국가 문학상이 주어졌다. 의심의 여지 없이 그는 이 잡지를 거쳐 간 모든 편집장들 중에서 가장 존경받는 인물이었다. 카를 하인츠 리들과 더불어 『사상과 역사』는 더 공공연하게 수정주의적 단계로 진입한다. 이 시기에 잡지는 제2차 세계 대전 중에 모든 포로수용소를 통틀어 유대인 사망자가 단 30만 명에 불과했다는 사실을 과학적으로 입증하려고 노력했던(이를 위해 '합법적인' 정육점 개장을 위한 의심스러운 허가증까지 이용했다) 리옹 대학의 논쟁적 교수인 프랑스 철학자 에티엔 드 생테티엔의 사상과 이론으로부터 영향을 받았다. 생테티엔의 선례를 따라, 리들은 나열적─역사적─수학적 체계가 그 최종적 결과에 다다르는 잡다한 일련의 괴벽스러운 글을 썼다. 리들 시절에 이미 쇠퇴의 기미를 보였던 잡지는 마침내 안토니오 카피스트라노 시절(1998~2003)에 몰락의 나락으로 떨어진다. 그는 조지 왕조풍의 시인으로 이전에는 『남반구 문학』지와 관계했으며 내세울 만한 유일한 자질은 효율적인 행정 능력 정도였다. 21세기 초에 이르러 독일─칠레 연합은 더 이상 자금을 제공할 능력도 없었고 열정을 불러일으키지도 못했지만, 절대적 추종자들은 정보의 고속도로에서 투쟁을 계속했다.

살아 있는 시 *Poesía Viva*. 스페인 카르타헤나에서 발간된 문학 잡지(1938~1947).

상처 입은 독수리 El Águila Herida. 루스 멘딜루세가 설립한 출판사.

스트라티지 & 택틱스 *Strategy & Tactics*. 해리 시벨리우스가 관여한 군사 시뮬레이션 게임 잡지.

시와 문학의 등대 *El Faro Poético Literario*. 세비야에서 발간된 잡지 (1934~1944).

아르헨티나 제4제국 *El Cuarto Reich Argentino*. 광기와 불법 행위, 어리석음에 가까운 모험적인 사업들이 번창하는 아메리카 대륙에서 생겨난 모든 출판사들을 통틀어 의심의 여지 없이 가장 기이하고 특이하며 완강한 출판사의 하나. 출판사는 뉘른베르크 재판이 한창 진행 중이던 시기에 출범했고, 시의 적절하게 창간호는 전적으로 이 재판의 적법성을 논박하는 데 바쳤다. 호기심 많은 독자들은 제2호에서 철저히 잊힌 독일 작가들(이 중에는 히틀러 청년단의 리더로 당시 반인륜적 범죄 행위를 저질러 뉘른베르크 법정에 선 발두어 폰 시라흐가 쓴, 치자나무들에 바친 시 한 편이 포함되어 있다)의 번역 가운데 에른스트 윙거의 서로 동떨어진 세 편의 산문 텍스트를 발견할 수 있을 것이다. 다음 두 호에서는 다시 재판의 주제로 돌아가며, 부에노스아이레스 출신의 눈에 띄는 팔랑헤주의자·페론주의자 시인들의 간략한 앤솔러지를 제시한다. 1백 페이지에 달하는 제5호는 모든 지면이 제1차 세계 대전 종전 이후 유럽의 유일한 실질적 위협이었던 볼셰비키 세력에 대한 분석과 경고로 채워져 있다. 제6호에 이르러 잡지 스타일은 새로운 방향으로 선회해 옛 부에노스아이레스와 인근 지역들, 항구, 강, 도시의 전통과 민속 등을 집중적으로 다루고 있다. 제7호는 도시 계획(이 부분은 젊은 건축가 우고 보시가 맡았는데, 훗날 그에게 세계적인 명성을 안겨 줄 엄밀한 독창성이 희미하게 실체를 드러낸 최초의 작업이었다)뿐만 아니라 도시의 사회적, 경제적, 정치적 측면에서 발 빠르게 부에노스아이레스의 미래를 조명했다. 제8호는 다시 한 번 현실로 돌아와 뉘른베르크 재판과 유대인 재벌에 예속된 언론의 허위성을 고발하는 데 모든 지면을 할애하고 있다. 제9호는 다시 문학으로 돌아와 '유럽 문학의 오늘'이라는 표제 아래 프랑스, 독일, 이탈리아, 스페인, 루마니아, 스위스, 리투아니아, 슬로바키아, 헝가리, 벨기에, 라트비아 그리고 덴마크의 시인·작가들의 작품을 간략하게 개괄하고 있다. 제10호는 경찰의 개입으로 발간되지 못했다. 잡지는 불법화되었고 출판사로 탈바꿈하였다. 일부 책들은 아르헨티나 제4제국이라는 출판사 이름을 달고 나왔지만, 나머지 대다수의 책들은 그렇지 않았다. 아르헨티나 제4제국의 표류는 2001년까지 계속된다. 출판사의 운영자가 누구인지는 미스터리로 남아 있다.

아르헨티나 토착 문학 *Letras Criollas*. 에델미라 톰슨이 창간한 격월간지(1948~1979). 후안 멘딜루세와 루스 멘딜루세에 의해 운영되었으며, 수차례 남매 간의 분쟁에 휘말림.

아리안 자연주의자 코뮌 La Comuna Aria Naturalista. 프란츠 츠비카우가 아리안들로 추정되는 다른 젊은 베네수엘라 예술가들과 며칠간 머물렀던 칼라보소(과리코) 인근의 농장에서 세군도 호세 에레디아에 의해 설립됨(1967).

엘 헤네랄 *El General*. 해리 시벨리우스가 관여한 군사 시뮬레이션 게임 잡지.

옥중 문학 *Literatura entre Rejas*. 아리안 결사의 잡지.

요인 클럽 El Club de los Mandarines. 쥘 알베르 라미스가 설립한 형이상학 및 문학 단체.

용맹한 자들의 호텔 *El Hotel de los Bravos*. 아리안 결사의 잡지.

이너서클 *El Círculo Interno*. 아리안 결사의 잡지.

2라운드 *Segundo Round*. 세군도 호세 에레디아가 창간하고 운영했던 문학 · 스포츠 잡지로, 배은망덕한 일군의 베네수엘라 젊은 작가들을 집결시켰다.

철의 정원 *Jardín de Acero*. 아리안 결사의 잡지.

캘리포니아 기독교도들의 카리스마파 교회 Iglesia Carismática de los Cristianos de California. 로리 롱이 1984년에 창설한 종교 단체.

캘리포니아의 동 틀 녘 *Amanecer en California*. 아리안 결사의 잡지.

커맨드 *Command*. 해리 시벨리우스가 관여한 군사 시뮬레이션 게임 잡지.

텍사스 말일 교회 Iglesia Texana de los Últimos Días. 로리 롱이 설교자로 활동했던 종교 단체.

피스톨라 네그라 Pistola Negra. 브라질의 많은 다양한 작가들에게 출판 기회를 제공했던 리우데자네이루의 추리 소설 전문 출판사.

현대 아르헨티나 *La Argentina Moderna*. 에델미라 톰슨이 창간하고, 초창기에 알도 카로소네가 운영한 월간지.

단행본

가구 철학 *Filosofia del Moblaje*, 에드거 앨런 포, 『에세이와 비평』, 훌리오 코르타사르의 번역.

가난한 사람들의 수프 *La Sopa de los Pobres*, 에르네스토 페레스 마손, 아바나, 1965.

가라앉는 섬들 *Islas que se hunden*, 후안 멘딜루세, 부에노스아이레스, 1986. 후안 멘딜루세의 유고작.

감시 눈 클럽 *El Club del Ojo-Avizor*, J. M. S. 힐, 뉴욕, 1931.

강들과 다른 시들 *Los Ríos y Otros Poemas*, 짐 오배넌, 로스앤젤레스, 1991.

강림 *La Llegada*, 잭 소든스턴, 로스앤젤레스, 2022. 유고 소설.

개 같은 운명 *La Perra Suerte*, 실비오 살바티코, 부에노스아이레스, 1923.

건강과 체력 *Salud y Fuerza*, 로리 롱, 로스앤젤레스, 1984.

겁쟁이들아, 움츠려라 *Palidezcan los lebreles*, 이탈로 스키아피노, 부에노스아이레스, 1969.

결정적인 산마르틴 *San Martín definitivo*, 카를로스 에비아, 몬테비데오, 1972.

경작하지 않는 땅 *Tierra sin Labrar*, 짐 오배넌, 애틀랜타, 1971.

계단 위의 사과들 *Manzanas en la Escalera*, 짐 오배넌, 애틀랜타, 1979.

고독 *La Soledad*, 아르헨티노 스키아피노, 부에노스아이레스, 1987.

고독 *Soledad*, 존 리 브룩, 로스앤젤레스, 1986.

고통과 이미지 *Dolor e Imagen*, 실비오 살바티코, 부에노스아이레스, 1922.

곤경에 빠져 *Con la Saga al Cuello*, 쿠르시오 사발레타, 산티아고, 1993.

공중에 쓴 시 *Escritos en el Aire*, 카를로스 라미레스 호프만의 공중 시 사진집, 산티아고, 1985. 작가의 허락 없이 출간됨.

광인들의 흙손 *Paletadas de Locos*, 아르헨티노 스키아피노, 부에노스아이레스, 1985.

교수대 *El Árbol de los Ahorcados*, 에르네스토 페레스 마손, 아바나, 1958.

구름의 패러독스 *La Paradoja de la Nube*, 이르마 카라스코, 멕시코 시티, 1934.

그녀 눈 속의 달 *La Luna en sus Ojos*, 1946년 마드리드의 프린시팔 극장에서 초연된 이르마 카라스코의 극작품.

그러나 땅에는 아무것도 없었다 *Terra Autem Erat Inanis*, 아르헨티노 스키아피노, 부에노스아이레스, 1996.

기계적인 시 *Poema Mecanicista*, 실비오 살바티코, 부에노스아이레스, 1928.

기하학 *Geometría*, 빌리 쉬어홀츠, 산티아고, 1980.

기하학 2 *Geometría II*, 빌리 쉬어홀츠, 산티아고, 1983.

기하학 3 *Geometría III*, 빌리 쉬어홀츠, 산티아고, 1984.

기하학 4 *Geometría IV*, 빌리 쉬어홀츠, 산티아고, 1986.

기하학 5 *Geometría V*, 빌리 쉬어홀츠, 산티아고, 1988.

길 잃은 별에 대하여 *Sobre la Estrella Perdida*, 존 리 브룩, 로스앤젤레스, 1989.

꼭두새벽에 일어난다고 새벽이 빨리 오는 것은 아니다 *No por mucho madrugar*, 실비오 살바티코, 부에노스아이레스, 1929.

꽃의 십자가 *Cruz de Flores*, 이그나시오 수비에타, 보고타, 1950.

나의 모든 생애 *Toda mi Vida*, 에델미라 톰슨의 첫 자서전, 부에노스아이레스, 1921.

나의 에티카 *Mi Ética*, 실비오 살바티코, 부에노스아이레스, 1924.

나의 작은 시 *Meine Kleine Gedichte*, 프란츠 츠비카우, 카라카스, 1982; 베를린, 1990.

남부의 전사들 *Guerreros del Sur*, 잭 소든스턴, 로스앤젤레스, 2001.

내가 살았던 세기 *El Siglo que he vivido*, 에델미라 톰슨과 알도 카로소네 공저, 부에노스아이레스, 1968.

내퍼의 작은 집 *Una Casita en Napa*, 잭 소든스턴, 로스앤젤레스, 1987.

노아의 방주 *El Arca de Noé*, 로리 롱, 로스앤젤레스, 1980.

눈(雪)의 여행자들 *Los Viajeros de la Nieve*, J. M. S. 힐, 뉴욕, 1924.

다시 찾은 뉴욕 *Nueva York Revisitado*, 짐 오배넌, 로스앤젤레스, 1990.

달랑베르에 대한 반론 *Refutación de D'Alambert*, 루이스 퐁텐, 리우데자네이루, 1927.

당신 때문에 여윈 목소리 *La voz por ti marchita*, 이르마 카라스코, 멕시코시티, 1930.

대립물의 투쟁 *Lucha de Contrarios*, 루이스 퐁텐, 리우데자네이루, 1939.

대통령들의 회합 또는 함정에서 벗어나기 위해 어떻게 할 것인가? *El Concilio de los Presidentes o ¿Qué Hacemos para salir del agujero?*, 아르헨티노 스키아피노, 부에노스아이레스, 1974.

덕행의 승리 혹은 하느님의 승리 *El Triunfo de la Virtud o el Triunfo de Dios*, 이르마 카라스코, 살라망카, 1939.

덴버의 제4제국 *El Cuarto Reich de Denver*, 잭 소든스턴, 로스앤젤레스, 2002.

델타에서 들은 이야기 *Historia oída en el Delta*, 아르헨티노 스키아피노, 뉴올리언스, 2013.

동굴의 카우보이들 *Los Vaqueros de la Caverna*, J. M. S. 힐, 뉴욕, 1928.

두족류 동물들 *Los Cefalópodos*, 잭 소든스턴, 로스앤젤레스, 1999.

디드로에 대한 반론 *Refutación de Diderot*, 루이스 퐁텐, 리우데자네이루, 1925.

디아나의 꿈 *El Sueño de Diana*, 실비오 살바티코, 부에노스아이레스, 1920.

로스코 스튜어트의 야생 세계 *El Mundo Salvaje de Roscoe Stuart*, J. M. S. 힐, 뉴욕, 1932.

루소에 대한 반론 *Refutación de Rousseau*, 루이스 퐁텐, 리우데자네이루, 1932.

마녀들 *Las Brujas*, 에르네스토 페레스 마손, 아바나, 1940.

마드리드의 봄 *La Primavera en Madrid*, 후안 멘딜루세, 부에노스아이레스, 1965.

마르크스와 포이어바흐에 대한 짧은 반론에 이은 헤겔에 대한 반론 *Refutación de Hegel, seguida de una Breve Refutación de Marx y Feuerbach*, 루이스 퐁텐, 리우데자네이루, 1938.

마손가(家)의 재능/프리메이슨 단원들의 제당 공장 *El Ingenio de los Masones*, 에르네스토 페레스 마손, 아바나, 1942.

메이컨의 밤 *La Noche de Macon*, 짐 오배넌, 메이컨, 1961.

명예의 전장 *Campos de Honor*, 실비오 살바티코, 부에노스아이레스, 1936.

모터사이클리스트 *Motoristas*, 프란츠 츠비카우, 카라카스, 1965.

몬테비데오 사람들과 부에노스아이레스 사람들 *Montevideanos y*

Bonaerenses, 카를로스 에비아, 부에노스아이레스, 1998.

몽테스키외에 대한 반론 *Refutación de Montesquieu*, 루이스 퐁텐, 리우데자네이루, 1930.

무정(無情) *Sin Corazón*, 에르네스토 페레스 마손, 아바나, 1930.

무제 *Sin Título*, 잭 소든스턴, 로스앤젤레스, 2023. 저자 사후 출간.

미국과의 대화 *Hablando con América*, 로리 롱, 로스앤젤레스, 1992. 책, 콤팩트디스크, CD롬.

미국의 여명기의 짐 오브래디의 아이들 *Los Hijos de Jim O'Brady en el Amanecer de América*, 짐 오배넌, 로스앤젤레스, 1993.

미풍의 나라 *Un País de Brisas*, 막스 미르발레, 포르토프랭스, 1971.

바다와 사무실 *Los Mares y las Oficinas*, 카를로스 에비아, 몬테비데오, 1979.

박쥐-갱스터들 *Los Gángsters-Murciélagos*, 잭 소든스턴, 로스앤젤레스, 2004.

밤의 신호 *Señales*, 세군도 호세 에레디아, 카라카스, 1956.

뱀들의 세계 *El Mundo de las Serpientes*, J. M. S. 힐, 뉴욕, 1928.

벙어리 소녀 *La Mutida*, 아마두 코우투, 리우데자네이루, 1987.

베타-센타우로의 방문자들 *Los Visitantes de Beta-Centauro*, J. M. S. 힐, 뉴욕, 1928.

베텔게우세의 잃어버린 배 *La Nave Perdida de Betelgeuse*, J. M. S. 힐, 뉴욕, 1936.

보물 *El Tesoro*, 아르헨티노 스키아피노, 부에노스아이레스, 마이애미, 2010.

보이지 않는 숭배자들 *Las Adoratrices Invisibles*, 카롤라 레이바, 부에노스아이레스, 1975. 에델미라 톰슨에게 헌정된 책으로 사실상 루스 멘딜루세 시의 개작에 지나지 않음.

볼테르에 대한 반론 *Refutación de Voltaire*, 루이스 퐁텐, 리우데자네이루, 1921.

부르고스의 고요한 밤 *La Noche Serena de Burgos*, 1940년 12월 마드리드의 프린시팔 극장에서 초연된 이르마 카라스코의 극작품.

부에노스아이레스의 레스토랑들에 얽힌 통속 소설 *Novelón de los Restaurantes de Buenos Aires*, 아르헨티노 스키아피노, 부에노스아이레스, 1987.

부에노스아이레스의 탱고 *Tangos de Buenos Aires*, 루스 멘딜루세, 부에노스아이레스, 1953.

불면의 밤 *Noche Insomne*, 실비오 살바티코, 부에노스아이레스, 1921.

브라카몬테 백작 부인 *La Condesa de Bracamonte*, 헤수스 페르난데스 고메스, 칼리, 1986.

빛나는 어둠 *Luminosa Oscuridad*, 후안 멘딜루세, 부에노스아이레스, 1974.

사투르누스의 축제 *Saturnal*, 세군도 호세 에레디아, 카라카스, 1970.

새로운 샘 *El Nuevo Manantial*, 에델미라 톰슨, 부에노스아이레스, 1931.

성난 황소들처럼 *Como Toros Bravos*, 이탈로 스키아피노, 부에노스아이레스, 1975.

세 가닥 가죽끈 *Los Simbas*, 잭 소든스턴, 로스앤젤레스, 2003.

세상의 창조물들 *Criaturas del Mundo*, 에델미라 톰슨, 파리, 1922.

센터포워드 *Centro Forward*, 실비오 살바티코, 부에노스아이레스, 1927.

소년들 *Los Chicos*, 에르네스토 페레스 마손이 아벨라르도 데 로테르담이라는 가명으로 쓴 포르노 소설, 뉴욕, 1976.

소년들을 위한 축배 *Brindis por los Muchachos*, 이탈로 스키아피노, 부에노스아이레스, 1978.

쉬운 철학 *Una Filosofía Sencilla*, 로리 롱, 로스앤젤레스, 1987.

스페인의 선물 *El Regalo de España*, 이르마 카라스코, 마드리드, 1940.

슬픈 눈 *Ojos Tristes*, 실비오 살바티코, 부에노스아이레스, 1929.

시의 불타는 계단 *Las Escaleras de Incendio del Poema*, 짐 오배넌, 시카고, 1973.

시 전집 *Poesías Completas*, 에델미라 톰슨, 부에노스아이레스, 전 2권, 1962, 1979.

시 전집 1 *Poesías Completas I*, 페드로 곤살레스 카레라, 산티아고, 1975.

시 전집 2 *Poesías Completas II*, 페드로 곤살레스 카레라, 산티아

고, 1977.

신도시 푸에르사의 탄생 *El Nacimiento de Nueva Ciudad-Fuerza*, 구스타보 보르다, 멕시코시티, 2005.

신질서의 우주 기원론 *Cosmogonía del Nuevo Orden*, 헤수스 페르난데스 고메스, 부에노스아이레스, 1977.

실종된 아이들의 그림자 *Sombras de Niños Perdidos*, J. M. S. 힐, 뉴욕, 1930.

12 *Doce*, 페드로 곤살레스 카레라, 카우케네스, 1955.

아나, 명예를 되찾은 시골 아낙 *Ana, la campesina redimida*, 에델미라 톰슨, 부에노스아이레스, 1935. 오페라 작품.

아나와 전사들 *Ana y los guerreros*, 마테오 아기레, 부에노스아이레스, 1928.

아니타 *Anita*, 잭 소든스턴, 로스앤젤레스, 2010.

아르헨티나에 바치는 세 편의 시 *Tres Poemas a la Argentina*, 실비오 살바티코, 부에노스아이레스, 1923.

아르헨티나의 숨은 시인들 *Los Poetas Ocultos de Argentina*, 페데리코 곤살레스 이루호가 주석을 붙여 편찬한 '진기한' 시선집, 부에노스아이레스, 1995.

아르헨티나의 시간들 *Horas Argentinas*, 에델미라 톰슨, 부에노스아이레스, 1925.

아르헨티나인 기수 *El Jinete Argentino*, 후안 멘딜루세, 부에노스아이레스, 1960.

아르헨티나 최고의 유머 선집 *Antología de los mejores chistes de Argentina*, 아르헨티노 스키아피노, 부에노스아이레스, 1972.

아르헨티나 회화 *La Pintura Argentina*, 루스 멘딜루세, 부에노스아이레스, 1959. 1천5백 행의 장시.

아르헨티노 스키아피노 정선 *Lo mejor de Argentino Schiaffino*, 아르헨티노 스키아피노, 부에노스아이레스, 1989.

아마조네스 *Las Amazonas*, 다니엘라 데 몬테크리스토, 부에노스아이레스, 1966.

아무 할 말이 없다 *Nada que decir*, 아마두 코우투, 리우데자네이루, 1978.

아바나의 돈 후안 *Don Juan en La Habana*, 에르네스토 페레스 마손, 마이애미, 1979.

아빠에게 *A Papa*, 에델미라 톰슨, 부에노스아이레스, 1909.

아시아의 동정녀 *La Virgen de Asia*, 이르마 카라스코, 멕시코시티, 1954.

아이들 *Les Enfants*, 에델미라 톰슨, 파리, 1922.

아이티의 네 시인: 미르발레, 카시미르, 폰 하우프트만 그리고 르 괼 *Cuarto Poetas Haitianos: Mirebalais, Kasimir, Von Hauptmann, y Le Gueule*, 막스 미르발레, 포르토프랭스, 1979.

악마의 강 *El Río del Diablo*, 마테오 아기레, 부에노스아이레스, 1918.

암살자의 눈 *Los Ojos del Asesino*, 실비오 살바티코, 부에노스아이레스, 1962.

야구장 *Cancha de Béisbol*, 실비오 살바티코, 부에노스아이레스, 1925.

어느 아나키스트의 기억 *Memorias de un Libertario*, 에르네스토 페레스 마손, 뉴욕, 1977.

어느 아르헨티나인의 기억 *Memorias de un Argentino*, 아르헨티노 스키아피노, 탬파, 플로리다, 2005.

어느 아메리카인 팔랑혜 당원이 유럽에서 보낸 투쟁의 세월 *Años de Lucha de un Falangista Americano en Europa*, 헤수스 페르난데스 고메스, 부에노스아이레스, 1975.

어느 회개하지 않은 자의 기억 *Recuerdo de un Irredento*, 아르헨티노 스키아피노, 부에노스아이레스, 1984.

얼리 사가 *La Saga de Early*, J. M. S. 힐, 뉴욕, 1926.

에고이스트들 *Los Egoístas*, 후안 멘딜루세, 부에노스아이레스, 1940.

A. 잭 소든스턴, 로스앤젤레스, 2013.

여자들의 운명 *El Destino de las Mujeres*, 이르마 카라스코, 멕시코시티, 1933.

열정 *Fervor*, 에델미라 톰슨, 부에노스아이레스, 1985. 전집에 포함되지 않은 젊은 시절의 시.

영광의 길 *El Camino de la Gloria*, 이탈로 스키아피노, 부에노스아이레스, 1972.

욥의 친아들 *El Verdadero Hijo de Job*, 해리 시벨리우스, 뉴욕, 1996.

용맹한 자들의 길 *La Senda de los Bravos*, 짐 오배넌, 애틀랜타, 1966.

우리는 지긋지긋하다 *Estamos hasta las pelotas*, 아르헨티노 스키아피노의 선언문, 부에노스아이레스, 1973.

우리들의 친구 B *Nuestro amigo B*, 잭 소든스턴, 로스앤젤레스, 1996.

윌 킬마틴의 불타는 뇌 *El Cerebro en Llamas de Will Kilmartin*, J. M. S. 힐, 뉴욕, 1934.

유럽에서의 유대인 문제 *La Cuestión Judía en Europa*, 루이스 퐁텐, 리우데자네이루, 1937.

유럽의 교회와 공동묘지 *Iglesias y Cementerios de Europa*, 에델미라 톰슨, 부에노스아이레스, 1972.

유럽의 시간들 *Horas de Europa*, 에델미라 톰슨, 부에노스아이레스, 1923.

있는 그대로의 삶 *La vida tal cual es*, 가스파르 하우저(빌리 쉬어홀츠의 가명), 1990.

잔혹한 변호사 *El Abogado de la Crueldad*, 페드로 곤살레스 카레라, 산티아고, 1980.

장미의 고백 *La Confesión de la Rosa*, 세군도 호세 에레디아, 카라카스, 1958.

저주받은 원정대 *La Expedición Maldita*, J. M. S. 힐, 뉴욕, 1932.

전범의 자식 *El Hijo de los Criminales de Guerra*, 프란츠 츠비카우,

카라카스, 1967.

절대성의 시 *Poemas del Absoluto*, 막스 카시미르, 포르토프랭스, 1974.

젊음의 열정 *El Ardor de la Juventud*, 후안 멘딜루세, 부에노스아이레스, 1968.

제1 대(大)공화국 *La Primera Gran República*, 막스 카시미르, 포르토프랭스, 1972.

존 리 브룩의 재평가와 다른 시들 *Reivindicación de John Lee Brook y otros poemas*, 존 리 브룩, 로스앤젤레스, 1975.

『존재와 무』 비판, 1권, *Crítica al Ser y la Nada, vol. I*, 루이스 퐁텐, 리우데자네이루, 1955.

『존재와 무』 비판, 2권, *Crítica al Ser y la Nada, vol. II*, 루이스 퐁텐, 리우데자네이루, 1957.

『존재와 무』 비판, 3권, *Crítica al Ser y la Nada, vol. III*, 루이스 퐁텐, 리우데자네이루, 1960.

『존재와 무』 비판, 4권, *Crítica al Ser y la Nada, vol. IV*, 루이스 퐁텐, 리우데자네이루, 1961.

『존재와 무』 비판, 5권, *Crítica al Ser y la Nada, vol. V*, 루이스 퐁텐, 리우데자네이루, 1962.

죽음의 거리 *El Pasillo de la Muerte*, 존 리 브룩, 로스앤젤레스, 1995.

지도 확인 *El Control de los Mapas*, 잭 소든스턴, 로스앤젤레스, 1993.

지문 도둑 *Los Ladrones de Huellas Digitales*, J. M. S. 힐, 뉴욕,
1935.

짐 오배넌 명시선 *Los Mejores Poemas de Jim O'Bannon*, 짐 오배넌,
로스앤젤레스, 1990.

짐 오브래디와의 대화 *Conversación con Jim O'Brady*, 짐 오배넌, 시
카고, 1974.

참회하는 신사들 *Los Caballeros del Arrepentimiento*, 아르헨티노 스
키아피노, 마이애미, 2007.

챔피언들 *Campeones*, 아르헨티노 스키아피노, 부에노스아이레스,
1978.

천국과 지옥의 계단 *La Escalera del Cielo y del Infierno*, 짐 오배넌,
로스앤젤레스, 1986.

철도와 말 *Ferrocarril y Caballo*, 실비오 살바티코, 부에노스아이레
스, 1925.

철선 *El Barco de Hierro*, 아르헨티노 스키아피노, 부에노스아이레
스, 1991.

철의 십자가 *Cruz de Hierro*, 이그나시오 수비에타, 보고타, 1959.

철의 청춘 *La Juventud de Hierro*, 아르헨티노 스키아피노, 부에노
스아이레스, 1974.

청춘의 시간 *La Hora de la Juventud*, 이탈로 스키아피노의 선언문,
부에노스아이레스, 1969.

최후의 말 *La Última Palabra*, 아마두 코우투, 리우데자네이루,

1982.

치미추리 소스 *Chimichurri*, 아르헨티노 스키아피노, 부에노스아이
레스, 1991.

칠레의 침입 *La Invasión de Chile*, 아르헨티노 스키아피노, 부에노
스아이레스, 1973.

카르마─폭발: 유랑하는 별 *Karma-Explosión: Estrella Errante*, 존 리
브룩, 로스앤젤레스, 1980.

카를로타, 멕시코의 황후 *Carlotta, Emperatriz de México*, 이르마 카라
스코. 1950년 멕시코시티의 칼데론 극장에서 초연된 극작품.

캔더스 *Candace*, 잭 소든스턴, 로스앤젤레스, 1990.

콘도르들의 언덕 *La Colina de los Zopilotes*, 이르마 카라스코, 멕시
코시티, 1952.

크리스털 대성당 *La Catedral de Cristal*, 잭 소든스턴, 로스앤젤레스,
1995.

타조 *El Avestruz*, 아르헨티노 스키아피노, 부에노스아이레스,
1988.

트로이의 함락 *La Caída de Troya*, J. M. S. 힐, 토피카, 1954.

T. R. 머치슨의 작품들 *Obras de T. R. Murchison*, 시애틀, 1994. 머
치슨이 결사의 여러 잡지에 발표했던 단편과 글이 거의 빠짐없
이 수록됨.

파타고니아의 페드리토 살다냐 *Pedrito Saldaña, de la Patagonia*, 후
안 멘딜루세, 부에노스아이레스, 1970.

페랄비요의 기적 *El Milagro de Peralvillo*, 1951년 멕시코시티의 과
달루페 극장에서 초연된 이르마 카라스코의 극작품.

편지글 *Correspondencia*, 페드로 곤살레스 카레라, 산티아고,
1982.

포로수용소 생활 *Camping Calabozo*, 프란츠 츠비카우, 카라카스,
1970.

포르투알레그리의 황혼 *Atardecer en Porto Alegre*, 루이스 퐁텐, 리우
데자네이루, 1964.

포의 방 *La Habitación de Poe*, 에델미라 톰슨, 부에노스아이레스,
1944. 여러 개의 재편집판이 존재하며, 일부는 번역되었고 독
서 시장의 반응은 제각각이었다. 에델미라 톰슨의 대표작.

폭포의 영혼 *El Alma de la Cascada*, 마테오 아기레, 부에노스아이
레스, 1936.

폭풍과 젊은이들 *La Tempestad y los Jóvenes*, 마테오 아기레, 부에노
스아이레스, 1911.

푸에르사 시로의 귀향 *Regreso a Ciudad-Fuerza*, 구스타보 보르다,
멕시코시티, 1995.

푸에르사 시에서 일어난 미제 사건들 *Crímenes sin resolver en
Ciudad-Fuerza*, 구스타보 보르다, 멕시코시티, 1991.

푸에르사 시의 묵시록 *Apocalipsis en Ciudad-Fuerza*, 구스타보 보르
다, 멕시코시티, 1999.

푸에르토아르헨티노의 아이들 *La Muchachada de Puerto Argentino*, 호르헤 에스테반 페트로비치, 부에노스아이레스, 1984. 상상적인 전쟁 모험 이야기.

푸에블로의 폐허 *Las Ruinas de Pueblo*, 잭 소든스턴, 로스앤젤레스, 1998.

프랑스 여자 *La Dama Francesa*, 실비오 살바티코, 부에노스아이레스, 1949.

피 흘리는 성흔(聖痕)의 씨족 *El Clan del Estigma Sangriento*, J. M. S. 힐, 뉴욕, 1929.

피사로 거리의 운명 *El Destino de la calle Pizarro*, 안드레스 세페다 세페다, 아레키파, 1960; 수정 증보판, 리마, 1960.

하늘에 펼쳐진 장관 *El Espectáculo en el Cielo*, 아르헨티노 스키아피노, 부에노스아이레스, 1974.

하사관 P *El sargento P*, 세군도 호세 에레디아, 카라카스, 1955.

하손 상(賞) *El Premio de Jasón*, 카를로스 에비아, 몬테비데오, 1989.

한물간 가슴과 젊은 가슴 *Corazones rancios y corazones jóvenes*, 훌리안 리코 아나야, 부에노스아이레스, 1978.

해 질 녘 *Amanecer*, 로리 롱, 피닉스, 1972.

해변의 발자국 *Huellas en la Playa*, 실비오 살바티코, 부에노스아이레스, 1922.

허리케인처럼 *Como un buracán*, 루스 멘딜루세, 멕시코시티,

1964; 부에노스아이레스 결정판, 1965.

혁명 *Revolución*, 잭 소든스턴, 로스앤젤레스, 1991.

화산 제단화 *Retablo de Volcanes*, 이르마 카라스코, 멕시코시티, 1934.

화성의 마지막 운하 *El Último Canal de Marte*, J. M. S. 힐, 뉴욕, 1934.

환원제 *Los Reductores*, J. M. S. 힐, 뉴욕, 1933.

회귀선상의 방 *Una Habitación en el Trópico*, 막스 폰 하우프트만, 파리, 1973; 포르토프랭스에서 출간된 증보판, 1976.

후안 디에고 *Juan Diego*, 이르마 카라스코. 1948년 멕시코시티의 콘데사 극장에서 초연된 극작품.

후안 사우에르와의 인터뷰 *Entrevista con Juan Sauer*, 부에노스아이레스, 1979. 카를로스 라미레스 호프만의 자체 인터뷰일 가능성이 있음.

주

17   "마르틴 피에로": 아르헨티나 시인 호세 에르난데스(José Hernández, 1834~1886)의 장편 서사시로 19세기에 꽃을 피운 가우초 문학의 백미로 꼽힘.

26   "포클랜드 전쟁": 아르헨티나의 대륙부에서 약 5백 킬로미터 떨어진 남대서양의 작은 섬 포클랜드의 영유권을 둘러싼 영국·아르헨티나 간의 분쟁을 말하며 말비나스 전쟁으로도 불림.

28   "팔랑헤": 1933년 프리모 데 리베라가 조직한 군부 배경의 보수 정당.

33   "네오가우초": 가우초는 남미 팜파스의 카우보이를 가리키며 19세기에 아르헨티나에서 자연과 이들의 삶을 그린 시 문학이 유행했음.

45   "리가": 구소련 라트비아 공화국의 수도.

53   "추부트": 아르헨티나 남부에 위치한 주.

63   "결코 분명하게 드러나지 않는": 제목에 등장하는 스페인어 단어 'los Masones'는 동시에 '마손가(家)'와 '프리메이슨 단원들'을 의미할 수 있고, 또 'ingenio'에는 '재능'이라는 뜻과 함께 '제당 공장'이라는 뜻도 있음.

64   "산테리아": 아프리카 종교와 가톨릭 신앙이 쿠바에 토착화되면서

생긴 신종교.

65 "아리안": 아리안 우월주의가 지배했던 나치 독일에서 비유대계 백인을 가리킴.

68 "모데르니스모": Modernismo는 상징주의와 고답파의 영향을 받아 19세기 말과 20세기 초 사이에 라틴 아메리카에서 전개되었던 혁신적인 문학 운동으로 니카라과의 시인 루벤 다리오가 중심인물.

76 "카스토르와 폴룩스": 카스토르와 폴룩스는 각각 쌍둥이자리의 알파성과 베타성을 가리킴.

78 "포르피리오 디아스주의자": 멕시코 혁명의 원인을 제공했던 독재자 포르피리오 디아스(Porfirio Díaz, 1830~1915)의 추종 세력.
"크리스테로": 1920년대에 멕시코 혁명 정부의 가톨릭 탄압에 맞서 그리스도를 기치로 내걸고 일으켰던 봉기.

80 "활인화(活人畫)": 배경 앞에서 분장한 사람이 그림 속의 인물처럼 정지해 있는 상태를 구경거리로 보여 주는 것.

81 "과달루페": 1531년 멕시코에 발현한 세계 유일의 유색 인종 성모로, 멕시코의 수호신.

83 "후안 디에고": 1531년 과달루페 성모의 발현을 목격했던 인디오 소년으로, 2007년 성인의 반열에 오름.

85 "카를로타, 멕시코의 황후": 카를로타는 막시밀리안과 결혼해 1864년 멕시코 황후 자리에 올랐던 샤를로트의 스페인식 이름.

86 "16세기 스페인": 카를로스 1세, 펠리페 2세 치하에서 스페인이 강력한 제국을 건설했던 시기.

88 "사우사 테킬라": 멕시코의 대표적인 테킬라 브랜드의 하나.
"롬포페": 우유, 소주, 달걀, 설탕, 계피 등으로 만든 양분이 풍부한 음료.

90 "아순시온과 부에노스아이레스": 각각 1537년, 1536년에 창건됨.

92 "마라카이보": 베네수엘라의 마라카이보 호에서 베네수엘라 만으로 나가는 북서 연안에 있는 도시.

93 "아르덴": 프랑스 북동부, 벨기에와 접한 지대로 제1, 2차 세계 대전의 격전지.

95 "1974년 월드컵 축구 경기": 서독은 예선에서 동독에 1 : 0으로 패했지만 결승에서 네덜란드를 꺾고 우승함.

96 "알비노 병": 태어날 때부터 멜라닌 색소가 부족하여 피부나 머리털, 눈동자 따위가 제 빛을 지니지 못하고 흐린 증상.

100 "파펠루초": 1947년에 처음 등장한 이후 큰 인기를 누렸던 칠레 아동 문학의 등장인물.

101 "퀀트릴 특공대": 남북 전쟁 당시 남부 연합국 특공대.
"반란군 병사들": 남북 전쟁 때의 남부군 병사들을 가리킴.
"북서부의 땅": 워싱턴, 오리건, 아이다호의 세 주를 가리킴.

106 "야만족들": 5세기경 북방으로부터 로마 제국을 침입한 이방인들.

124 "이명(異名)": 이명(heterónimo)은 다양한 문체와 경향을 지닌 작품을 쓰기 위해서 가상의 인물을 마치 실제의 인물인 것처럼 위장시켜 글을 쓰게 하고 가상의 인물 이름으로 출간하는 것을 말함.

130 "오르볼타 공화국": 현재의 부르키나파소.

136 "투사 시": 율격과 형식을 인위적인 것으로 보고 시인이 주로 내용과 행을 결정하며 그의 호흡의 추진적인 특성을 통해 자기 자신을 투사하는 시로, 올슨은 그 창시자 중 한 사람.

148 "보카 주니어스": 아르헨티나 프로 축구 1부 리그에 소속된 클럽으로 1905년에 창단됨.

150 "라 봄보네라": 보카 주니어스의 홈구장.

151 "리버 플레이트": 부에노스아이레스를 근거지로 하는 축구 클럽으로, 보카 주니어스의 오랜 라이벌.

154 "고어 무비": Gore Movie. 공포 영화의 일종으로 사지 절단, 토막 살인 등 유혈이 낭자한 영화.

157 "비스카차": 페루의 산과 아르헨티나의 팜파스에 사는 토끼만 한 쥐 무리.

162 "알비셀레스테": 아르헨티나 대표 팀의 닉 네임으로 아르헨티나 국기 및 유니폼 색깔인 흰색과 하늘색 줄무늬를 가리킴.

169 "파리야다": 다양한 부위의 자른 소고기를 소금 간만 한 상태로 불에 구운 요리.

175 "추필카 델 디아블로": 태평양 전쟁 당시 칠레 병사들이 브랜디와 화약을 혼합해 만든 음료로, 마술적 힘을 불어넣어 병사들의 공격성을 배가시켰다고 알려져 있음.

176 "FMLN": 파라분도 마르티 민족 해방 전선(Frente Farabundo Martí para la Liberación Nacional). 1980년에 창설된 엘살바도르의 반군 단체로 1992년 게릴라 전쟁을 포기하고 합법 정당이 됨.

178 "이루어졌다":「창세기」2장 1절.

179 "불리리라":「창세기」2장 23절.

181 "호커 헌터": 미티어 전투기를 대체하기 위해 1948년 영국 공군이 제시한 F-48 사양에 맞추어 호커가 개발한 전투기.

183 "모네다 궁": 칠레의 대통령 궁으로 원래 조폐창 건물이었기 때문에 동전이라는 뜻의 '모네다(moneda)'를 따서 이름 지었다. 1973년 피노체트의 쿠데타 당시 아옌데 대통령은 이곳에서 최후를 맞음.

192 "고문과 실종에 관한 조사 보고서": 1991년 3월 4일 '진실과 화해를 위한 국가 위원회'가 펴낸 공식적인 조사 결과 보고서(일명 레틱 보고서)를 말하며, 2천 페이지에 달하는 이 보고서에는 피노체트 독재 하에 발생한 사망이나 실종 등의 인권 침해 사례가 수록되어 있음.

195 "장례 미사": 사제가 검은 옷을 입는 망자를 위한 미사.

202 "하몬 세라노": 돼지 뒷다리로 만든 생햄 중에서 건조하고 추운 산간 지방에서 만들어진 것을 말함.

"1973년": 피노체트의 군사 쿠데타로 아옌데 정부가 무너지고 독재가 시작된 해.

208 "살리나스주의자": 1988년부터 1994년까지 멕시코의 대통령을 지낸 살리나스(Carlos Salinas de Gortari)의 추종 세력. 살리나스는 재임

기간 중에 북미 자유 무역 협정(NAFTA)을 체결하는 등 신자유주의 정책을 추진했음.

215 "장소": 작가는 스페인어권과 비스페인어권을 불문하고 단체명, 도서명을 기본적으로 스페인어로 표시했음. 여기서도 그에 따랐다.

해설

로베르토 볼라뇨, 라틴 아메리카 문학의 미래

김현균(서울대학교 서어서문학과 교수)

1. 노마드적 삶, 그리고 치열한 글쓰기

로베르토 볼라뇨는 칠레인이지만 생의 대부분을 멕시코와 스페인에서 보낸 특이한 이력의 소유자이다. 조국 칠레를 비롯하여 발을 디딘 세상의 모든 곳에서 자신을 이방인으로 느낀 그의 삶은 시스템에 정주하지 않는, 진정 노마드적인 것이었다. 정치적 이유로, 또는 개인적 이유로 조국을 떠나 세계를 떠돈 라틴 아메리카 작가들은 부지기수다. 그러나 그는 지리적으로, 또 문학적으로 라틴 아메리카에 갇히지 않았다는 점에서, 그리고 기존의 문학적 가치와 삶의 방식을 부정하고 새로움을 창조했다는 점에서 그 누구보다 노마드적 삶을 산 작가이다.

볼라뇨는 "스탈린과 딜런 토머스가 죽은 해"인 1953년 칠레의 산티아고에서 태어나 아옌데 정부 이전의 칠레에서 유년기를 보낸다. 경제적 어려움으로 사회적 소요가 발생하자 그의 가족은

1968년 상황이 더 나은 곳을 찾아 이민길에 오른다. 선택한 국가는 멕시코였다. 멕시코시티의 학교에 입학하지만 1년 만에 그만두고 공공 도서관에 틀어박혀 독서에 심취한다. 학교 교육을 받지 않았으나 그는 자신을 독학자로 간주하지 않는다. 그의 말대로, "독학에 대해 말하는 것은 개념 오류"이다. 그는 많은 것을 읽었고 그에게 가르침을 준 작가들이 많기 때문이다. 탐독한 스페인어권 작가들 가운데는 그가 "케베도 이후 스페인어권 최고의 작가"로 간주하는 보르헤스를 비롯하여 세르반테스, 훌리오 코르타사르, 비오이 카사레스, 니카노르 파라 등이 있다.

멕시코에서 칼럼니스트로 일하기 시작한 그는 1973년 칠레로 돌아가며, 피노체트의 쿠데타로 공포에 휩싸인 조국에서 체포되어 수감된다. 경찰로 근무하던 학창 시절의 동료 덕분에 8일 만에 풀려난 그는 결정적으로 조국을 떠날 수밖에 없었다. 다시 멕시코로 돌아간 그는 '인프라레알리스모'라는 아방가르드 문학 운동을 결성하고 시를 발표하기 시작한다. 일종의 '멕시코판 다다'를 표방한 이 문학 운동은 부랑자들과 건달들의 소굴로 대학의 시 동아리들 사이에서 악명이 높았다. 볼라뇨는 『야만적인 탐정들』에서 이 시절을 그리워하면서도 비판적인 시선으로 묘사하고 있다.

1977년 멕시코를 떠나 아프리카와 유럽을 여행한 뒤에 바르셀로나에 정착한다. 당시의 바르셀로나는 개방과 이행의 시기를 맞아 정치와 축제가 어우러지는 환희의 분위기로 흥청거렸고 그는 "모든 것이 가능할 것 같은" 이 도시에 매료된다. 이 시기에 그는 생존을 위해 접시 닦이부터 캠핑장 야간 경비원까지 온갖 직업을 전전해야 했다. 그런 와중에도 지칠 줄 모르는 열정으로 글쓰기에 매달렸고, 일일이 찾아다니며 응모했던 지방의 문학 콩쿠르들 덕분에 연명할 수 있었다.

볼라뇨는 아주 짧은 기간에 20세기 말 스페인어권 문학에서 가장 두드러진 작가의 한 사람으로 부상하였다. 그는 저주받은 시인과 이름 없는 소설가로서의 긴 터널을 지나 1996년과 2003년 사이에 『아메리카의 나치 문학』을 비롯한 일련의 뛰어난 소설들을 잇달아 발표한다. 특히 그의 대부분의 작품을 펴낸 아나그라마 출판사에서는 『멀리 있는 별』(1996)을 출간한 이래 사망 직전에 완성한 『참을 수 없는 가우초』에 이르기까지 의식을 치르듯 해마다 한 권 이상의 책을 출간한다. 그중에서 스페인어권의 노벨상으로 일컬어지는 로물로 가예고스 상 수상작인 『야만적인 탐정들』이 눈에 띈다. 혁명 직후 멕시코에서 실종된 불가사의한 아방가르드 여성 시인 세사레아 티나헤로의 흔적을 찾아 나서는 젊은 시인들의 이야기로, 코르타사르와 레이먼드 챈들러를 섞어 놓은 듯한 이 소설은 아이러니하게도 "카탈루냐에 거주하는 칠레인이 쓴, 최고의 멕시코 현대 소설"로 평가받기도 했다. 또 "21세기 최초의 위대한 고전"으로까지 칭송받는 야심적인 유고 소설 『2666』 역시 권위 있는 여러 문학상을 수상함으로써 그의 탁월한 문학적 성취를 확인시켜 주었다. 이 소설은 불가사의한 독일 작가 베노 폰 아르힘볼디의 흔적을 추적하는 네 명의 문학 교수들과 가상의 멕시코 국경 도시 산타테레사에서 벌어지는 일련의 잔혹한 범죄를 둘러싸고 이야기가 전개된다. 마지막 제5부를 채 마무리 짓지 못한

이 작품은 카프카의 『소송』과 『성』, 프루스트의 『잃어버린 시간을 찾아서』, 무질의 『특성 없는 남자』, 플로베르의 『부바르와 페퀴세』 등과 더불어 위대한 '미완성' 소설 클럽에 속한다.

소설가 볼라뇨를 만들어 낸 것은 가족에 대한 그의 사랑이었다. 보르헤스처럼 소설가이기 이전에 시인이었던 그는 끔찍이 사랑하는 아들 라우타로가 태어난 1990년 무렵부터 소설과 단편을 쓰기 시작한다. 거의 평생 동안 경제적 궁핍으로 고통받았던 그는 시만 써서는 가족을 부양할 수 없다고 판단했던 것이다. 그는 스페인 국적의 부인 카롤리나 로페스, 두 자녀와 함께 지로나의 작은 해안 마을 블라네스에서 불꽃같은 창작열을 불태우며 생의 마지막을 보냈다. 삶을 "거대한 무(無)와 또 다른 거대한 무(無) 사이의 소괄호"로 정의하는 볼라뇨는 2003년 7월 14일, 50세의 나이로 생을 마감한다. 그는 죽는 순간까지 1천 페이지가 넘는 미완성 대작 『2666』의 집필을 끝내기 위해 사투를 벌였고, 결국 이 소설을 자신의 목숨과 바꾸었다. 오랜 투병 끝에 간 이식이 불가피했지만 그는 대기자 명단에 이름을 올리기를 주저했다. 수년간 작업해 오던 대작을 끝마쳐야 한다는 강박과 문학적 야심이 결정을 지연시켰을 것이다.

볼라뇨는 운명에 맞선 사람들의 삶을 이야기한다. 그리고 대부분의 경우 그 운명은 좌절된 꿈으로 가득하다. 아킬레우스와 헥토르는 패배와 죽음이 가까이 있음을 알았다. 그러나 두 사람은 또한 자신들의 유일한 운명은 트로이의 성벽 아래서 서로 싸우는 것임을 알았다. 호메로스에서 비극은 그 인물들의 치명적인 운명이다. 한 인터뷰에서 볼라뇨는 "인간 존재는 피할 수 없는 패배의 운명을 타고나지만 나는 나가서 싸워야 한다고 믿는 사람"이라고 말한다. 그는 패배를 예감하면서도 문학을 위해 싸우다 죽었다. 그러나 결국 그는 패배하지 않았고 그의 작품은 삶을 송두리째 바친 문학의 승리를 증거한다.

볼라뇨는 세계적으로 막 인정받기 시작한 결정적인 순간에 죽음을 맞았다. 그가 죽었을 때 프랑스의 파브릭 가브리엘은 「형제가 죽었다」라는 글에서 "우리는 우리에게 완벽한 칠레인이 존재한다는 사실을 모른 채 살아왔다"고 한탄하며, 그를 "바로크적인 동시에 간결하고, 유식한 척하지 않고도 박식하며, 비극적으로 형이상학적이고 진정 해학적이며, 시에 미쳤지만 흠 없는 서사적 효율성을 갖춘, 우디 앨런과 로트레아몽, 타란티노와 보르헤스를 섞어 놓은 듯한 비범한 작가"로 정의한다. 또 수전 손택은 그의 때이른 죽음을 애석해하며 "독자들이 결코 놓치지 말고 꼭 읽어야 할 빼어난 작가"라고 했다. 그러나 그의 존재를 몰랐던 것은 비단 프랑스인들만이 아니었다. '소수의 행운아들(the happy few)'을 제외하고는 스페인어권 독자들도 사정은 마찬가지였다. 국제적인 명성을 가져다준 『야만적인 탐정들』이 출간되기 전까지 볼라뇨는 오랫동안 계속해서 마이너 작가였다. 이제 그를 재발견하고 그에게 합당한 자리와 평가를 되돌려 주는 것은 온전히 독자들의 몫이다.

2. 『아메리카의 나치 문학』, 현실과 픽션의 경계

1996년 11월 25일, 볼라뇨는 생전 처음 기자 회견을 열고, 『라 방과르디아』, 『엘 파이스』 등 스페인 유수의 신문들은 그의 빛나는 창의성과 상상력에 찬사를 보낸다. 부인 카롤리나 로페스에게 바친 『아메리카의 나치 문학』이 발간된 직후였다. 이 책은 이름 있는 세익스 바랄 출판사에서 나왔지만 비평계의 우호적인 평가에도 불구하고 상업적으로는 참담하게 실패한다. 보르헤스나 카프카 같은 탁월한 작가들에게 종종 있는 일이다. 평소 성공에 대해 "문학에서 있을 수 있는 최악의 독약"이라고 단호하게 말해 왔던 그이지만 이 실패의 경험은 평생 잊지 못할 트라우마를 남긴다. 그러나 아이러니하게도 볼라뇨는 이 작품을 통해 가장 혁신적이고 가장 영향력 있는 작가의 한 사람으로 부상하는 계기를 마련할 수 있었다.

『아메리카의 나치 문학』은 존재하지 않는 작가들의 삶과 문학에 바친 다양한 리뷰들로 구성되어 있다. 구체적으로, 극우 파시스트 문학의 역사를 구성하는 허구적 작가들의 문학 사전이다. 선뜻 소설로 분류하기 힘들 만큼 독특하고 흥미로운 형식을 통해 작가는 가상의 전기 모음도 멋진 소설이 될 수 있음을 보여 주고 있다. 이처럼 이 작품은 벡퍼드(『비범한 화가들의 전기적 회고록』, 1780)에서 시작되어 슈보브(『상상적 생활』, 1896)와 보르헤스(『불한당들의 세계사』, 1935)로 이어져 온 독창적인 문학의 계보에 속한다.

이 소설은 존재하지 않는 문학의 존재하지 않는 작가들을 다루고 있다. 그러나 여기서 작가가 이야기하는 것들은 단순한 거짓이나 허구가 아니며, 보르헤스의 경우처럼 환상과 현실이 절묘하게 뒤섞인다. 이런 유형의 편람과 사전에 적합한 전문어를 재창조하는 작가의 날렵한 솜씨와 극단적인 우파 이데올로기를 신봉하는 작가들의 실제 역사에 대한 뛰어난 패러디 덕분에 등장인물들은 완벽하게 신뢰할 수 있는 존재들로 그려진다. 또한 허구적 작가들의 전기와 작품들은 실제의 문화적, 정치적, 역사적 맥락 속에 위치한다. 일종의 가상 현실을 구성하는 인물들은 아메리카에서 유럽까지 여행하고, 독자가 인지할 수 있는 사실들을 경험하며, 또 최소한의 교양을 갖춘 독자라면 누구라도 알 수 있는 예술가들, 작품들, 운동들과 접촉한다. 특히 여성 작가들에는 빅토리아 오캄포를 비롯한 라틴 아메리카의 모든 전설적인 여성들의 삶이 투영되어 있다. 때문에 픽션임에도 이 책은 '나는 고발한다(J'accuse)' 식의 통렬한 비판적 힘을 지니고 있다. 실제로 서두의 에델미라 톰슨부터 마지막의 라미레스 호프만에 이르기까지 책을 읽어 가면서 독자들은 이 끔찍한 인물들의 유일한 목격자, 즉 피노체트의 감옥에 수감된 적이 있고 파시즘의 문학적 가해자들이 자행한 범죄를 낱낱이 기록하고자 하는 작가의 존재를 느끼게 된다.

그런데 여기서 작가는 히틀러나 아리안족의 우월성에 대한 나치 작가들의 찬양에 초점을 맞추지 않는다. 실제로 유대인들에 대한 언급은 드물고 죽음의 수용소는 거의 등장하지 않는다. 제2차 세계 대전은 기껏해야 지나치며 잠시 언급될 뿐이다. 대신 볼라뇨는 나치 작가들의 지칠 줄 모르는 문학적 상상력을 통해 오늘날에도 여전히 존재하는 파시즘 문화에 주목한다. 역사의 흐름을 거스르는 그들은 패자이다. 그러나 믿을 수 없는 열정으로 집요하게 그 사실을 부인한다. 아리안 문학 결사를 조직하거나 읽히지도 않고 리뷰의 대상이 되지도 않으며, 심지어 그 존재조차 알려지지 않을 책들을 끊임없이 생산해 내는 그들은 포기를 모른다. 그들 가운데 일부는 이 소설이 쓰인 20세기 말을 지나 21세기 초·중반까지도 사망하지 않는다. 이를 통해 작가는 먼 미래에도 파시즘 문화가 소멸하지 않고 살아남을 것임을 섬뜩하게 경고하고 있다. 그러나 "그 무엇도 현실이 아니다"라는 작가 자신의 말이 시사하듯, 이 작품에서 읽어 낼 수 있는 개인과 사회에 대한 통렬한 비판 의식도 무거운 문학판에 상상력과 유머, 허구적 재미를 선사하는 그의 문학의 본질을 지울 수는 없다.

한편, 『아메리카의 나치 문학』은 섬세하게 아이러니와 파토스의 균형을 유지한다. 제한된 지면에서 작가는 종종 애처롭게 우스꽝스럽고 때로는 놀랄 만큼 감동적이며, 또 때로는 더없이 냉혹한 인물들의 초상을 압축적으로 스케치하는 데 성공한다. 가령, 다니엘라 데 몬테크리스토는 제2차 세계 대전 중에 이탈리아와 독일의 장군들과 사랑을 나누고, 『아마조네스』라는 서사적 소설을 쓴 미스터리에 싸인 전설적인 미모의 작가다. 막스 미르발레는 끊임없이 다른 프랑스어권 시인들을 표절하는 가련한 아이티인으로 나치즘과 네그리튀드를 결합시키고 증오의 이데올로기를 창조하기 위해 수많은 가면을 이용한다. 또 아르헨티노 스키아피노는 부에노스아이레스 출신의 흉한(兇漢)으로 축구와 폭력을 사랑하고 특정 민족의 우월성을 믿으며, 살인 혐의로 경찰에 쫓기면서 생의 대부분을 보낸다. 세상과 불화하는 이러한 인물들의 존재는 매혹적이다. 등장인물들이 각각의 다른 이야기들 속에서 상호 작용하는 방식, 한 인물이 다른 인물에게 영향을 끼치는 방식, 그리고 부차적 인물들의 간략한 전기를 담은 에필로그로 소설의 일부를 구성하는 방식 등 허구적 인물들의 세계를 창조하기 위해 작가가 동원하는 장치는 치밀하고 경이롭다. 이처럼 『아메리카의 나치 문학』은 인물들을 창조하거나 재창조하는 능력, 그들을 생생하게 살아 있게 하고 그들에게 문학적인 것을 넘어서는 현실성을 부여하는 능력을 유감없이 보여준다. 작가의 이러한 능력은 『야만적인 탐정들』과 『2666』에서 보다 완벽한 모습으로 나타난다.

1996년에 나온 또 다른 소설 『멀리 있는 별』은, 작가가 서두에서 밝히고 있듯이, 라미레스 호프만을 다룬 『아메리카의 나치 문학』의 마지막 장을 확장한 것이다. 또 호프만의 이야기는 상당 부분 『야만적인 탐정들』의 제1부에도 적용될 수 있다. 하지만 첫 두 작품에서 악명 높은 비행사 시인의 행적과 카탈루냐에서 맞는 그의 최후에 이야기가 집중되어 있다면, 『야만적인 탐정들』에서는 그 부분이 다뤄지지 않는다. 부분이 전체를 닮는 이러한 프랙털적 유사성은 볼라뇨의 문학에서 빈번하게 발견된다. 가령, 단편집 『전화 통화』의 표제작에 등장하는 주인공 조안나 실베리는 『멀리 있는 별』에서 언급된 인물이며, 『야만적인 탐정들』의 서술자—인물인 아욱실리오 라쿠투레는 『부적』의 주인공이다. 이 같은 '내적 상호 텍스트성'의 네트워크로 인해 볼라뇨의 작품들은 독자 스스로 채워야 할 틈새들로 가득하며, 한 작품의 소우주는 독자의 '기억' 속에서 끊임없이 확장된다. 결국 서로 다른 텍스트를 횡단하며 얽히고설키는 인물들은 무한한 하나의 텍스트를 재구성하게 되는데, 이는 볼라뇨 문학의 가장 두드러진 특징 가운데 하나다.

3. 젊은 작가들의 '토템'

라틴 아메리카 문학을 대표하는 작가가 누구냐고 묻는다면 대개는 가르시아 마르케스를 비롯한 이른바 '붐(Boom)' 세대 작가들을 떠올릴 것이다. 보르헤스 같은 예외적인 존재가 있긴 하지만, 오랫동안 '붐' 세대 문학은 라틴 아메리카 문학 전체와 동일시되기 일쑤였고, 그들의 글쓰기를 특징짓는 마술적 사실주의는 서구와 구별되는 라틴 아메리카의 문학적 표지로 고착화되었다. 이처럼 '소설의 죽음'이 운위되던 1960년대에 혜성처럼 등장해 무소불위의 문학 권력으로 군림해 온 '붐' 세대를 아버지로 둔 라틴 아메리카 작가들은 결코 '영향의 불안'에서 자유로울 수 없었다.

'포스트 붐' 작가들이 '붐'의 과도한 실험 정신과 엘리트주의를 비판한 바 있지만 그들은 '붐'의 계승자로서 선배 작가들의 그림자를 완전히 떨치지는 못했다. 작가들이 '붐' 세대에 결정적으로 도전장을 내민 것은 비교적 최근인 1990년대 말에 이르러서였다. '붐' 세대가 등장한 1960년대에 태어난 젊은 작가들이 마침내 새로운 현실 인식과 새로운 글쓰기를 제안하며 본격적으로 '아버지 죽이기(parricide)'에 나선 것이다. 그 대표적인 예가, 칠레의 알베르토 푸겟과 세르히오 고메스, 볼리비아의 에드문도 파스 솔단, 아르헨티나의 로드리고 프레산, 콜롬비아의 산티아고 감보아 등으로 구성된 '맥콘도(McOndo)' 세대이다. 그들은 1996년, '붐'과 마술적 사실주의의 묘비명에 해당하는 야심적인 선집 『맥콘도(McOndo)』를 발간하며 새로운 목소리의 탄생을 선언한다. 1996년은 훗날 이들의 멘토가 되는 볼라뇨가 『아메리카의 나치 문학』을 출간하며 비평계의 주목을 받기 시작한 해이기도 하다. 맥도날드, 매킨토시, 콘도미니엄을 암시하는 책 제목은 『백년 동안의 고독』의 가상 공간 마콘도(Macondo)에 대한 신랄한 패러디다. 팝 문화와 도시 생활, 대중문화, 매스 미디어에 천착하는 맥콘도 세대는 라틴 아메리카가 더 이상 신화적·상상적 공간인 '마콘도'로 대변될 수 없으며, 신자유주의와 세계화의 무대인 '맥콘도'가 진정한 현실의 모습이라고 주장한다. 이러한 맥콘도적 감수성은 호르헤 볼피, 이그나시오 파디야 등이 주도한 멕시코의 '크랙(Crack) 그룹'에서도 확인할 수 있다. 이들 역시 마술적 사실주의를 배제하는 한편 정체성 문제에 천착해 온 멕시코 문학의 뿌리 깊은 민족주의 전통을 탈신화화한다.

개별 국가와 지역의 경계를 넘어 진정한 세계 시민을 꿈꾸는 이 새로운 세대가 라틴 아메리카 문학의 미래를 모색하는 과정에서 전범으로 삼은 작가가 바로 '보르헤스의 짓궂은 계승자' 로베르토 볼라뇨이다. 볼라뇨는 동시대의 가르시아 마르케스로 일컬어지며, 심지어 비평가들은 『야만적인 탐정들』의 중요성을 코르타사르의 『괄방 놀이(*Rayuela*)』나 가르시아 마르케스의 『백년 동안의 고독』에 견주기까지 한다. 볼라뇨는 파블로 네루다, 파블로 데 로카, 비센테 우이도브로 등 정전화된 칠레 시인들에 맞서 탈전통을 본질로 하는 '반시(antipoesía)'를 주창했던 니카노르 파라로부터 깊은 영향을 받았음을 여러 차례 밝힌 바 있다. 비록 코르타사르 같은 작가들을 탐독하긴 했지만, '붐' 세대에 대한 그의 평가는 앞 세대 시인들에 대한 파라의 악명 높은 조롱 못지않게 신랄하고 비판적이다. 볼라뇨는 결코 자신을 '붐'의 상속자로 느끼지 않았고, "굶어 죽는 한이 있더라도 '붐' 작가들에게 손을 내밀지는 않을 것"이라고 비장하게 선언하기도 했다. 대표적인 '붐' 작가인 가르시아 마르케스에 대해서는 "수많은 대통령과 대주교들을 안다는 것을 기뻐하는 남자"라고 비아냥거린다. 그의 논쟁적이고 비타협적인 태도는 많은 적을 만들어 냈다. 그러나 그는 "세상을 불태우겠다는 욕망"을 결코 꺾지 않았고 문학을 욕되게 하는 자들에 대한 경멸을 서슴지 않았다. 1990년대의 새로운 칠레 소설가들을 '붐' 작가인 호세 도노소의 에피고넨, 즉 '새끼 도노소들(donositos)'로 깎아내렸고, 심지어는 세계적인 베스트셀러 작가인 이사벨 아옌데를 형편없는 '엉터리 작가(escribidora)'로 혹평하기도 했다. 이처럼 그의 문학적 잣대는 치밀하고 엄격하다. 아이러니하게도 볼라뇨가 비평계의 찬사를 받는 와중에도 '붐'의 '위대한' 작가들은 그의 작품에 대해 거의 철저히 침묵을 지킨다.

새로운 세대의 우상 파괴적 성향은 볼라뇨의 이러한 부정 정신과 맞닿아 있다. 이런 의미에서 2003년 6월 세익스 바랄 출판사 주최로 세비야에서 열린 '라틴 아메리카 작가 대회'는 특히 기억할 만하다. 그가 사망하기 몇 주 전에 있었던 이 대회에는 볼라뇨 외에 크랙 그룹의 볼피와 파디야, 맥콘도 세대의 프레산, 감보아, 파스 솔단 등 10여 명의 젊은 작가들이 참가한다. 참가자들은 볼라뇨를 논란의 여지없는 자신들의 리더로, 자신들의 '토템'으로 치켜세우며 한목소리로 찬사를 보낸다. 이듬해인 2004년 세익스 바랄에서 『아메리카의 말(*Palabra de América*)』이 출간되는데 작가 대회 발표문을 수록하고 있는 이 책은 결과적으로 젊은 작가들이 그에게 바친 오마주가 되고 말았다. 볼라뇨는 죽었고, 과거가 되었다. 그러나 빌라 마타스의 말대로, 그의 죽음과 함께 전설이 시작된다. '오지도 않은 미래'를 이미 살았던 그는 21세기에도 여전히 라틴 아메리카 문학의 현재이자 미래다.

판본 소개

바르셀로나의 출판사 세익스 바랄(Seix Barral)의 '간이 도서
(Biblioteca Breve)' 컬렉션에서 나온 스페인어 판본(*La literatu-
ra nazi en América*, 2005)을 번역의 원본 텍스트로 삼고, 크리
스 앤드루스(Chris Andrews)의 영역본(*Nazi Literature in the
Americas*, New Directions, 2008)을 함께 참고했다. 이 책은
1996년에 같은 세익스 바랄 출판사에서 처음 출간되었으며, 2005
년 '간이 도서' 컬렉션에 포함되었다.

'간이 도서' 컬렉션은 세익스 바랄 출판사가 1958년 스페인어
권 미출간 소설을 대상으로 제정한 권위 있는 문학상인 '간이 도
서상(Premio Biblioteca Breve)' 수상작을 포함하는 유명 컬렉션
으로 스페인어권 문학의 풍향계 역할을 해 왔다. 간이 도서상은
1973년 이후 중단되었다가 1999년 재개되었으며, 라틴 아메리카
작가들 가운데는 바르가스 요사(『도시와 개들 *La ciudad y los
perros*』, 1962), 카브레라 인판테(『트레스 트리스테스 티그레스

Tres tristes tigres』, 1964), 카를로스 푸엔테스(『허물 벗기 *Cambio de piel*』, 1967), 호르헤 볼피(『클링조르를 찾아서 *En busca de Klingsor*』, 1999) 등이 수상한 바 있다.

실존 인물

가르실라소 Garcilaso de la Vega(1503~1536). 스페인 르네상스를 대표하는 시인으로 이탈리아 시의 운율을 서정적인 스페인의 운율로 변형시켰음.

공고라 Luis de Góngora y Argote(1561~1627). 스페인 황금 세기 시인으로 '공고리스모'라 불리는 난해한 작시법으로 널리 알려짐.

구이랄데스 Ricardo Güiraldes(1886~1927). 아르헨티나의 시인·소설가로 대표작은 가우초 배경의 『돈 세군도 솜브라』(1926).

그로토프스키 Jerzy Grotowski(1933~1999). 폴란드의 연출가로 오폴레에 실험 극장을 창설하였고 지각에 호소하는 연극을 창조하여 많은 연출가들에게 큰 영향을 끼침.

노보 Salvador Novo(1904~1974). 20세기의 멕시코 시인.

다리오 Rubén Darío(1867~1916). 라틴 아메리카 최초의 대륙적 문학 운동인 모데르니스모를 주창한 니카라과의 시인.

되니츠 Karl Dönitz(1891~1980). 독일의 군인으로 제2차 세계 대전 당시 해군 최고 사령관을 지냈으며, 히틀러 사후에 총통 으로서 연합군에 무조건 항복하였고 뉘른베르크 군사 재판에 서 10년의 금고형을 받았음.

디에고 Eliseo Diego(1920~1999). 쿠바의 시인으로 레사마 리 마, 비티에르와 함께 『기원』지를 창간하였음.

딕 Philip K. Dick(1928~1982). 미국의 사이언스 픽션 작가.

레사마 리마 José Lezama Lima(1910~1976). 쿠바의 시인 · 소설 가 · 에세이스트.

레예스 Alfonso Reyes(1889~1959). 멕시코의 작가 · 시인 · 외 교관.

로런스 Thomas Edward Lawrence(1888~1935). 영국의 군인 · 고고학자 · 저술가로 제1차 세계 대전 때에는 아랍의 독립 운동 에 참여함.

로슈 Denis Roche(1937~). 텔켈 그룹과 관련된 프랑스의 반시 인 · 문학 비평가.

로젠베르크 Alfred Rosenberg(1893~1946). 독일의 정치가. 나치 기관지의 주필로 활동하며 초기 나치 운동을 지도하였음.

로카 Pablo de Rokha(1894~1968). 네루다와 적대 관계였던 칠 레의 시인.

루고네스 Leopoldo Lugones(1874~1938). 모데르니스모 시기의 아르헨티나 시인.

루셀 Raymond Roussel(1877~1933). 프랑스의 시인 · 소설가 ·

극작가 · 음악가.

리드루에호 Dionisio Ridruejo(1912~1975). 36세대에 속하는 스페인의 작가 · 정치가.

린 Enrique Lihn(1929~1988). 칠레의 시인 · 극작가 · 비평가.

마레찰 Leopoldo Marechal(1900~1970). 아르헨티나의 소설가.

마르세유 Hans Joachim Marseille(1919~1942). 제2차 세계 대전 중에 독일 공군이 배출한 영웅. '아프리카의 별'로 불림.

만리케 Jorge Manrique(1440~1479). 중세 시대의 스페인 시인.

망수르 Joyce Mansour(1928~1986). 프랑스의 초현실주의 시인.

멩겔레 Josef Mengele(1911~1979). '죽음의 천사'로 악명을 떨친 나치 학살자.

몬테로소 Augusto Monterroso(1921~2003). 풍자적이고 교훈적인 미니 픽션으로 잘 알려진 과테말라 작가.

무뇨스 그란데스 Agustín Muñoz Grandes(1896~1970). 스페인 내전과 제2차 세계 대전 때 활약했던 스페인의 군인.

무히카 라이네스 Manuel Mujica Láinez(1910~1984). 아르헨티나의 소설가이자 미술 비평가.

보나베나 Ringo Bonavena(1942~1976). 아르헨티나의 헤비급 복싱 선수.

보어만 Martin Bormann(1900~1945). 나치 시절 히틀러의 개인 비서로 활약하며 막강한 권력을 행사함.

뷜토 Michel Bulteau(1949~). 프랑스의 시인 · 산문가.

비오이 카사레스 Adolfo Bioy Casares(1914~1999). 아르헨티나

의 소설가로 환상성이 두드러지는 작품을 썼으며『모렐의 발명』이 대표작.

비티에르 Cintio Vitier(1921~). 쿠바의 시인 · 소설가 · 문학비평가.

사바리 Jérôme Savary(1942~). 프랑스의 연극 감독이자 배우.

사바토 Ernesto Sábato(1911~). 아르헨티나의 소설가이자 평론가. 대학에서 물리학을 가르치다가 창작에 전념하였으며『터널』,『영웅들과 무덤에 관해』등을 발표.

살라사르 본디 Sebastián Salazar Bondy(1924~1965). 페루의 시인 · 비평가 · 저널리스트.

샌드버그 Carl Sandburg(1878~1967). 미국의 시인으로 신시(新詩) 운동에 투신하여 평민적인 소박한 언어로 도시나 전원을 표현하였음.

설리 Thomas Sully(1783~1872). 초상화로 유명한 미국의 화가.

슐츠 Bruno Schulz(1892~1942). 폴란드의 작가 · 그래픽 아티스트 · 문학 비평가.

스나이더 Gary Snyder(1930~). 미국의 시인 · 에세이스트 · 환경 운동가로 1956년부터 1964년까지 교토에서 선(禪)을 공부하였음.

스탠필드 Clarkson Frederick Stanfield(1793~1867). 바다 풍경을 주로 그린 영국의 화가.

스토르니 Alfonsina Storni(1892~1938). 아르헨티나의 여성 시인으로 오랜 투병 끝에 바다에 몸을 던져 자살했음.

스핀러드 Norman Richard Spinrad(1940~). 미국의 사이언스

픽션 작가.

시엔푸에고스 Camilo Cienfuegos(1932~1959). 카스트로, 체 게
바라 등과 더불어 쿠바 혁명의 핵심 멤버로 활동한 혁명가.

아다모프 Arthur Adamov(1908~1970). 제정 러시아 태생의 프
랑스 극작가로 부조리극의 창시자.

아를트 Roberto Arlt(1900~1942). 아르헨티나의 소설가.

아이히만 Adolf Eichman(1906~1962). 아우슈비츠 유대인 학살
책임자.

에구렌 José María Eguren(1874~1942). 페루의 후기 모데르니
스모 시인.

에르난데스 Miguel Hernández(1910~1942). 인민 전선 편에서
싸우다 프랑코의 감옥에서 숨을 거둔 스페인의 시인이자 극
작가.

윙거 Ernst Jünger(1895~1998). 나치 정체를 비난하고 폭력에
맞서 평화와 자유를 역설한 독일의 작가 · 철학자 · 역사가.

이바르부루 Juana de Ibarbourou(1892~1979). 우루과이의 후기
모데르니스모 여성 시인.

주네 Jean Genêt(1910~1986). 프랑스의 극작가이자 시인. 잔혹
극으로 잘 알려져 있음.

주프루아 Alain Jouffroy(1928~). 프랑스의 좌파 시인.

채프먼 John Gadsby Chapman(1808~1889).「세례 받는 포카혼
타스」로 유명한 미국의 화가. '우울한 호수'는 미국 버지니아
주 남동부와 노스캐롤라이나 주 북동부에 걸쳐 있는 디즈멀 대

습지를 말함.

카리에고 Evaristo Carriego(1883~1912). 아르헨티나의 시인 · 저널리스트.

카릴 Hugo del Carril(1912~1989). 아르헨티나의 영화배우 · 영화감독 · 탱고 가수.

카브레라 인판테 Guillermo Cabrera Infante(1929~2005). 쿠바의 소설가 · 시나리오 작가.

카토 Marcus Porcius Cato(기원전234~기원전149). 고대 로마의 정치가이자 장군이며 문인. 재무관, 법무관을 거쳐 콘술이 되어 스페인을 통치하였고 켄소르 등으로 정계에서 활약함.

코르타사르 Julio Cortázar(1914~1984). 벨기에 태생의 아르헨티나 소설가. 환상적이며 전위적인 작품을 발표했으며 『팔방 놀이』, 『동물 우화집』 등의 작품이 있음.

코피 Copi. 아르헨티나의 작가 · 만화가 · 극작가인 라울 다몬테 보타나(Raúl Damonte Botana, 1939~1987)의 필명.

크루스 Sor Juana Inés de la Cruz(1651?~1695). 라틴 아메리카 최초의 페미니스트로 일컬어지는 17세기 멕시코의 수녀이자 시인.

클라우제비츠 Carl Philipp Gottlieb von Clausewitz(1780~1831). 프로이센군의 근대화와 제도 확립에 공헌한 프로이센의 군인 · 군사 이론가로 저서에 『전쟁론』이 있음.

타블라다 José Juan Tablada(1871~1945). 멕시코의 시인 · 외교관 · 저널리스트. 라틴 아메리카 문학에 하이쿠를 도입함.

토머스 Dylan Marlais Thomas(1914~1953). 삶과 죽음, 성과 사
랑의 주제를 풍부한 상상력과 참신한 이미지로 시화한 영국의
시인.

티크 Ludwig Tieck(1773~1853). 초기 낭만파의 대표자로 중세
독일의 민화(民話)를 집성한 독일의 극작가 · 소설가.

파라 Nicanor Parra(1914~). '반시(反詩)'를 표방한 칠레 시인
으로 비올레타 파라의 오빠.

파라 Violeta Parra(1917~1967). '새 노래(Nueva Cancion)' 운
동의 어머니로 불리는 칠레의 민속 음악가.

파월 Michael Latham Powell(1905~1990). 영국의 영화감독으
로 프레스버거와의 공동 작업으로 잘 알려져 있음.

페렉 Georges Perec(1936~1982). 프랑스의 유대계 소설가 · 영
화 제작자 · 에세이스트.

페르난데스 모레노 Baldomero Fernández Moreno(1886~1950).
아르헨티나의 시인.

페만 José María Pemán(1897~1981). 스페인의 보수 정치가 ·
작가 · 저널리스트.

페소아 Fernando Pessoa(1888~1935). 카에이루(Alberto
Caeiro), 레이스(Ricardo Reis), 캄푸스(Alvaro de Campos)
등의 이명으로 시를 발표했던 포르투갈의 시인.

폰세카 Rubem Fonseca(1925~). 도시 공간에서 전개되는 폭력
과 성의 문제를 다룬 브라질의 작가로 현대 작가들에게 폭넓은
영향을 끼침.

프레스버거 Emeric Pressburger(1902~1988). 헝가리 출신의 시
나리오 작가 · 영화감독 · 제작자. 대표작은 파월과 공동으로
작업한 「분홍신」(1948).

프리모 데 리베라 José Antonio Primo de Rivera(1903~1936).
스페인의 정치가. 1931년의 공화 혁명 후 1933년 팔랑헤당을
창립, 1936년 국회의원이 되었으나 인민 전선 정부에 체포되
어 처형당함.

플라스 Sylvia Plath(1932~1963). 미국의 시인 · 소설가 · 에세이
스트.

플레네 Marcelin Pleynet(1933~). 『텔켈』지의 편집장을 역임한
프랑스의 시인 · 에세이스트.

피녜라 Virgilio Piñera(1912~1979). 쿠바의 시인 · 소설가 · 극
작가.

피사르니크 Alejandra Pizarnik(1936~1972). 아르헨티나의 초현
실주의 시인.

하셀 Sven Hassel(1917~). 덴마크 출신의 군인 · 작가로 제2차
세계 대전의 경험에 기초한 소설을 씀.

하우스호퍼 Karl Haushofer(1869~1946). 독일의 지정학자로 그
의 사상은 히틀러의 팽창주의 전략에 영향을 끼친 것으로 알
려짐.

헤스 Rudolf Hess(1894~1987). 히틀러의 비서로 출발하여 총통
대리가 되어 제2후계자의 자리에까지 올랐던 나치 독일의 정
치가.

로베르토 볼라뇨 연보

1953   4월 28일 칠레 산티아고에서 아버지 레온 볼라뇨와 어머
　　　 니 빅토리아 아발로스 사이에서 출생. 그 후 부모를 따라
　　　 발파라이소, 킬푸에, 비냐델마르, 카우케네스, 로스앙헬
　　　 레스 등 칠레의 여러 도시에서 유년기를 보냄.

1968   가족과 함께 멕시코로 이주. 멕시코시티의 학교에 입학
　　　 하여 공부를 시작했으나 1년 만에 학교를 떠남. 독서에
　　　 심취하며 청소년기를 보냄.

1973   살바도르 아옌데 정부를 지원할 목적으로 피노체트의 쿠
　　　 데타 직전인 8월에 귀국하여 좌파 혁명 그룹에 가담. 쿠데
　　　 타 발발과 동시에 콘셉시온 근처에서 체포되어 수감되었
　　　 으나 학창 시절 친구인 경찰의 도움으로 8일 만에 석방.

1974   1월 멕시코로 돌아가 마리오 산티아고, 브루노 몬타네 등
　　　 의 시인들과 함께 인프라레알리스모(Infrarrealismo)라
　　　 는 아방가르드 문학 운동 결성.

| 1975 | 시집『높이 나는 참새들(*Gorriones cogiendo altura*)』. |
| | |

1975   시집『높이 나는 참새들(*Gorriones cogiendo altura*)』.

1976   시집『사랑 다시 만들기(*Reinventar el amor*)』.

1977   멕시코를 떠나 생계를 위해 온갖 허드렛일을 전전하며 아프리카, 프랑스, 스페인 등지를 여행.

1978   바르셀로나에 매료되어 정착함.

1979   그를 포함한 11인 시집『불의 무지개 아래 벌거벗은 소년들(*Muchachos desnudos bajo el arcoiris de fuego*)』멕시코에서 출간.

1980   바르셀로나에 3년간 거주한 후 카탈루냐 북동부의 지로나로 이주.

1981   지로나 미술 학교에서 조각을 공부함.

1984   소설『모리슨의 제자가 조이스 광신자에게 주는 조언(*Consejos de un discípulo de Morrison a un fanático de Joyce*)』(안트로포스 상 수상작)을 안토니 가르시아 포르타와 공동 집필. 바르셀로나 근처의 작은 해안 마을 블라네스에 정착.

1985   스페인 국적의 카롤리나 로페스와 결혼.

1990   장남 라우타로 태어남.

1993   시집『낭만적인 개들(*Los perros románticos*)』(이룬 시〔市〕문학상 수상작). 시집『미지의 대학의 파편들(*Fragmentos de la universidad desconocida*)』(라파엘 모랄레스 상 수상작). 소설『아이스링크(*La pista de hielo*)』(알칼라 데 에나레스 시〔市〕상 수상작).

1994   소설『코끼리들의 길(*La senda de los elefantes*)』(펠릭스 우라바옌 상 수상작).

1996   소설 『아메리카의 나치 문학(*La literatura nazi en América*)』. 중편『멀리 있는 별(*Estrella distante*)』.

1997   단편집『전화 통화(*Llamadas telefónicas*)』(산티아고 시 〔市〕 상 수상작).

1998   소설 『야만적인 탐정들(*Los detectives salvajes*)』(에랄데 상 수상작). 『파울라』지의 초청으로 25년 만에 칠레 방문.

1999   『야만적인 탐정들』로 라틴 아메리카 최고 권위의 로물로 가예고스 상 수상. 중편『부적(*Amuleto*)』. 소설『무슈 팽 (*Monsieur Pain*)』(『코끼리들의 길』의 개정판).

2000   소설 『칠레 야상곡(*Nocturno de Chile*)』. 시집 『3(*Tres*)』.

2001   단편집『살인자 창녀들(*Putas asesinas*)』.

2002   소설 『안트베르펜(*Amberes*)』. 중편 『작은 룸펜 소설 (*Una novelita lumpen*)』.

2003   6월 세비야에서 열린 '라틴 아메리카 작가 대회'에 참가. 7월 14일 바르셀로나의 바예 데 에브론 병원에서 간 부 전으로 사망. 9월 단편 및 에세이집『참을 수 없는 가우초 (*El gaucho insufrible*)』출간.

2004   칼럼, 강연문, 인터뷰 등을 수록한 『덧붙여 말하자면 (*Entre paréntesis*)』출간. 방대한 미완성 소설 『2666』출

간. 이 책으로 바르셀로나 시(市) 상, 살람보 상, 라라 재
단 상, 알타소르 상, 산티아고 시(市) 상 등 수상.

2007   단편집 『악의 비밀(*El secreto del mal*)』.

새롭게 을유세계문학전집을 펴내며

을유문화사는 이미 지난 1959년부터 국내 최초로 세계문학전집을 출간한 바 있습니다. 이번에 을유세계문학전집을 완전히 새롭게 마련하게 된 것은 우리가 직면한 문화적 상황에 적극적으로 대응하기 위해서입니다. 새로운 을유세계문학전집은 세계문학의 역할이 그 어느 때보다 중요해졌다는 인식에서 출발했습니다. 오늘날 세계에서 타자에 대한 이해는 우리의 안전과 행복에 직결되고 있습니다. 세계문학은 지구상의 다양한 문화들이 평등하게 소통하고, 이질적인 구성원들이 평화롭게 공존할 수 있는 문화적인 힘을 길러 줍니다.

을유세계문학전집은 세계문학을 통해 우리가 이런 힘을 길러 나가야 한다는 믿음으로 만들어졌습니다. 지난 5년간 이를 준비하기 위해 많은 노력을 기울였습니다. 세계 각국의 다양한 삶의 방식과 문화적 성취가 살아 있는 작품들, 새로운 번역이 필요한 고전들과 새롭게 소개해야 할 우리 시대의 작품들을 선정했습니다. 우리나라 최고의 역자들이 이들 작품 속 한 문장 한 문장의 숨결을 생생히 전하기 위해 심혈을 기울였습니다. 또한 역자들은 단순히 번역만 한 것이 아니라 다른 작품의 번역을 꼼꼼히 검토해 주었습니다. 을유세계문학전집은 번역된 작품 하나하나가 정본(定本)으로 인정받고 대우받을 수 있도록 최선을 다했습니다. 세계문학이 여러 경계를 넘어 우리 사회 안에서 주어진 소임을 하게 되기를 바라며 을유세계문학전집을 내놓습니다.

을유세계문학전집 편집위원단(가나다 순)
김월회(서울대 중문과 교수)
박종소(서울대 노문과 교수)
손영주(서울대 영문과 교수)
신정환(한국외대 스페인어통번역학과 교수)
정지용(성균관대 프랑스어문학과 교수)
최윤영(서울대 독문과 교수)